Maarten 't Hart
Unter dem Deich

Maarten 't Hart

Unter dem Deich

Roman

Aus dem Niederländischen
von Gregor Seferens

Piper München Zürich

Mehr über unsere Autoren und Bücher:
www.piper.de

Die niederländische Originalausgabe erschien 1988 unter dem Titel
»De steile helling« im Verlag De Arbeiderspers, Amsterdam.

Von Maarten 't Hart liegen im Piper Verlag außerdem vor:
Das Wüten der ganzen Welt • Die Netzflickerin • Ein Schwarm Regenbrachvögel • Die schwarzen Vögel • Bach und ich (mit CD) • Gott fährt Fahrrad • Das Pferd, das den Bussard jagte • In unnütz toller Wut • Die Sonnenuhr • Die Jakobsleiter • Mozart und ich (mit CD) • Der Psalmenstreit • Der Flieger • Der Schneeflockenbaum • Unterm Scheffel

ISBN 978-3-492-05573-4
© 1988 Maarten 't Hart
Deutsche Ausgabe:
© Piper Verlag GmbH, München 2013
Satz: Kösel, Krugzell
Druck und Bindung: CPI – Clausen & Bosse, Leck
Printed in Germany

Topografischer Prolog

Lassen Sie uns ein Paradies besuchen. Wir gelangen über einen Grünstreifen hinein, der doppelt so breit wirkt wie der Weg, an dem er entlangführt. Wir weichen dem Klatschmohn aus, den goldgelben Löwenmäulchen und dem Raps. Der betörende Duft der letzten Pflanze begleitet uns auf unserem Weg. In der Ferne, dort, wo der Weg zum Deich ansteigt, erblicken wir die schlanke Gestalt der Galeriekornmühle De Hoop. Schräg dahinter erstreckt sich ein Viertel, das namenlos geblieben ist. Es besteht aus vier Straßen und zwei Querstraßen, die unmerklich in eine Grünfläche übergehen, die Julianapark genannt wird, obwohl sich dort nicht mal ein Pferd umdrehen kann. Hinter dem Park versteckt liegt der 1887 angelegte Städtische Friedhof, auf dem pro Woche durchschnittlich anderthalb Beerdigungen stattfinden. Es ist der einzige dicht belaubte Ort in der Stadt, weshalb sich die gesamte Vogelpopulation dort niedergelassen hat. In jedem Frühling übertrifft die Zahl der Geburten die Zahl der Todesfälle bei Weitem. Den ganzen Tag lang ertönt das Gurren der Ringeltauben, und im hohen Schilf, das den Graben zwischen Friedhof und Bahnlinie vollständig den Blicken entzieht, erklingen der schrille Ruf des kleinen Schilfrohrsängers und das Murmeln des Teichrohrsängers.

Ungeachtet der Tatsache, dass der Julianapark mit seinem verwitterten, auf einer kleinen Säule ruhenden Blumenkas-

ten im Grunde nicht mehr ist als ein paar Grasstreifen mit
ein paar Bänken, verfügt die Stadt doch über einen Grün-
flächendienst. Dieser wiederum besteht aus zwei Männern
in von der Gemeinde gestellten braunen Cordanzügen, die
beide Onderwater heißen. Im Volksmund werden sie die
Brüder Onderwater genannt, obwohl sie nicht miteinander
verwandt sind. Über den jüngeren Onderwater wird berichtet, sein Vater habe ihm an seinem Hochzeitstag den Rat gegeben: »Schlafe nie morgens mit deiner Frau, im Laufe des
Tages kann dir immer noch etwas Besseres begegnen.«

Weil die beiden Onderwater sich den Park höchstens einmal im Monat vornehmen müssen, verbringen sie im Sommer ihre Zeit damit, die steile Böschung des hohen See-
deichs zu mähen, der die Stadt in zwei Teile trennt: einen
außerhalb und einen innerhalb des Deichs. Beide benutzen
zum Mähen eine Sense, und sie stehen den ganzen Tag mit
den Füßen schräg am Hang, sodass sie sich anschließend,
wenn sie ganz normal über die Straße gehen, weit nach hinten lehnen. Der ältere Onderwater schleift seine Sense auf-
fallend oft und singt dabei das folgende Lied:

> »Die Sense wetzen,
> da darf man nicht hetzen.
> Man wird dadurch fit
> und verbessert den Schnitt.«

Manchmal fügt der jüngere Onderwater noch eine Strophe
hinzu:

> »Die Hand fest am Schaft
> mäh'n wir mit wenig Kraft.
> Und bei gemächlichem Schwung
> fühl'n wir uns abends noch jung.«

An schönen Sommertagen folgt dann gelegentlich noch ein zweistimmig gesungener Refrain:

»Ja, wir mähen den Deich,
unten arm, oben reich.«

Zweimal pro Jahr haben die beiden Onderwater den Auftrag, auch das Gras am Graben entlang der Gleise zu mähen. Jenseits des Grabens donnert einmal am Tag der Rheingold-Express vorbei. Am Bahnhof, der auch als Wohnhaus dient, halten pro Stunde vier Züge. Die Fahrgäste rennen hier nicht, um den Zug noch zu kriegen, sondern sie laufen los, sobald sie aus dem Zug ausgestiegen sind. Sie versuchen, den Bahnhof zu verlassen und die Gleise zu überqueren, bevor der Zug zwischen den heruntergelassenen Schlagbäumen hindurch in Richtung Westen weiterfährt. Meistens schaffen es nur die Allerschnellsten, auf die Stadtseite zu gelangen, ehe die Schranke sich schließt. Immer wieder kommt es vor, dass Evangelisten auf die ankommenden Züge warten, um den Aussteigenden die Zeitschrift *Die frohe Botschaft* in die Hand zu drücken. Wer nach dem Verlassen des Zuges sofort losrennt, hat umgehend einen trabenden Glaubensverkünder an seiner Seite, der ihm im Dauerlauf *Die frohe Botschaft* überreicht. Die Reisenden, die zu langsam sind und sich folglich vor der geschlossenen Schranke versammeln, erhalten dort ihr Exemplar der *Frohen Botschaft* ausgehändigt, und meistens ist vor den rotweiß gestreiften Schlagbäumen dann auch noch Zeit für einen kurzen Vortrag des Missionars. Noch ehe man die Stadt erreicht, ist man schon bekehrt worden.

Hinter dem Bahnhof erstreckt sich das Firmengelände von Key & Kramer. Von dort werden Röhren in alle Teile der Erde verschickt. Bevor das geschieht, müssen die Röhren geteert und pyramidenförmig aufgestapelt werden. Diese Röhrenpyramiden bilden an der Ostseite von Key & Kramer die Grenze zur Müllverbrennungsanlage, die schlauerweise hinter dem strengen Dieselpumpwerk versteckt worden ist. An diesem Pumpwerk vorbei verläuft ein im Zickzackmuster gepflasterter Weg über den breiten Deich. Da aller Sand zwischen den Steinen weggeschwemmt worden ist, ertönt ein lautes Holpern und Klappern, wenn ein Fahrrad die Stadt verlässt. Im Chor rufen die Klinker: »Geh nicht weg, verlasse nicht die Stadt, woanders herrscht nur Elend.«

Auf der Südseite wird das Firmengelände von der Scheur begrenzt, einem kleinen Fluss, der in der Stadt einfach nur Maas genannt wird, während sich auf der Westseite ein Viertel anschließt, das Hoofd heißt und in dem Wasserheizer de Vries seine Kunden empfängt. Insgesamt umfasst das Hoofd zehn nach lokalen Widerstandskämpfern aus der französischen Zeit und nach Helden aus den Burenkriegen benannte Straßen. Da aber vier der zehn Straßen nur die Verlängerung anderer Straßen sind, gibt es eigentlich nur acht. Geht man näher heran, entpuppt sich ein massives Bauwerk mit echten Zinnen als Wasserturm, und dahinter, auf der Grenze zwischen dem Hoofd und der Scheur, liegt das dreieckige Schwimmbad, das durch einen Basalthang von der Maas abgetrennt wird und durch eine Rohrleitung sein Badewasser kurzerhand aus dieser bezieht.

Im Sommer ist das Schwimmbad bereits um sechs Uhr am Morgen geöffnet. Dabei gilt zu beachten, dass an dem einen Tag die Jungen von sechs bis acht schwimmen dürfen und am nächsten Tag die Mädchen, wobei anschließend von acht bis zehn dann das jeweils andere Geschlecht im brackigen Wasser Brustschwimmen oder Schmetterling übt. Von zehn bis zwölf steht Schulschwimmen auf dem Programm. Von zwölf bis drei ist das Schwimmbad geschlossen. Dann kommen die beliebtesten Zeiten: von drei bis halb fünf, von halb fünf bis sechs und von sechs bis halb acht. Und immer wechseln die Geschlechter einander ab. Von halb acht bis neun ist es dann meist recht ruhig.

Das Schwimmbad verfügt über sechzig Kabinen. Gibt es mehr als sechzig Schwimmer, müssen sich die Übriggebliebenen hinten auf dem dreieckigen Rasen umziehen. Weil jeder eine Kabine haben möchte, drängeln sich bereits eine halbe Stunde vor dem Geschlechterwechsel Dutzende Jungen oder Mädchen vor dem Eingang. Sobald die Tür sich öffnet, stürmt die Menge hinein. Bademeister Jacobs wird rücksichtslos über den Haufen gerannt, und innerhalb von einer Minute sind alle Kabinen besetzt. Gute Freunde oder Freundinnen gehen zusammen in eine Kabine. Selbst Senioren sagen von einem Bekannten nicht: »Das ist mein Freund«, sondern: »Ich durfte früher zu ihm in die Kabine.«

In den Kabinen betrachten Elfjährige die Geschlechtsorgane des anderen und entdecken so die erstaunliche Formenvielfalt von Kinderpimmeln. Es gibt gerade nach vorn zeigende schmale Stöckchen, kommaförmige Anhängsel, Schrumpelpimmel, die sich in der Falte zwischen den Hoden verstecken – alles scheint möglich zu sein. In den sechzig Kabinen werden Freundschaften fürs Leben geschlossen. Mancher ist so glücklich über seine Kabine, dass er anderthalb Stunden darin hocken bleibt.

Am Tag des Herrn ist das Schwimmbad geschlossen. Schon seit Jahren bemüht sich der sozialdemokratische Ratsherr Smit darum, dass Schwimmbad auch sonntags zu öffnen. Regelmäßig veröffentlicht er in der Lokalzeitung *De*

Schakel ein Umfrageformular. Jedes Mal, wenn die Zeitung ein solches Formular abdruckt, steigen dreitausend Reformierte die Deichtreppen hinauf, werfen ihr Formular mit NEIN in den Briefkasten des Ratsherrn, und das Schwimmbad bleibt am Sonntag weiter geschlossen.

Schräg vor dem Schwimmbad liegen auf acht unterschiedlichen Höhen die acht Anlegestellen der Fähre. Ob Ebbe oder Flut, die Fähre kann immer anlegen. Soweit man weiß, besteht hier seit 1365 die Möglichkeit, den Fluss zu überqueren, und das, obwohl 1365 weder von der Stadt noch von der gegenüberliegenden Insel etwas zu sehen war! Von einer Stadt konnte man selbst im Jahr 1498 noch kaum sprechen. Dennoch kamen in ebendiesem Jahr zehn Boote und vier Tjalken den Fluss herab, aus denen dreihundert Mann hier an Land gingen, um zu plündern.

Das Hoofd wird durch den Hafen und die Bahnlinie abgegrenzt, die miteinander einen rechten Winkel bilden. Auf der anderen Seite des Hafens liegt das Schanshoofd, kein Viertel, sondern ein Reihenbau entlang des Wassers. Hinter dem Reihenbau erstreckt sich die Maaskant, ein Gebiet voller Schilf und Ranken. Der Begriff Maaskant hat in der Stadt eine merkwürdige Nebenbedeutung bekommen. »Mit dir würd ich gerne zur Maaskant gehen« bedeutet: »Ich finde dich nett.« Und: »Sie gehen zusammen zur Maaskant« heißt: »Die beiden sind ein Paar.« Was anderswo eine »Stichprobe« genannt wird, nennt man hier ein »Maaskantje«, was gemeinhin mit »Kantje« abgekürzt wird, und das Resultat von so einem Maaskantje wird »Kantertje« genannt. Wie die normalen Kinder auch werden die Kantertjes beim Standesamt in der Roten Villa angemeldet, die nicht weit vom Bahnübergang des Schanshoofds entfernt liegt.

Beim Schanshoofd liegt ein Motorboot von Dirkzwagers Schiffsagentur im Hafen, das ausläuft, wenn ein großes Schiff vorbeikommt. Von den Ozeanriesen werden Flaschen oder Köcher mit Angaben über Schiff und Zielhafen in das längsseits fahrende Boot hinuntergelassen. Offenbar ist das Abholen dieser Informationen ein so lukratives Geschäft, dass Dirkzwager in den Fünfzigerjahren gleich neben dem Schanshoofd ein beeindruckendes, aus beigefarbenen Steinen gebautes, halbrundes Büro errichten lassen konnte. Ob dies wohl das Gebäude ist, von dem K. Norel in seinem Buch *Auf großer Fahrt* sagt: »Der Pfefferstreuer ist weiß im hellen Licht«?

Zwischen den Gleisen und dem Deich liegen, abgesehen von dem Viertel neben dem Friedhof, das wir schon früher besucht haben, noch zwei Viertel und eine Insel. Von der Mühle De Hoop aus erstreckt sich bis zum Hafen ein Wohngebiet, das aus einer Hauptstraße, der Fenacoliuslaan, und sieben kurzen Nebenstraßen besteht, die alle am Gelände der Kistenfabrik De Neef & Co. enden. Der schrille, durchdringende Pfiff der mit Dampf angeblasenen Fabrikspfeife sorgt dafür, dass alle Bewohner der Stadt um sieben Uhr morgens senkrecht aus den Betten hochschrecken. Sobald der Pfiff verklungen ist, sind alle hellwach. Auch der Beginn und das Ende der Mittagspause wird durch die Pfeife markiert.

Rings um das Fabrikgelände von De Neef & Co. verläuft ein Wassergraben, der unglaubliche Reichtümer birgt. Wenn man seinen Kescher nur ganz beiläufig durchs Wasser zieht, fängt man sofort etwa zwanzig kleine Teichmolche, zwei Wasserskorpione, eine Wassernadel, Dutzende Süßwassergarnelen, Wasserspinnen, Eintagsfliegen, Wasserasseln, zwei oder drei Larven des Gelbrandkäfers, einen ausgewachsenen

Gelbrandkäfer, einen Großen Kolbenwasserkäfer (aufpassen, der beißt) und unzählige wimmelnde Rückenschwimmer.

Zwischen der Fenacoliuslaan und dem Hafen liegen der Wijde Slop und die Taanstraat, die beide über Schlitze im Pflaster verfügen, in die bei Hochwasser Flutplanken gesteckt werden können. Und parallel zur Fenacoliuslaan verläuft noch der Zandpad, der durch den Zure Vissteg mit dem Hafen verbunden ist. Auch diese Gasse kann durch Flutplanken gesichert werden.

Auf der anderen Seite des Hafens liegt hinter den Lagerhäusern ein Viertel, das Stort genannt wird. Dabei handelt es sich um einen ehemaligen Polder, den man zugeschüttet und anschließend bebaut hat. Zwischen dem Stort, dem Deich und dem Hafen liegt eine Insel, die Schans heißt. Von 1629 bis 1639 wurde auf Schans die Grote Kerk errichtet, an die 1649 noch ein Turm angebaut wurde. Die Insel wird daher auch Kerkeiland genannt. 1732 wurde die Kirche mit der nicht genug zu bewundernden Garrels-Orgel ausgestattet, ein Ereignis, das merkwürdigerweise, obwohl die Stadt nie einen Autor oder Dichter von Bedeutung hervorgebracht hat, eine kurzfristige literarische Explosion nach sich zog. Pieter Schim dichtete »Die Orgel mit Davids Harfe vermählt«, und auch seine beiden Söhne, Hendrik und Jacob Schim, veröffentlichten Gedichte, die in dem Band *Gesänge anlässlich der Einweihung der Maassluiser Orgel* zu finden sind. Das Instrument inspirierte auch den Dichter Rijkje Bubbezon zu einem Vers.

Am 1. Januar des Jahres 1835 erschien Huiberdina Quack ein Engel und teilte ihr mit, dass die Orgel am großen und erlauchten Tag der Wiederkunft nicht durch das Feuer vernichtet, sondern Pfeife für Pfeife, in Stroh verpackt und von

Engelflügeln in den Himmel gebracht werden würde. Dort werde sie vorerst eingelagert, um später in einer Replik der Grote Kerk auf der Neuen Erde wieder aufgebaut zu werden. Und in dieser Kirche dürften dann die Organisten, kraft ihres Amtes allesamt in die Ewigkeit eingegangen, abwechselnd spielen, in Anbetracht der großen Anzahl von Kandidaten allerdings lediglich alle zweitausend Jahre einmal.

In der Nähe der Schans befindet sich die Mündung des Noordvliet, die durch ein Siel vom Hafenbecken getrennt ist. Hier scheint der Ursprung der Stadt zu liegen. Dieses Siel, die Monsterse Sluis, wird 1367 in einem Brief erwähnt, aus dem hervorgeht, dass bereits vor diesem Zeitpunkt das bei der Trockenlegung des Dorfes Maasland anfallende Wasser an dieser Stelle in die Maas geleitet wurde. Zwei Hütten aus Lehm und Schilf, in denen die Sielwärter wohnten, haben angeblich die erste Bebauung des Ortes gebildet. Zwei Jahrhunderte später ging dort, davon sind alle Einwohner überzeugt, Jan Koppelstock in seinem Haus ein und aus. Das Haus steht heute noch, obwohl Koppelstock allem Anschein nach in Den Briel gewohnt hat. Er war derjenige, der um 1572 zwischen Den Briel und der damals noch nicht existierenden Stadt einen Fährdienst betrieb. So wurde an jenem denkwürdigen Dienstag, dem 1. April, als mit der Eroberung von Den Briel der Aufstand gegen die Spanier begann, eine entstehende Stadt aus der Anonymität geholt und für kurze Zeit mit dem großen Weltgeschehen in Verbindung gebracht.

An der Monsterse Sluis landete 1597 ein Schiff. »Am 29. Oktober gelangten wir mit ostnordöstlichem Wind in die Maas und gingen dort in der Nähe der Maaslandschleuse an Land.« Es liegt nahe, dass die Seeleute ihr Schiff an den An-

legestellen festgemacht haben, die damals aus dem Deich
ragten. Und dann? Hat der Sielwärter sie an Land gehen
sehen? Oder haben die Männer, die den Winter im Nord-
polarmeer auf der Insel Nowaja Semlja überlebt hatten, unbemerkt ihren Fuß an Land setzen können, nachdem sie am
14. Juni desselben Jahres in zwei offenen Booten in See ge-
stochen waren?

Der Seedeich, an dem das Schiff damals vertäut wurde,
teilt die Stadt in einen höher und einen niedriger gelegenen
Teil. Der tiefer gelegene Teil, innerhalb des Deichs, beher-
bergte früher in dem Gebiet um die Vliete herum diejenigen, die man die »kleinen Leute« nannte und später die
»Unterprivilegierten« nennen sollte. Die besser Situierten –
man denke dabei nicht an reiche Leute, die gibt es dort
nicht – wohnen in dieser Stadt vier Meter höher als die
Armen. So ist der Standesunterschied sehr genau messbar.
Natürlich hat sich der ein oder andere Reiche »unter dem
Deich« niedergelassen, und umgekehrt wohnen im Hoofd
und im Stort viele Unterprivilegierte, aber allein schon die
Tatsache, dass man »über dem Deich« wohnt, verschafft
einem einen Vorsprung, hebt einen vier Meter über die anderen Bewohner empor.

An einigen Stellen kann man mithilfe einer Treppe auf
den Deich steigen. Zu beiden Seiten der Monsterse Sluis
verläuft die älteste Treppe der Stadt, die Steenen Trappen
aus dem Jahr 1732. Sie wird auch Breede Trappen genannt,
obwohl ihre Stufen gar nicht breit und eher für kleine Füße
berechnet sind.

Drei andere Deichaufgänge tragen die Namen Wedde,
Afrol und Wip. Anders als Wedde und Afrol, die parallel
zum Deich hinaufführen, ist die Wip im Neunzig-Grad-
Winkel zum Deich angelegt. Sie ist dadurch steiler als die

beiden anderen Treppen. Im Träumen und Denken der Sluiser – wie sich die Bewohner der Stadt selbst nennen – spielt die Wip eine wichtige Rolle. Wenn ein Sluiser stirbt, hört man die Leute zueinander sagen: »Hast du schon gehört? Lagrauw ist tot.«

»Mensch, wie ist es möglich! Vorigen Samstag habe ich ihn noch auf der Wip Richtung Seemannshaus gehen sehen.«

Oder sie sagen: »Van Vuuren ist ziemlich krank, wie man hört.«

»So was, erst gestern ist er die Wip hochgeflitzt.«

Wenn man sich in der Stadt begegnet, dann geschieht dies grundsätzlich auf der Wip. Es muss nicht wirklich dort passieren, doch einfachheitshalber verlegt man jede Begegnung, wenn man später von ihr erzählt, auf die Wip. Wenn man wissen will, ob man von einer Krankheit vollkommen genesen ist, dann schaut man, ob man die Wip wieder hochrennen kann. Die Wip ist lange Zeit der erste und einzige Weg gewesen, der elektrisch beleuchtet wurde. Oben an der Wip, dort, wo das Rathaus steht, beginnt Leen van Buren seinen Gang durch die Stadt, wenn er als Ausrufer eine Nachricht der Gemeindeverwaltung verkündet. Dort auf der Wip wird später einmal Heleentje Lub von einem Lastwagen der Vereinigten Seilfabriken überfahren werden. Sie wird unverletzt bleiben, obwohl die Reifenspuren noch monatelang auf ihrem Gesicht zu sehen sind.

Auf der Wip lassen die Gäule von Gemüsehändlern, Milchhändlern, Scherenschleifern und Petroleumhändlern aus Angst vor dem steilen Abhang ihre Pferdeäpfel fallen. Deshalb leben auf den Dächern der umliegenden Häuser konkurrierende Spatzenpopulationen. Hinaufgehende Pferde schaffen es manchmal nicht bis oben, hinabgehende Pferde

werden auf der Wip des Öfteren kopfscheu, und ebendiese
Wip, das eigentliche Zentrum der Stadt, wird sich später als
uneinnehmbare Barriere für diejenigen Händler erweisen,
die sich den Luxus eines kleinen einachsigen Schleppers ge-
leistet haben.

Neben der Wip liegt die Mündung des Zuidvliet, die
Wateringersluis. Noordvliet und Zuidvliet verlaufen parallel
zueinander in nordöstlicher Richtung. Wer oben auf der
Wip oder den Steenen Trappen steht, kann die Vliete bis
zum Horizont sehen. Von beiden Stellen aus erblickt man
einen langen geraden Wasserstreifen, der zuerst von Häuser-
reihen gesäumt und von zwei Brücken überspannt wird.
Weiter weg fehlen die Häuser, weshalb der Wasserstreifen
dort viel mehr Licht fängt. Tatsächlich wirkt der vom grünen
Polderland umgebene helle Wasserstreifen näher am Be-
trachter als der dunkle Teil zwischen den Häusern. Gleichzeitig sieht es so aus, als steige der Streifen in Richtung Himmel, und das verschafft dem Auge und der Seele ein Gefühl
des Friedens und der Geborgenheit. Es gibt auf der ganzen Welt kaum einen schöneren Anblick. Trotzdem hat die
Gemeindeverwaltung beschlossen, das ganze Viertel unter-
halb des Deichs rund um die Vliete zu sanieren.

Das Paradies

Das Sanierungsgebiet

Wir wohnten unter dem Deich, doch wir wussten nicht, dass man uns schon von der Landkarte gestrichen hatte. Wir liebten unser verfallenes Viertel. Ich fand, kein Viertel konnte sich messen mit unserem Zuhause rund um die Vliete. Obwohl es weder Gärten noch Blumen gab, hießen die Straßen hier Tuinstraat oder Bloemhof. Und mehr noch, sie hatten außerdem Beinamen, etwas, das es, soweit ich wusste, in keiner anderen Stadt gab. Nie hatte ich in einem Buch von Straßen gelesen, die Beinamen gehabt hätten. »Vielleicht«, dachte ich als etwa achtjähriger Junge stolz, »gibt es auf der ganzen Welt nur eine Stadt, in der die Straßen Beinamen haben, und das ist die Stadt, in der ich geboren bin.« Dies ging mir durch den Sinn, wenn ich durch die Hoekerdwarsstraat stiefelte, die von allen nur Stronikaadje genannt wurde. Es fiel mir wieder ein, wenn ich in der Lijnstraat zum Friseur ging; die Lijnstraat war so lang gestreckt, dass sie unter dem Namen Langestraat firmierte, und dass, obwohl auch die Bewohner der Sandelijnstraat behaupteten, ihre Straße heiße Langestraat. Beide Straßen mündeten in die St. Aagtenstraat, die aber niemand so nannte. Diese Gasse mit ihren fensterlosen Mauern hieß 't Peerd z'n Bek, dem Pferd sein Maul. Und allein dieser Beiname sorgte dafür, dass ich anschließend in gestrecktem Galopp über das Kopfsteinpflaster der Straße rannte. Auf diese Weise war ich nie lange genug dort, um mich zu fürchten. »Vielleicht«, überlegte ich, »heißt die St. Aagtenstraat ja 't Peerd z'n Bek, weil dort gleich um die Ecke die katholische Kirche ist.« Die katholische Kirche war, das wusste ich, aufgrund einer Verordnung aus dem Jahr 1787 außerhalb des bebauten Gebiets errichtet worden. Die Kirche durfte nicht wie eine Kirche aussehen, und sie durfte auch keine direkte Verbindung zu den öffentlichen Wegen haben. Deshalb lag sie, jenseits einer freien Fläche und hinter einigen hohen Gebäuden versteckt, auf der Grenze zum Nachbarort Maasland. Das hatte mir der Vater eines Klassenkameraden erzählt, der bei sich im Wohnzimmer einen Stadtplan an der Wand hängen hatte. Auf diesem Plan waren mit Fähnchen die Häuser der zweihundertvierzig katholischen Familien markiert, die es in der Stadt gab.

»Wenn Notzeiten kommen«, sagte er, »und wenn der Herzog von Alba das Land wieder bedroht, weiß ich, wo sie wohnen, und wir können sie umgehend aus der Stadt vertreiben.« Dann schwieg er einen Moment und sagte: »Zurzeit verhalten sie sich ruhig, aber wenn sich ihnen die Gelegenheit bietet, sind wir alle dran. In ihren Hintergärten sammeln sie schon das Bruchholz für neue Scheiterhaufen.«

Und wenn er ausgesprochen hatte, schaute er zu seiner Frau und fragte: »Und weißt du, wer Vorsitzender des Blutrats wird?«

»Jan de Quay«, erwiderte seine Frau.

Da ich *Willem Wijcherts* von Willem Gerrit van de Hulst gelesen hatte und Schele Ebbe kannte, der in diesem Buch mit den Spaniern gemeinsame Sache machte, wusste ich, wozu Katholiken fähig waren. Ich verstand nicht, weshalb man sie nicht gleich alle umbrachte. Ich wagte mich selten in die Nähe der katholischen Kirche, obwohl der Pfad entlang des Vliet, mit der Wippersmühle in der Ferne, zu einem Gang zur Auktion in Maasland regelrecht einlud. In der Nähe der St. Aagtenstraat hatte ich mich einmal mit Jan Zwaard unterhalten, der katholisch war.

»Wenn wir wieder Oberwasser haben, kommen alle Protestanten auf den Scheiterhaufen«, sagte Jan.

»Ich auch?«, fragte ich ihn.

»Ich werde ein gutes Wort beim Herrn Pastor für dich einlegen«, sagte er. »Ich werde ihn bitten, dich zu enthaupten, bevor du verbrannt wirst.«

»Nein, nicht«, sagte ich.

»Dann werde ich darum bitten, dass man dich mit Schießpulver füttert, ehe du auf den Scheiterhaufen kommst. Dann explodierst du, sobald das erste Streichholz angezündet wird, und musst so nicht leiden.«

Mit schwerem Herzen ging ich nach diesem Gespräch durch den Lijndraaierssteeg, der Baanslop genannt wurde, zur Schule. Später habe ich nachgesehen, ob das Haus der Familie Zwaard auf dem Plan im Wohnzimmer meines Klassenkameraden auch mit einem Fähnchen markiert war. Zum Glück war das der Fall, und ich atmete erleichtert auf.

Mit ebendiesem Klassenkameraden habe ich den Plan dann vorsichtig von der Wand genommen und mithilfe von zwei Fäden ermittelt, wo sich der Mittelpunkt unserer Stadt befindet. Was ich immer schon vermutet hatte, erwies sich als richtig. Das Pumpwerk – und Stolz erfüllte mein Herz –, in dessen Nähe ich wohnte, lag auf dem Schnittpunkt der beiden Fäden, die wir über den Plan gespannt hatten.

Als ich wieder zu Hause war, schlug ich im Schulatlas die Karte von Südholland auf. Aber die Silhouette von Südhol-

land – die eher so aussieht wie ein Mann mit einer großen
Nase, der bei Woerden die Faust ballt und in einem Ruder-
boot mit einer große Welle kämpft (daher die Beule bei
Vijfheerenlanden) – hatte so wenig Ähnlichkeit mit einem
Viereck, dass man unmöglich den Mittelpunkt bestimmen
konnte. Allein schon der Rucksack des Mannes im Ruder-
boot bei Hillegom und Lisse!

Auf Durchschlagpapier zeichnete ich die Niederlande ab.
Ich zog eine Linie von Sluis zum Dollard und von Vaals zum
Leuchtturm auf Terschellingerbank. Unsere Stadt lag nicht
auf der Schnittlinie. Dann faltete ich meine Karte einmal
der Länge nach und zog zwei Linien über die westliche Hälfte der Niederlande. Mein Herz pochte ergriffen: Unsere
Stadt lag genau auf dem Schnittpunkt. Nun schlug ich im
Atlas die Abbildung der Erde auf. Ich legte Durchschlagpapier auf Karte 4B und zog zwei Linien darüber. Nein, die
Niederlande lagen nicht auf dem Schnittpunkt. Lange betrachtete ich die Karten 4B und 4C. Und plötzlich sah ich
es: Wenn man jeweils eine Linie vom Äquator in die Ecke
der Karte zog, dann lagen die Niederlande sehr wohl auf
dem Schnittpunkt.

»Das Pumpwerk am Anfang unserer Straße«, so formu-
lierte ich meine Entdeckung, »ist der Mittelpunkt der Stadt,
und unsere Stadt ist der Mittelpunkt der einen Hälfte der
Niederlande, und die Niederlande sind der Mittelpunkt der
nördlichen Halbkugel.« Ich bedauerte zwar, dass die Niederlande nachweislich nicht der Mittelpunkt der Welt waren, doch unser Pumpwerk war in jedem Fall der Mittelpunkt der nördlichen Erdhalbkugel.

Daher waren wir auch vollkommen bestürzt, als mein
Vater, der damals seit einiger Zeit bei der Gemeinde arbeitete, mit der Nachricht heimkam, er habe im Büro des Bau-

amtsleiters einen Standplan gesehen, auf dem unser ganzes Viertel unter dem Deich bereits durchgestrichen war.

»Wir werden saniert«, sagte mein Vater. »Bald fangen sie auf dem Damplein mit den Abrissarbeiten an.«

In der dunkelsten Zeit, um Weihnachten herum, hatte der Damplein, der gleich bei uns um die Ecke lag, etwas von einem Geisterreich. Ich liebte es, bei Nieselregen an der Ecke zu stehen und den für mein Gefühl riesigen Platz zu betrachten. Den Platz zu betreten traute ich mich nicht, denn in der angrenzenden Damstraat wohnte Piet Sluys, der gedroht hatte, mir ein Ohr abzureißen, und noch ein Stück weiter, dort, wo der Damplein in Viehweiden überging, wohnten zwei grobknöchige katholische Burschen, die schon aus der Ferne so bedrohlich wirkten, dass es nicht einmal mehr eines Scheiterhaufens bedurfte, um in Todesangst zu geraten.

Trotz all dieser Gefahren übte der Damplein eine große Anziehungskraft auf mich aus. Links an der Damstraat und auf der anderen Seite an einer fensterlosen Mauer brannten zwei Gaslaternen, und vor allem, wenn es neblig war, schien es, als sei das Gaslicht flüssig. Der ganze Platz löste sich in ein perlgraues, dunstiges Zwielicht auf, und alle Konturen verschwammen. Dann hatten nicht einmal die Schatten mehr klar umrissene Ränder. Die beiden Glaskugeln einer der beiden Gaslaternen dort gaben zischende Geräusche von sich, und wenn ich genug Mut gefasst hatte, um mich kurz darunterzustellen, kam es mir so vor, als spräche jemand in einer unverständlichen himmlischen Sprache zu mir. Nichts ist, wie ich heute weiß, schöner als ein in Gaslaternenlicht getauchtes Sanierungsgebiet bei Nieselregen. Der riesige Raum des Damplein mit den beiden Laternen, deren Schatten sich in der Mitte des Platzes überlappten, war abends fast wie das Totenreich selbst. Allein hätte ich mich nach dem Abendessen niemals dorthin gewagt, doch mit dem Mädchen von nebenan, Toos Koek, die sich niemals fürchtete, rannte ich manchmal blitzschnell über den Platz und kam erst in der Damstraat wieder zu Atem.

Der Damplein war ein fast quadratisches Viereck, in das vier Straßen mündeten und auf dem es, von unserer Straße aus gesehen, nur fensterlose Mauern gab. Links stand noch eine Häuserreihe, und auf der Ostseite fing ganz unvermittelt das Weideland an. Um die Sanierung unseres Viertels vorzubereiten, hatte man dort bereits ein neues Wohngebiet errichtet, mit einer idiotisch weißen Kirche des Niederländischen Protestantenbundes, in der – wie mein Vater immer sagte – die Gottheit Christi geleugnet wurde.

An einer der blinden Mauern stand ein grünes Verteilerhäuschen, auf dem, passend zum Charakter des Damplein, fürchterliche Drohungen angebracht waren. Auf der gegenüberliegenden Seite gab es zwei Geschäfte. Das eine war eine Metzgerei, wo das Fleisch – obwohl der Metzger unserer Kirche angehörte – weniger gut war als das des reformierten Metzgers in unserer Straße. In dem anderen Damplein-Laden wurde nur ein einziger Artikel verkauft: Schiffszwieback. Obwohl die Schiffe, die den Hafen verließen, dieses Produkt kistenweise einschlugen, konnte man auch für fünf Cent einen einzigen Schiffszwieback kaufen. Ein solcher Zwieback war erst genießbar, nachdem man ihn einen ganzen Nachmittag lang in kaltem Tee aufgeweicht hatte. Manchmal gab es unerfahrene Kinder, die vom Hoofd herüberkamen, einen Zwieback kauften und sofort hineinbissen. Die spuckten dann in der Regel anschließend ihr halbes Milchgebiss auf die Straße.

Im Haus Damplein Nummer 1 – es gab keine Nummer 3 oder 5, wohl aber ein paar gerade Hausnummern auf der anderen Seite – wohnte mein Großvater. In Anbetracht der Tatsache, dass er eine große Leidenschaft hatte, nämlich Dame zu spielen, fand ich es logisch, dass er dort wohnte. Die Welt war übersichtlich und gut geordnet. Schade nur, dass auch Piet Sluys dort um die Ecke wohnte. In ebendieser Straße wohnte auch mein Onkel Klaas, ebenfalls ein leidenschaftlicher Damespieler. Daher der Name – Damstraat.

Der Damplein war kein Platz, auf dem Menschen stehen blieben, um ein Schwätzchen zu halten. Man stellte dort kein Fahrrad ab. Man überquerte ihn einfach und verschwand in den angrenzenden Straßen. Darum wunderte es mich, als irgendwann im Jahr 1952 auf einmal ein Auto auf dem Platz anhielt. Ein Auto war damals noch etwas ganz Außergewöhnliches. Niemand sprach von einem Auto, sondern alle sagte nur »Luxusauto«. Normale Autos waren Lastwagen wie der Kohlenlaster von van Heyst. Dieses Luxusauto, in meinen Augen ein mögliches Vorzeichen der bevorstehenden Sanierung, war also eine unglaubliche Sehenswürdigkeit. In null Komma nichts drängelten sich Dutzende Jungen in meinem Alter um den Wagen, die den Mann, der daraus ausstieg, anstarrten, als wäre er der wiedergekehrte Christus. Noch heute sehe ich vor mir, wie er sich aus dem Wagen zwängt. Endlich steht er auf der Straße, er betrachtet die vielen Jungen und richtet dann plötzlich den ausgestreckten Zeigefinger auf mich und sagt: »Du wirst später auch einmal genug Geld haben, um ein Auto zu fahren.« Ich hatte kaum genug Zeit, die unglaubliche Bedeutung dieser Worte zu mir durchdringen zu lassen, da stürzte sich auch schon Piet Sluys auf mich und fing an, mein rechtes Ohr umzudrehen.

Einmal im Jahr, am Königinnentag, wurde der Platz in einen Ort verwandelt, an dem man sich tatsächlich eine Weile aufhalten konnte. Wiederholt habe ich an diesem Feiertag beim Sackhüpfen mitgemacht, ein Spiel, bei dem ich immer als Letzter loshüpfte und nie ins Ziel kam. Ein Aushilfsbäcker spielte, auf einem Anglerschemel sitzend, Akkordeon, und abends wurde gelegentlich ein Laternenzug veranstaltet, an dem wir wegen der Brandgefahr nie teilnehmen durften. Auch wenn ich hätte mitgehen dürfen, ich hätte niemals mit so einem brennenden Ding durch die Stadt gehen wollen. So eine Laterne hatte, wie ich fand, etwas Katholisches an sich.

Hatte man in der Damstraat einmal das Haus von Piet Sluys hinter sich gelassen, dann konnte man entweder zur Nassaustraat weitergehen oder in die Oranjestraat abbiegen. Entschied man sich nicht für eine dieser zwei eher hässlichen Straßen, dann stand man am Ende der Damstraat plötzlich vor einer Wand und musste wohl oder übel in die Emmastraat abbiegen. In der Emmastraat wohnte einer meiner Onkel. Mit seiner Familie hatten wir die *Rotterdamer* (»eine unterhaltsame Zeitung«) abonniert, die dort vor dem Abendessen in der Emmastraat ausgeliefert wurde, wo wir sie nach dem Abendessen dann abholen mussten. Das war meine Aufgabe. Weil ich mich wegen Piet Sluys nicht durch die Damstraat traute, lief ich unsere Straße entlang, bog in die Tuinstraat ein und kam zur Lijnstraat, von wo ich über die Lijndwarsstraat und die Landstraat – in die die Nassaustraat, die Oranjestraat und die Emmastraat mündeten – schließlich doch noch zum Haus meines Onkels gelangte. Unterwegs begegnete ich etlichen meist älteren und oft schon erwachsenen Schicksalsgenossen, die ebenfalls mit einer Zeitung durchs Viertel gingen. Unter dem

28

Deich lasen manchmal drei oder vier Familien *eine* Zeitung. Mit all den Leuten, die gerade ihre Zeitung holten oder brachten, war daher auf den Straßen immer gut was los. Auch als ich etwas älter war und mich am Haus meines Widersachers vorübertraute, traf ich in den ansonsten stillen, gaslaternenbeleuchteten Straßen immer Burschen, die wie ich mit einer Zeitung in Richtung einer Wohnstube unterwegs waren, in der grundsätzlich mitten im Raum, über dem Esstisch, nur eine einzige Lampe brannte.

Lijnstraat, Sandelijnstraat und Hoekerdwarsstraat verliefen parallel zum Zuidvliet. Die Lijnstraat gehörte noch nicht wirklich zum total heruntergekommenen Gebiet, grenzte jedoch daran. Die Sandelijnstraat und die Hoekerwarsstraat waren das eigentliche Elendsviertel, und ich fand, dass diese beiden Straßen zuerst abgerissen und anschließend saniert werden sollen, zumal dort ein reformierter Kommunist wohnte. Zunächst wurde er in der Kirche toleriert. Nachdem aber die nordkoreanische Armee am Sonntag, den 25. Juni 1950, den 38. Breitengrad überschritten hatte, wurde er, nach vielen Ermahnungen, Schritt für Schritt aus der Gemeinde verbannt.

Als der Sanierungsplan immer mehr Form annahm, war die Sandelijnstraat die erste, in der man an jedem Haus die Fenster mit Brettern vernagelte, sobald die Bewohner ausgezogen waren, und über oder neben der Tür ein Schild anbrachte, auf dem folgende ominösen Worte standen: ›Für unbewohnbar erklärt.‹ Es dauerte nicht lange, da musste ein Haus nicht einmal leer stehen. Es reichte, wenn ein Dachziegel herunterflog, und schon erschien ein solches Schild. Im Laufe der Jahre wuchs die Zahl der für unbewohnbar erklärten und der ungeachtet dessen noch bewohnten Häuser. Man hätte meinen können, es handele sich um eine, zunächst auf die Gegend zwischen Sluyspolder und Zuidvliet beschränkte, ansteckende Krankheit, die dann später auch auf das Gebiet unter dem Deich, westlich vom Noordvliet, übersprang. Es hatte etwas Unheimliches, in einem derart verfluchten Viertel zu wohnen. Oft stellte ich mir vor, morgens aufzuwachen und zu entdecken, dass alle Häuser unter dem Deich mit einem solchen Schild versehen worden waren. Weil das ganze Viertel immer mehr verdammt zu sein schien, war man von einer zunehmenden Beklemmung erfüllt, man hatte das Gefühl, als würde man selbst bald weggebracht.

Trotzdem lebten die Menschen in all den von der Karte gestrichenen Straßen, Wegen und Gassen einfach weiter. Und in den winzigen Höfen der Häuser (Gärten gab es keine) florierte eine regelrechte Bioindustrie. Nicht umsonst hieß die Gegend um die Emmastraat »Kaninchenviertel«. Dort wurden in übereinandergestapelten Ställen Dutzende, manchmal sogar Hunderte von Kaninchen gehalten, und abends zogen die Leute dann zum Deichhang entlang dem Nieuwe Weg, um dort Gras oder noch besser Löwenzahn für ihre Belgischen Riesen, Lothringer oder Holländer zu schneiden, die zur Weihnachtszeit an die Außendeicher verkauft werden sollten.

In all den Jahren des Kalten Kriegs blieb der Beschluss, das gesamte Gebiet wegzusanieren, in Kraft, doch es passierte nichts. Wobei das Schicksal der in den für unbewohnbar erklärten Häusern aufwachsenden Kinder der Gemeindeverwaltung nicht vollkommen gleichgültig zu sein schien, denn einmal im Jahr wurden sie, vorausgesetzt, sie waren nicht älter als zehn, kostenlos zu einer Bootsfahrt eingeladen. Unsere Mütter brachten uns dann in die Veerstraat, wo wir in einen Prahm der Brüder van Baalen stiegen, mit dem

30

sonst Sand transportiert wurde und in dessen Frachtraum niedrige Bänke standen, auf denen wir hin und her schaukelten. Da es keine Bullaugen gab, konnten wir nur den blauen Himmel über uns sehen, doch wir spürten, dass wir durch die Schilfgebiete fuhren, und eine Betreuerin, die an Deck saß, berichtete uns von den Schilfhalmen, Weiden und Reihern, die zu sehen waren.

Weil das Viertel sowieso von der Landkarte verschwinden würde, wurde es von der Gemeinde vernachlässigt. Während anderswo in der Stadt die Gasbeleuchtung durch elektrische Lampen ersetzt wurde, brannten unter dem Deich die Gaslaternen einfach weiter. Noch 1963 gab es in dem Viertel sechzehn Gaslaternen. Um diese anzünden und wieder löschen zu können, musste dreimal am Tag der Gasdruck im gesamten Leitungssystem für drei Minuten von zweiundzwanzig mbar auf vierundvierzig mbar erhöht werden. Hatte man während dieser Zeit den Gasherd an, dann konnte man beobachten, wie die Flammen unter den Töpfen plötzlich aufbrausten. Und dann dachte man immer: Noch etwas mehr Druck, und die Gemeinde jagt das komplette Viertel mit einem Schlag in die Luft. 1963 wurden Pläne gemacht, die Gaslaternen durch elektrische Lampen zu ersetzen. Und es war beinahe so, als wären diese Pläne ein Zeichen: Keine Gefahr, wir können endlich aufatmen, unser Viertel wird nicht abgerissen.

Warum wurde das Viertel in den Fünfzigerjahren nicht dem Erdboden gleichgemacht? Wartete die Gemeinde auf den Atomkrieg, der die Gegend schneller und sehr viel kostengünstiger niederreißen würde, als sie selbst es jemals bewerkstelligen könnte? Wir in unseren für unbewohnbar erklärten Häusern hatten jedenfalls nicht mehr sonderlich viel Angst vor der Atombombe. Was auch passieren würde, wir würden verschwinden. Krieg oder kein Krieg, wir waren so oder so gezeichnet. Mit dem Bleistift hatte man unsere Häuser auf der Karte bereits abgerissen. Unser Leben war nur ein Nachleben.

Die Tage

Im Sanierungsgebiet roch der Montag nach Waschblau, einem stark riechenden Zeug, das in allen Häusern beim Spülen der weißen Wäsche verwendet wurde. Waschblau roch, wie ich später herausfand, wie Sperma, und von dem Zeitpunkt an, als mir dies bewusst wurde, blieben mir nur zwei Jahre, in denen ich den Geruch sowohl von Waschblau als auch von Sperma überhaupt noch identfizieren konnte. Wenn irgendwann einmal der Augenblick kommt, in dem meine Nase, für kurze Zeit befreit von den mit zunehmendem Alter größer werdenden Einschränkungen, den Geruch von Sperma wieder wahrnehmen kann, dann wird für mich auch der Waschtag in seiner ganzen Glorie wieder lebendig werden. Manchmal kommt es mir so vor, als hätte sich im Laufe meines Lebens nichts so sehr verändert wie das Wäschewaschen. Als fünfjähriger Junge musste ich, und dies war ein Teil des Jochs, das jeder Mensch in seiner Kindheit zu tragen hatte, beim Wasserheizer unter dem Deich, im Bloemhof 1, zwei Eimer warmes Wasser holen. Um dort nicht anstehen zu müssen, trug man mir auf, schon vor sieben Uhr am Morgen hinzugehen. Weil ich nur einen Eimer tragen konnte, musste ich zweimal hin- und hergehen. Zum Glück war der Weg nicht lang. Allerdings kostete ein Eimer bei Wasserheizer Pieterse zwei Cent, während einer seiner Konkurrenten, der sein Bruchholz über eine angeheiratete

Cousine der Kistenfabrik De Neef & Co. bezog, zwei Eimer für drei Cent verkaufte. Holte man aber das billigere Wasser, dann war es, wenn man zu Hause ankam, schon für einen Cent abgekühlt. Ob es wohl irgendwo auf der Welt noch so eine Wasserheizerei gibt, komplett vollgestapelt mit Waschmitteln und ausgerüstet mit einem riesigen, zentral stehenden zylinderförmigen Kessel? Wie gern würde ich dort warten, zwischen Hausfrauen in langärmeligen Kitteln, die am Montagmorgen schon vor sieben Uhr Krankheit, Unglück und Seitensprung ihrer Stadtgenossen besprechen. Es herrschte jedes Mal ein Höllenlärm, vor allem, wenn einem der Anwesenden ein Spritzer glühend heißen Wassers aus einem der zu wild hin und her schaukelnden Eimer traf. Ständig hörte man das Zischen des Dampfes, und der Dampf selbst nahm, jedes Mal wenn ein Eimer gefüllt wurde, alle in der Wasserheizerei hängenden Gerüche in sich auf, die man dann in konzentrierter Form in der Dampfwolke über dem Eimer mit auf den Heimweg nahm. Ohne zu kleckern, musste man den Eimer nach Hause tragen, was meist beim zweiten Gang besser gelang.

Als der große Tag kam, an dem ich alt genug war, um zwei Eimer gleichzeitig zu tragen, wurde die erste Waschmaschine unter dem Deich aufgestellt. Zuvor hatten dort alle Frauen in einem Bottich gewaschen, aus dem die Wäsche stückweise herausgeholt und auf einem Waschbrett eingeseift und geschrubbt werden musste.

Bevor allerdings die Waschmaschine wie ein Geschenk aus dem Kaufhaus des Himmels Einzug hielt, war die Schwerstarbeit meiner Mutter bereits durch einen Wringer erleichtert worden. Dass die Wäsche nicht mehr mit der Hand ausgewrungen werden musste, machte den Montag, seit Alters her der schlimmste Tag der Woche, etwas erträglicher. Dennoch blieb auch nach der Einführung des Wringers der Montag der einzige Wochentag, an dem meine Mutter keine Psalmen sang: Im Haus herrschte eine bedrückte, schicksalsergebene Stimmung. Waschtag!

Und dann kamen also – und meine Mutter sagt heute noch: »Das war der schönste Augenblick meines Lebens« – die Waschmaschinen. Anfänglich mangelte es den Familien unter dem Deich an den finanziellen Mitteln, um eine solch wunderbare Erfindung anzuschaffen, die sogar das Radio weit hinter sich ließ. Ein reicher Kohlenhändler kaufte ganz nebenbei rund fünfzig Maschinen und ließ über die Zeitung *De Schakel* verbreiten, dass man eines der Geräte für einen Vormittag oder Nachmittag auch leihen könne. Und so kam es, dass dieselben Lastwagen, die von Dienstag bis Samstag über dem Deich Anthrazitkohle und unter dem Deich Eierkohlen lieferten, am Montag losfuhren, um den Leuten unter dem Deich ihre Mietwaschmaschinen zu bringen. Und dieselben muskelbepackten Männer, die sonst, mit einem zu einer Zipfelmütze zurechtgeschnittenen Kohlensack auf dem Kopf, die schweren Eierkohlensäcke durchs Haus in den Kohlenschuppen im Hof trugen, stellten am Montagmorgen eine quadratische weiße Waschmaschine in den Flur. Da wir bereits einen Wringer hatten, versuchte meine Mutter eine billigere Maschine ohne Wringer zu bekommen, doch das gelang ihr nicht. Van Heyst, der reiche Kohlenhändler, vermietete ausschließlich ein Waschmaschinenmodell mit einer kleinen, runden schwarzen Scheibe unten drin, die sich beim Waschen drehte, was man leider wegen der vielen Lauge darüber nie sehen konnte. Und auf der Maschine war ein weißer Wringer befestigt.

Ach, wie die Kohlenlaster am Montagmorgen in rasendem Tempo mit den Waschmaschinen durch die Stadt bret-

terten! Alle wichen ihnen aus, das Waschen war heilig. Auf
den fahrenden Lastwagen hüpften und rumpelten die Waschmaschinen hin und her. Wenn man einen der Wagen mit
den schwankenden Maschinen die Wip hinunterfahren sah,
dann schien es, als führten die Maschinen auf der Lade-
fläche einen Waschtanz auf, so froh waren sie, nach einer
Woche gezwungenen Stillstands endlich wieder etwas zu
tun zu bekommen.

Sehr bald wurde deutlich, dass die Nachfrage nach Mietmaschinen das Angebot hundertfach überstieg. Sogar in der
Sandelijnstraat und auf dem Stroniekadje wollten die Hausfrauen mieten. Van Heyst kaufte nur wenige neue Maschinen, erhöhte die Miete und führte Mietpläne ein. Man
konnte eine Maschine von sechs bis acht, von acht bis zehn
oder von zehn bis zwölf mieten. Oder erst am Montagnachmittag, das war billiger, aber das wollten die Hausfrauen
unter dem Deich nicht. Die Laken mussten schon vor dem
Mittag auf den Leinen in den kleinen Innenhöfen hängen.
Weil Angebot und Nachfrage so weit auseinanderklafften,
versuchte van Heyst die Frauen mit großen Rabatten dazu
zu bringen, an anderen Wochentagen als dem Montag zu
waschen. Doch in unserer wohlgeordneten Welt war der
Montag seit Menschengedenken Waschtag – daran war
nicht zu rütteln. Am zweiten Tag der Woche hatte Gott die
Wasser geschieden; selbst in der Bibel stand geschrieben,
wozu der Montag bestimmt war.

Daher hatten die Kohlenträger am zweiten Tag der Woche so viel zu tun, dass gelegentlich ein Mieter nicht korrekt
beliefert wurde. Vollkommen nervös stand meine Mutter
jeden Montagmorgen um acht an der Haustür und wartete
auf ihre Waschmaschine, die in der Regel erst zwischen halb
neun und neun gebracht wurde, »weil wir nicht überall zur

gleichen Zeit sein können«. Manchmal kam es vor, dass die Kohlenträger meine Mutter einfach vergaßen, ein Versehen, das unter dem Deich, wo fast niemand ein Telefon hatte, nicht leicht korrigiert werden konnte. Kam die Maschine nicht, schien das Ende der Welt nahe.

Um ein für alle Mal diesem bitteren Leiden ein Ende zu machen, entschlossen sich meine Eltern zu einem revolutionären Schritt. Nach jahrelangem Sparen kauften sie eine eigene Waschmaschine. Dabei handelte es sich um einen einfachen Bottich auf schräg ausgestellten Holzbeinen, der mit eisernen Reifen versehen war, die die Dauben des Bottichs an Ort und Stelle hielten. Zwischen den Beinen hing der graue Motor, der über einen Treibriemen die runde Schaufel im Inneren drehte.

Das Erstaunliche war, dass die gesamte unter dem Deich lebende waschende Bevölkerung von einem Tag auf den anderen beschloss, selbst eine Maschine zu erwerben, fast immer auf Raten übrigens. Was zuvor noch ein blühender Wirtschaftszweig gewesen war, verkümmerte über Nacht zu einem erbarmungswürdigen Anachronismus. Als alle selbst eine Maschine im Haus hatten, bot van Heyst seine Mietmaschinen zum Kauf an. Niemand war interessiert. Wenn man beim Kohlenhändler vorbeiging, konnte man die weißen Waschmaschinen totenstill in Reih und Glied in seinem Schuppen stehen sehen. Ein kleiner Lieferwagen reichte aus, um am Montagmorgen die Nachfrage nach Mietmaschinen zu befriedigen. Und noch heute, gut fünfunddreißig Jahre später, mieten drei alte Damen, die inzwischen über dem Deich leben, drei weiße Maschinen, die von einem schon längst pensionierten Kohlenträger schwarz ins Haus geliefert werden.

Nachdem die Waschmaschinen einmal Einzug gehalten

hatten, zeigte sich, wie gründlich das Leben sich verändert hatte. Dass sich die Waschmaschinen auch zu verändern begannen, erschien weniger tief greifende Folgen zu haben. Der Wringer wurde zur Schleuder, die Schaufel unten im Bottich wurde zu einer sich drehenden Trommel. Merkwürdigerweise verschwanden – in weiser Voraussicht? – die Wasserheizereien, lange bevor es Waschmaschinen gab. Manche der Läden wurden zu Waschsalons umgebaut, andere wurden abgerissen. Wer würde nicht gern noch einmal einen solchen Heizkessel öffnen, um zu sehen, wie die flackernden Flammen die Waschmittelregale beleuchten und die Schatten darüber hinweghuschen?

Waschtag bedeutete auch, dass die Mütter unter dem Deich keine Zeit hatten, ein anständiges Mittagessen zu kochen. Am Montag aßen alle Familien unter dem Deich Brotsuppe. Als Grund für dieses Menü wurde bei uns jedes Mal angeführt, es sei noch »altes Brot« übrig, eine Situation, die sich zu meiner großen Verwunderung allwöchentlich wiederholte. Mir schien, es wäre doch kein Problem, am Samstag ein halbes Weißbrot weniger zu kaufen. Aber wenn ich darauf drängte, hieß es immer nur, »besser zu viel als zu wenig«. Man stelle sich nur vor, am Sonntag nach dem Gottesdienst wäre der Brotkasten leer gewesen! Darum gab es am Montag also Brotsuppe, ein Gericht, für das Weißbrotstücke in Milch gekocht wurden. Schon beim Anblick der durch die dicke Milchhaut ragenden Brotkrusten musste ich würgen. Mein Vater tat immer so, als könne man ihm keine größere Köstlichkeit servieren. Mit einer Gabel hob er die Haut von der Suppe, nahm sie, sichtlich genießend, mit den Lippen von der Gabel und sog sie dann langsam in den Mund, wobei die Haut oft zwischen Gabel und Mund hin und her flatterte. Sie sah dann fast aus wie ein Laken, das zum Trocknen hing. Nicht einmal meine enorme Hunger-Winter-Essenslust kam gegen eine derart absichtsvoll zur Schau gestellte barbarische Essgewohnheit an. Von Übelkeit erfüllt, machte ich mich ans Mittagessen, in dessen Anschluss der Waschtag in seine zweite Phase ging. In der Erinnerung kommt es mir vor, als habe es am Montagnachmittag immer geregnet. Nur ganz selten konnten wir die Wäsche zum Trocknen draußen aufhängen. Meistens musste sie, geschickt verteilt, auf Wäscheständern, Stuhllehnen und provisorisch gespannten Leinen trocknen, weshalb wir, wenn wir um vier aus der Schule kamen, eine Stube vorfanden, in der die Nebelwolken umhertrieben. Dann tranken wir Tee aus feuchten Tassen und aßen klamme Butterbrote. Hing die Wäsche draußen, dann dominierten in dem kleinen Hof die Laken, und es fiel ein eigenartiges weißes Licht in die Stube, das Montagslicht. Es kam auch vor, dass die Wäsche an sonnigen Wintertagen draußen aufgehängt werden konnte und dort dann gefror. Man konnte sie nicht hereinholen, weil Handtücher, Kissenbezüge und Laken zerbrochen wären, sobald man sie von der Leine nahm. Draußen bleiben konnte die Wäsche jedoch auch nicht, weil sich dann »das Wetter« darin festsetzte, ein katastrophales Phänomen, das keiner näheren Erläuterung bedurfte. In dieser Situation blieb nichts anderes übrig, als die Laken mit einem kleinen Petroleumofen aufzutauen, was nur bei leichtem Frost möglich war, oder sie doch mit äußerster Vorsicht von der Leine zu meißeln. Mit Angstschweiß auf der Stirn half ich dabei und fürchtete, gleich wieder den abgebrochenen Schulterträger eines Leibchens in den Händen zu halten.

Am Montag, nach dem Abendessen, saßen wir um sieben Uhr alle miteinander still in der Stube und lasen. Es wäre undenkbar gewesen, unser Radio auf den sozialdemokratischen Sender VARA einzustellen. Unsere Nachbarn, bekennende Mitglieder der Reformierten Kirche, hatten in dem Punkt jedoch weniger Skrupel. Durch die papierdünne Wand hörten wir die kabbelnden Stimmen aus einem beliebten Hörspiel über die Familie Durchschnitt. Vor allem Sjaan, das Hausmädchen, konnte man Wort für Wort verstehen, und so kam es dann auch des Öfteren vor, dass wir alle im selben Moment lachten, obwohl wir unterschiedliche Bücher lasen.

Nie kniete ich mich froher zum Abendgebet hin als am Montagabend. Und wenn ich erst unter der Decke lag, jubelte eine innere Stimme: »Der Montag ist vorbei!«

Am Dienstag war das Leben sehr viel erträglicher. Meine Mutter sang noch keine Psalmen, fing aber schon an, sie leise zu summen. Dass sie noch nicht sang, ergab sich aus dem, was der Waschtag nach sich zog: das Bügeln, die typische Dienstagsarbeit. Wenn ich heute durch die Stadt gehe und an einem willkürlichen Tag irgendwo in einem Zimmer eine Hausfrau (oder, was fast nie vorkommt, einen Hausmann) bügeln sehe, dann denke ich noch immer: »He, ist etwa Dienstag?«

Beim Bügeln konnte meine Mutter Radio hören. Am Tag lauschte sie dem Kinderchor von Jacob Hamel, und am Abend, wenn mein Vater bei der freiwilligen Feuerwehr war, erledigte sie die restliche Wäsche beim »bunten Dienstagabendzug«, und dann war dieser Tag, dieses ruhige Intermezzo zwischen dem schrecklichen Montag und dem wunderbaren Mittwoch, auch schon wieder vorbei. Der einzige Makel, der dem Dienstag anhaftete, war, dass der Tag besonders geeignet zu sein schien, um Endivien zu essen, ein Gemüse, das so lange gekocht werden muss, bis es wie

Schleim zwischen den Gabelzinken hindurchfließt, und dessen bitterer Geschmack auch dann noch bleibt, wenn man einen einzigen Teil Endivien mit sieben Teilen Äpfeln mischt.

Als Kind war der Mittwoch mein Lieblingstag.

Der Mittwoch ähnelte dem Samstag, mit dem Unterschied, dass man sich nicht waschen musste. Meine Mutter sang wieder Psalmen, der Montag lag noch in weiter Ferne, und nachmittags konnte man, nachdem man seine geliehenen Bücher in der Bibliothek gegen neue getauscht hatte, über die Röhren laufen.

Rings um unsere Stadt wurden Polder mit Schlick aus dem Rotterdamer Hafen aufgeschüttet. Dieser Schlick wurde, mit Wasser vermischt, durch große Rohre gepumpt, die hoch über dem Polderland auf kreuzweise montierten Stahlstützen über Gräben, Wiesen und Stacheldrahtzäune geführt wurden. Und man konnte von der Stelle, wo der Sand aus den Rohren floss, auf dem eisernen Rücken bis dorthin gehen, wo der Schlick aus den Baggerschiffen geladen wurde. Hoch über dem Polder spazierte man, mühsam das Gleichgewicht haltend, viele Kilometer am Fluss entlang.

Unter den eigenen Füßen lag dann die Stadt, es war, als würde man emporgehoben, als dürfte man – unantastbar und unverwundbar – sein eigenes Leben betrachten, das sich dort irgendwo in der Tiefe, wo man nicht auf sein Gleichgewicht achten musste, mühsam von Montag zu Montag fortschleppte. Weil man nur eine einzige Sorge hatte – ich muss verhindern, dass ich abstürze –, fielen alle anderen Sorgen weg. Unter den Füßen hörte man im Rohr das bedrohliche Geräusch des fließenden Schlamms und in der Ferne die flüchtigen Geräusche der Stadt, Stimmen, das Rasseln der Ankerketten, und man wusste, man war darüber erhaben, solange man von Röhre zu Röhre ging, nicht frei, nach links oder rechts auszuweichen, aber doch frei von allen Mühen, die das Leben in der Stadt so prägten. Wenn im Sommer die Sonne brannte, schien die Stadt ein Traumbild zu sein. Dann war es, als würde man etwas betrachten, das vor einhundert Jahren existiert hatte und das sich, ehe es endgültig verschwunden sein würde, noch einmal materialisierte. Oft ermahnten einen Spaziergänger, von den Röhren herunterzukommen, doch dem musste man nicht Folge leisten, denn sie befanden sich weit unter einem und würden einen niemals erreichen. Man war sicher, unantastbar, man ging die vielen riskanten Kilometer und schaute dabei mal zum sonnigen breiten Fluss hinüber und mal zur Stadt, wo am Ende des Nachmittags Dutzende Paare von Kinderschuhen vor diversen Küchentüren standen. In vielen Häusern saßen die Kinder in Socken vor dem Fernseher und sahen sich die Kinderstunde an. Manchmal überkam einen die Sehnsucht, auch auf diese Erfindung zu starren, doch auf den Röhren spazierend, schien dieser Wunsch zugleich unwirklich wie der im Sonnenlicht badende Turm der Grote Kerk.

Am Mittwochabend konnten wir – die Sendung wurde schließlich vom protestantischen Rundfunk ausgestrahlt – ohne Schuldgefühle dem Ratespiel »Mastklettern« lauschen, bei dem es darum ging, durch richtige Antworten einen Mast immer weiter nach oben klettern zu dürfen und sich am Ende die ganz oben hängende Wurst zu holen. Wir mochten den Moderator Johan Bodegraven und sangen:

Wer klettert mit bis oben in den Mast?
Wir holen uns die Wurst, macht euch drauf gefasst.

Nicht schlimm, wenn man am Ende doch verliert,
man hat zumindest sein Allgemeinwissen trainiert.

Keinem war damals bewusst, dass durch diese Sendung
unsere Sprache um den Ausdruck »Es geht um die Wurst«
bereichert wurde, ebenso wenig wie jemand auf die Idee
gekommen wäre, dass das aus der Ferne so verträumt klin-
gende Geräusch des Schlamms, der durch die Röhren zu seinem Bestimmungsort gepumpt wurde, derart schreckliche
Konsequenzen haben würde.

Obwohl der Donnerstag der normalste Tag der Woche zu
sein schien, gelang es meinem Vater doch immer wieder, seine graue Erscheinung mit einem Loblied aufzufrischen.

O Donnerstag, du schönster Tag der Tage,
am Morgen eine halbe Woche noch,
am Abend nur zwei Tage.

Der Donnerstag konnte eine solche Ode sehr gut gebrau-
chen. Ansonsten hätte man ebenso gut auf ihn verzichten
können. Es war fast so, als diente der Donnerstag nur dazu,
die Woche zu füllen; er war ein Tag ohne Gut und Böse.
Ebenso wie der Freitag übrigens, der allerdings dadurch noch
aufgeheitert wurde, dass am späten Nachmittag, so gegen
fünf, in vielen Häusern unter dem Deich die Familienväter
ihre Lohntüte, die sie kurz vorher in Empfang genommen
hatten, ihren Ehegattinnen überreichten. Wie feierlich dieser
Moment bei uns war! In der Stube herrschte für einen Moment Schweigen. Meine Mutter öffnete den Umschlag und
gab meinem Vater wortlos sein Taschengeld: zehn Gulden.

Was den Samstag grau färbte, war der unausweichliche,
gnadenlose Zwang, sich von Kopf bis Fuß zu waschen. Alles

wäre anders gewesen, wenn es dort, unter dem Deich, auch nur in einem der Häuschen eine Badewanne oder eine Dusche gegeben hätte. So aber musste man sich in einem Trog waschen. Als ich diesem Trog entwachsen war, nahm mein Vater mich mit zur Feuerwehrkaserne, wo er wie alle anderen Mitglieder der freiwilligen Feuerwehr und alle Bauhofangestellten am Samstag kostenlos duschen durfte. Allerdings war es verboten, auch Verwandte von dieser Möglichkeit profitieren zu lassen. Zwischen Feuerwehrschläuchen und Motorpumpen hindurch musste ich hineingeschmuggelt werden. Es gab sechs Duschkabinen. Einmal in einer solchen Kabine angekommen, war ich vergleichsweise sicher, wobei es auch dann noch passieren konnte, dass ein Gemeindearbeiter oder ein Feuerwehrmann wissen wollte, wer der stille Duscher neben ihm war.

»He, Kraan, bist du das?«

Woraufhin mein Vater für mich erwiderte: »Bestimmt ist es der junge Onderwater.«

»Bist du das, Onderwater? Wieso sagst du nichts!«

»Wenn er duscht, hört er nichts!«, rief mein Vater.

Dann musste ich in der Dusche bleiben, bis der Gemeindearbeiter ganz fertig war und die Kaserne verlassen hatte. Bis es so weit war, stand ich da, das Wasser strömte an mir herab, und es war, als würde ich regelrecht weggewaschen. Schließlich verließ mein Vater die Dusche und sah draußen nach, ob jemand kam. Durch den Turm, in dem die Feuerwehrschläuche getrocknet wurden, schmuggelte er mich dann wieder hinaus.

Als legale Alternative zu dieser heimlichen Wäsche bot sich noch das Badehaus in der Taanstraat an. Mein Vater, der mich im Grunde nur ungern in den Duschraum der Feuerwehrkaserne hineinschmuggelte, konnte einfach nicht verstehen, dass ich nichts in der Welt erniedrigender fand, als mit sauberer Unterwäsche in das lärmerfüllte Badehaus zu gehen, wo alle einen anschrien und Obszönitäten über die nicht ganz bis zur Decke reichenden Kabinenmauern riefen, die bis heute in meinem Gedächtnis hinter Schloss und Riegel sitzen.

So wie der Montag hatte auch der Samstag sein eigenes Menü. Leckere Gerichte wie Grützbrei oder braune Bohnen mit Sirup waren tabu. Punkt halb eins stellte meine Mutter die Vorspeise auf den Tisch: Tomatensuppe. Wenn die anderen Familienmitglieder davon einen und ich zwei Teller gegessen hatten, erschien das samstägliche Hauptgericht: Erbsensuppe. Ich glaube nicht, dass ich diese Kombination von Vor- und Hauptspeise jemals als irgendwie besonders empfunden hätte, wenn meiner Frau nicht, als sie das erste Mal samstags bei uns aß, von der eigentlich doch so naheliegenden Farbabfolge von Rot und Grün übel geworden wäre.

Unmittelbar nach der roten und grünen Suppe wurde uns Kindern das Taschengeld ausbezahlt. Pro Person bekamen wir fünf Cent. In vielen anderen Häusern unter dem Deich wurde das Taschengeld ebenfalls gleich nach dem Mittagessen überreicht, was zur Folge hatte, dass die Süßigkeitenläden, die dafür extra offen blieben, gegen eins einen gewaltigen Ansturm der auf Zuckerstangen, Bonbons und Wundertüten versessenen Kinder zu verarbeiten hatten. Ich kaufte meine Wundertüte am liebsten in der Nieuwstraat. Dort gab es einen Händler, der Metallhaken statt Hände hatte. Wie dieser Mann seine Hände verloren hatte, wusste niemand. Man sagte, sie seien abgezittert, eine Erklärung, über die ich immer lachen musste. Ich wusste es besser, die Hände waren, als Vorgeschmack auf das, was uns allen bevorstand, schon mal wegsaniert worden. Während der Sanierung würden wir alle solche Haken bekommen, um zu verhindern, dass wir gegen die Abbrucharbeiter vorgingen. Deshalb schaute ich immer ganz genau hin, wenn der Händler mit seinen Haken eine Zuckerstange nahm. Ich wollte mir den Trick abgucken, um später selbst mit den gruseligen und gleichzeitig faszinierenden Greifern zurechtkommen zu können. Allerdings krampfte mein Herz sich bei dem Gedanken zusammen, dass ich, wenn ich keine Hände mehr hatte, niemals die Orgel in der Grote Kerk würde spielen können.

Nach der Wundertüte streckte sich der leere Samstagnachmittag in seiner ganzen Herrlichkeit vor uns Kindern aus; nichts anderes gab es mehr zu tun, als die geliehenen Bücher in der Evangelisationsbücherei am Hoofd gegen neue zu tauschen. Der Nachmittag glitt weiter dahin, ohne dass etwas passierte. Oft schien kurz die Sonne, weil es doch im Sprichwort heißt: »Macht das Wetter samstags Zicken, irgendwann lässt sich dennoch die Sonne blicken«. Um fünf erhob sich mein Vater von seinem Stuhl beim Herd. Geheimnisvoll lächelnd ging er in die Stadt, um eine Viertelstunde später mit gebackenem Fisch wiederzukommen. »Oh, was für eine Überraschung, gebackener Fisch«, sagte meine Mutter dann jeden Samstag.

Der Sonntag war, obwohl nach dem Bad am Samstag eine Katzenwäsche reichte, immer der stressigste Tag der Woche. Weil wir bis acht Uhr ausschlafen mussten, hatten wir nur eine Stunde Zeit für das Frühstück und um unsere Sonntagskleider anzuziehen und die Kirchenbibel zu suchen. Dann hieß es rennen, denn sonst saß auf dem Platz, den man als seinen Stammplatz betrachtete, schon jemand anders. Nach dem Gottesdienst musste man abermals rennen, um rechtzeitig zu Hause zu sein und den Kaffee für die zu Besuch kommenden Verwandten zu kochen. Anschließend war es Zeit fürs Mittagessen, und zwischendurch musste man, vor allem im Sommer, versuchen, einen Abstecher auf die Hafenmole zu machen. Nach dem Mittagessen musste man rennen, um rechtzeitig in der Sonntagsschule zu sein, und wenn die Schule aus war, begann der nächste Gottesdienst. Folglich saßen wir am Sonntagabend erschöpft unter der Lampe, lasen unsere Bibliotheksbücher oder lauschten dem Sonntagabendvortrag im Radio. An diesem hektischen Tag gab es nur eine einzige Ruhepause. Wenn um ein Uhr nach dem Mittagessen das Dankgebet erklungen war, schob mein Vater unsere beiden hohen Lehnstühle zusammen und legte sich zusammengekrümmt darauf. Wir durften uns nicht bewegen, keinen Schritt tun, kein Wort sagen. Das war jeden Sonntag aufs Neue die beklemmendste halbe Stunde der ganzen Woche. Jedes Geräusch, sogar das Umblättern einer Buchseite, weckte meinen Vater aus seinem Mittagsschlaf, und dann setzte er sich aufrecht hin und sagte mit giftgrün aufblitzenden Augen: »Könnt ihr nicht einmal in der Woche für ein halbes Stündchen still sein? Ich war fast eingeschlafen!«

Dann nickte er wieder ein, ein Schlummer, der so leicht war, dass ich es kaum wagte, mit den Augenlidern zu plinkern. Fuhr auf der Maas ein Schiff vorüber und hupte, dann imitierte mein Vater im Schlaf das Schiffshorn. Eine halbe Stunde lang saßen wir regungslos auf unseren Stühlen. Nach draußen durften wir nicht, denn schließlich war ja Sonntag. Jedes Ticken der Uhr kam mir vor wie ein Donnerschlag, und immer hatte ich am Sonntag das Gefühl, als wünschte unser Vater sich eigentlich, dass wir für ein halbes Stünd-

47

chen tot wären. Man lauschte diesem seltsamen Symphonieorchester: dem eigenen Körper. Man holte Luft, man schluckte, die Finger knackten, im Bauch rumorte es. Mindestens zweimal in der halben Stunde reichte eines dieser Geräusche aus, um meinen Vater aus dem Schlaf fahren zu lassen. Dann schaute er einen mit seinem Blick voller sonntäglicher Wut an, man hätte meinen können, er liefere einen diesem schrecklichen Moment aus, damit man die übrige Woche dann vollkommen sorglos leben könnte.

Das Sanierungsgebiet wird verschont

Nach dem Samstagabendessen trage ich vier mit Margarine
bestrichene und mit braunem Bastardzucker bestreute Butterbrote zur Taanstraat. Außer den Broten habe ich auch
Kaffee und ein paar Tassen dabei. Beim Pumpwerk steige
ich auf den Deich. Oben angekommen, packt der Sturm
meine Tasche. Ich kann kaum noch atmen. Mit der flatternden Tasche gehe ich durch die Fenacoliuslaan zur Taanstraat. Dort ist es zappenduster, ich sehe nur zwei rot flackernde Öllampen. Als ich näher komme, zeigt sich, dass
sie an einem rot-weißen Brett befestigt sind, das auf zwei
Ständern quer über die Straße gelegt worden ist. Die beiden
Lampen brennen mit unruhig flackernder Flamme, wo-
hingegen meine Tasche kaum noch schlenkert. Jenseits der
Lampen bemerke ich Flutplanken, ich sehe meinen Vater,
höre die besorgten Stimmen der Aufseher.

»Wie soll das werden? Das Wasser steht jetzt schon bis
zum vierten Brett, und die Springflut kommt erst heute
Nacht.«

»Ja, wir müssen Sandsäcke holen.«

»Haben wir überhaupt genug?«

»Wir haben ausreichend Sandsäcke, um auf allen Planken
zwei Schichten zu stapeln.«

An den Stellen, wo die Flutplanken in die Halterungen geschoben sind, leckt stark veröltes Wasser in die Taanstraat.

»Wir brauchen Putzwolle«, sagt einer der Aufseher.
»Klaas, lauf du mal schnell ins Lager.«

Während Klaas Onderwater sich murrend entfernt, betrachte ich die langsam durchsickernden roten, grünen, gelben und blauen Wasserstrahlen, diesen harmlosen Kampf der Farben. Es sieht ständig so aus, als würden Rot und Grün keinen Daumenbreit voreinander zurückweichen. Gelb schlüpft unbemerkt hindurch, in Schlieren, Kreisen und Streifen, während Hellblau nur ab und zu auftaucht. Das Geräusch der zwischen den Flutplanken hindurchleckenden Wasserstrahlen hat etwas Beruhigendes. Jenseits der Flutplanken erstreckt sich eine riesige idyllische Wasserfläche bis zur fernen Schans. Aus dem Wasser ragen, umspült von kräftigen Wellen, die Gaslaternen, und ihr Licht scheint, als wäre es flüssig, auf die farbige Wasseroberfläche hinabzuschweben. Der Sturm übertönt das leise Summen der Gasbläschen. Eine dicke Ölschicht auf dem Wasser verhindert, dass der Sturm es heftiger aufwogen lässt; und trotzdem sieht es so aus, als würden die Brandungswellen auf die Flutplanken zurollen. Die Trossen, mit denen das Lotsenboot an den im Wasser verschwundenen Pollern festgemacht ist, sind straff gespannt. Wenn ich meine Augen halb zukneife, scheint es, als wären die Trossen am bunten Wasser selbst befestigt.

Von den Duckdalben ragen nur noch die weißen Spitzen aus dem Wasser. Das Lotsenboot ist so hoch gestiegen, dass die Masten die dahinjagenden Wolken zu berühren scheinen.

»Sag deiner Mutter, dass ich nicht vor zwölf nach Hause komme«, sagt mein Vater.

»Sie will später selbst noch herkommen«, erwidere ich.

»Dann sag ihr, sie soll meinen braunen Pullover mitbringen, ich verrecke hier fast vor Kälte.«

»Soll ich ihn schnell holen?«

»Nein, so schlimm ist es nun auch wieder nicht«, bremst er meinen Eifer. »Nachher ist früh genug. Und sag ihr, sie soll auch etwas Tabak mitbringen, ich hab kaum noch welchen. Und trockene Streichhölzer.«

»Wird das Wasser über die Planken fließen?«, frage ich.

»Wenn es weiter so steigt, ja«, sagt mein Vater, »und es steigt noch immer. Sieh nur, es steht jetzt schon wieder zwei Steine höher.«

»Aber könnte es auch über die Sandsäcke fließen?«, frage ich.

»Ach was«, sagt er, »das habe ich noch nie erlebt.«

»Könnte das Lotsenboot sich nicht losreißen?«, möchte ich wissen.

»Ach was«, antwortet er.

Ich erwidere nichts und schaue zu dem Lotsenboot hinüber, das bereits ziemlich hoch gestiegen ist. Wenn das Wasser weiter steigt, müsste eigentlich irgendwann der Moment kommen, in dem die Trossen so stark gespannt sind, dass sie reißen. Oder würden sich die Trossen vorher von den Pollern lösen? In der Taanstraat ertönt das Gehupe eines Lastwagens.

»Hey, der Sandlaster«, sagt der Aufseher.

»Du solltest lieber nach Hause gehen«, sagt mein Vater.

»Darf ich noch kurz bleiben und zusehen, wie die Sandsäcke gestapelt werden?«

»Deine Mutter macht sich bestimmt schon Sorgen.«

»Sie weiß doch, dass ich hier bin«, sage ich beleidigt.

»Na, dann bleib halt.«

Die Sandsäcke werden dachziegelartig auf die Flutplanken gelegt. Auch die Stellen, wo die Flutplanken in den metallenen Wandhalterungen stecken, werden mit Sandsäcken abgedeckt.

»Wenn das Wasser jetzt über die Planken steigt, läuft es dann nicht zwischen den Sandsäcken hindurch?«, frage ich.

»Hier und da wird es ein bisschen rauspieseln«, sagt der ältere Onderwater, »aber das meiste halten wir auf.«

»Jetzt aber nach Hause«, sagt mein Vater.

Während ich mit meiner flatternden Tasche zurückgehe, denke ich: »Ich will sehen, was passiert, wenn das Wasser die Sandsäcke erreicht.«

Meiner Mutter berichte ich ein paar Minuten später: »Er möchte seinen braunen Pullover, Tabak und trockene Streichhölzer haben. Ob ich ihm die Sachen schnell bringen könnte.«

»Du? Du musst ins Bett.«

»Bei dem Sturm kann ich sowieso nicht schlafen«, sage ich.

»Na, meinetwegen, dann lauf schnell.«

Als ich mit Pullover, Tabak und Streichhölzern bei den Flutplanken ankomme, hat das Wasser bereits die untersten Sandsäcke erreicht. Überall fließt es zwischen Holz und Jute hindurch in die Taanstraat. Mit großen Putzwollehampfeln werden die Löcher gestopft. Mein Vater ist so beschäftigt, dass er gar nicht merkt, dass ich hinter ihm stehe.

»Solange er mich nicht sieht, kann ich bleiben«, denke ich zufrieden, und außerdem: »Hab ich's nicht gesagt, die Sandsäcke können das Wasser nicht aufhalten.«

Auf die erste Sandsackschicht wird eine zweite gelegt. Mit Pfählen und senkrecht stehenden Brettern werden die Säcke gestützt, und die ganze Zeit stehe ich da und sehe zu. Erst als mein Vater eine kurze Pause macht, entdeckt er mich und sagt drohend: »Bist du immer noch hier?«

52

»Nein, ich bin kurz zu Hause gewesen«, sage ich und gebe ihm den Pullover und die Rauchutensilien.

»Und jetzt ab nach Hause.«

»Ja«, sage ich und frage: »Und wenn das Wasser über die zweite Sandsackschicht steigt?«

»Es ist noch nie höher gestiegen als bis zur ersten.«

Ich werfe ihm einen kurzen Blick zu und sage dann, was ich ihn selbst schon so oft habe sagen hören: »Was nicht ist, kann ja noch werden.«

Er sieht mich an und dreht gleichzeitig eine Zigarette. Seine Augen leuchten grünlich auf. Und schon renne ich los, die Taanstraat entlang.

Als ich am Sonntagmorgen aufwache und nach unten gehe, um mich am Kaltwasserhahn zu waschen, sehe ich meine Mutter in der Wohnstube sitzen.

»Dein Vater ist die ganze Nacht nicht nach Hause gekommen«, sagt sie. »Erst heute Morgen um fünf war er da, um ein Brot zu essen, und er hat die Mütze abgenommen und seinen Sonntagshut aufgesetzt.«

»Ist das Wasser über die Sandsäcke gestiegen?«

»Ja«, sagt sie, »ja. Wir sollen gut zuhören, was Onkel Nico sagt, denn er wird wohl den ganzen Tag noch Dienst haben, hat dein Vater gesagt.«

Wir lauschen der Radioübertragung von Onkel Nicos Predigt über den Hebräerbrief 11, Vers 1. Weil er für die Opfer der Sturmflutkatastrophe betet, wird mir plötzlich bewusst, dass etwas Schreckliches passiert sein muss. Gleich nach dem Gottesdienst gehe ich nach draußen. Inmitten all der Spaziergänger, die nach Kirchgang und Kaffeetrinken einen Abstecher zur Hafenmole machen, gehe ich den Noorddijk entlang. Es ist, als fände hier eine Prozession statt, eine Sturmflutprozession. Wieso gehen alle den

Noorddijk entlang? »Das Land des Buys-Bauern ist überflutet«, höre ich die Spaziergänger sagen. Als wir bei der
Kurve im Deich ankommen und ich das Land des Buys-
Bauern sehe, bin ich enttäuscht: Der Bauernhof steht noch
auf dem Trockenen, und die Wiesen und Felder dahinter
sehen aus, als hätte es lediglich einen Wolkenbruch gegeben. Es gibt große Wasserpfützen, aber den riesigen See mit
Ruderbooten, Rettern und schwimmenden Kühen, den ich
erwartet hatte, den sehe ich erst ein paar Tage später auf den
Zeitungsfotos. Zwischen all den Spaziergängern schreite ich
über die mit einer dünnen Ölschicht bedeckten Straßen
zum Stort, wo ein Haus eingestürzt und ein Bewohner ums
Leben gekommen ist. Auch das erweist sich, als wir in der
Piersonstraat ankommen, als eine Enttäuschung: Das Haus
steht noch halb, und das Opfer hat man schon vor Stunden
weggebracht.

Später am Tage kommt mir zu Ohren, dass man in der
Taanstraat eine tote Frau gefunden hat. Offenbar ist sie in
ihrem Bett ertrunken, und ich denke stolz: »Gestern bin ich
da noch vier Mal vorbeigegangen.«

Als mein Vater am Abend nach Hause kommt, aschgrau,
todmüde, sagt er: »Es hat nicht viel gefehlt, und der ganze
Sluispolder wäre überflutet worden.«

»Hätten dann alle Häuser unter dem Deich unter Wasser
gestanden?«, frage ich.

»Bis zum First«, sagt mein Vater.

Erst Tage später, als ich die Fotos sehe, auf denen die
Menschen rittlings auf den Firsten ihrer überfluteten Bau-
ernhäuser sitzen, beginnt diese Bemerkung in meinem Kopf
herumzuspuken. Bei jedem Foto denke ich: »Wenn unser
Deich gebrochen wäre, hätten wir auch aufs Dach klettern
müssen.«

Je mehr ich aus dem Radio über die Rettungsaktionen in Zeeland erfahre, wo Hubschrauber und Amphibienfahrzeuge eingesetzt worden sind, umso größer wird mein mit Schuldgefühlen getränkter Neid. Wenn das Wasser nur einen Kilometer weiter nördlich durchgebrochen wäre, hätten auch wir mit Hubschraubern und Amphibienfahrzeugen gerettet werden müssen. Da ich bisher noch nicht einmal in einem Auto gefahren bin, erscheint mir nichts erstrebenswerter als ein Flug mit einem Hubschrauber, der mich zu einer trockenen Stelle bringt, wo bereits Amphibienfahrzeuge bereitstehen, um mich, mal fahrend, mal schwimmend, aus dem Katastrophengebiet herauszutransportieren. Wie merkwürdig, dass der über dem Deich gelegene Teil der Stadt gut einen Meter unter Wasser gestanden hat, während der vier Meter tiefer gelegene Teil innerhalb des Deichs knochentrocken geblieben ist. Merkwürdig auch, dass die Grenze zum Katastrophengebiet genau der Deich war, den ich hinaufgeklettert bin, um meinem Vater Pullover und Tabak zu bringen. Welch ein Wunder, dass Gott das Sanierungsgebiet verschont hat! Das muss der Gemeindeverwaltung doch zu denken geben.

Eines Abends, das Radio läuft, und die Wohltätigkeitssendung »Börsen auf, Deiche dicht« wird übertragen, klingelt es an der Haustür.

»Sie kommen Geld sammeln«, sagt meine Mutter.

»Wir müssen nicht spenden«, sagt mein Vater, »ich habe einen Abend und eine Nacht und einen Sonntag kostenlos gearbeitet. Sag ihnen das.«

»Sprich selbst mit ihnen«, erwidert meine Mutter.

Mein Vater geht zur Haustür, ich höre Stimmen, die Tür vom Flur zur Wohnstube öffnet sich wieder, und in der Tür steht nicht mein Vater, sondern Bruder Strijbos.

Er rappelt mit der Sammelbüchse, und meine Mutter sagt: »Hat Pau nicht gesagt ...«

»Deswegen bin ich nicht hier«, erwidert Strijbos.

Als mein Vater auch wieder im Zimmer ist und die beiden links und rechts von dem mit Eierkohlen geheizten gusseisernen Ofen sitzen, sagt Strijbos: »Ich weiß nicht, ob ihr es schon gehört habt, aber alle meine Bibeln sind abgesoffen.«

»Nicht möglich!«, sagt mein Vater

»Doch«, sagt Strijbos, »ich habe meine ganze Sammlung wegschmeißen müssen. Und es waren herrliche, einmalige, wertvolle Exemplare darunter, eine Deuxaes-Bibel von 1562 und die Neuauflage aus dem Jahr 1587, und eine Delfter Bibel, und die wunderschöne Neuausgabe aus dem Jahr ...«

»Bist du versichert?«

»Nein, natürlich nicht, man versichert doch das Wort Gottes nicht, man geht doch davon aus, dass Gott selbst dafür sorgen wird, dass nichts passiert.«

»Wie viele Bibeln?«

»Bestimmt zweihundert. Schau, ich hatte sie auf dem zweiten Brett von unten stehen. Im Wohnzimmer. Und das Wasser ist genau bis zum dritten Brett gestiegen.«

»Was du also auf dem untersten Brett stehen hattest, ist auch perdu?«

»Ja, auf dem untersten Brett standen die Werke von Abraham Kuyper. *Die allgemeine Gnade* – drei Bände, nichts mehr von übrig. *Über das alte Weltmeer,* du weißt schon, diese beiden kolossalen Bände mit den herrlichen Bildern – nur noch Pappmaché. Das Werk über den Heiligen Geist – drei Bände, die jetzt wie alte Taschentücher aussehen. Sein Buch über den Modernismus – ein einziger Pamp. Und all seine Gebete und Meditationen – weg, einfach weg. Im

Wijde Slop habe ich noch ein paar zerfetzte Bände wiedergefunden.«

»Schlimm«, sagt mein Vater, »sehr, sehr schlimm.«

»Nun ja, schlimm, das schon, aber nicht unwiederbringlich. Einen Band mit Gebeten, den findet man immer wieder mal. Und auf dem Flohmarkt in Rotterdam, da findest du jederzeit die ein oder andere Meditation. Bloß so ein Buch wie *Über das alte Weltmeer,* da stolpert man nicht alle Naslang drüber, das findet man heute nicht mehr so oft, und was den Rest angeht, nein, darüber jammere ich nicht, das Kreuz, das will ich schon tragen. Aber meine Bibeln, nicht wahr, das war eine wertvolle und einmalige Sammlung. Allein die Deuxaes-Bibel war ein Vermögen wert.«

»Mannomann«, sagt mein Vater.

»Ob du es glaubst oder nicht«, sagt Strijbos, »ich kann nachts deswegen nicht schlafen, ich verstehe das einfach nicht. Wie kann der Herr eine so glänzende Sammlung seiner eigenen Worte untergehen lassen?«

»Na, na«, sagt mein Vater, »du bist selber schuld. Du hast sie zu tief gelagert. Du hättest sie aufs oberste Brett stellen müssen. Als du noch in der Sandelijnstraat gewohnt hast, standen sie auf dem obersten Brett.«

»Damals habe ich noch kleine Kinder gehabt!«

»Als ob die jetzt schon so groß wären! Nein, nein, du hast die Bibeln nach deinem Umzug nur deshalb auf das zweite Brett gestellt, um damit zu prahlen! Was steht denn auf dem obersten Brett?«

»Die Bücher von Jan Mens.«

»Von diesem sozialistisch angehauchten Volksschriftsteller! Die gehören nach unten, die hätten ertrinken …«

»Nein, nein, die Bibeln haben dort gestanden, genau dort, weil ich sie so am besten sehen konnte. Wenn ich in meinem Lehnstuhl saß, konnte ich, wenn ich das wollte, mit beiden Händen ihre ledernen Rücken streicheln. Wie mich das getröstet hat! Nein, ich kann nicht begreifen, wie der Herr sie ...«

»Wer sagt, dass der Herr sie hat ertrinken lassen?«

»Gibt es ein Übel in der Stadt, dass der Herr nicht bewirkt hat?«

»Ja, das stimmt, aber die Bibeln hast du trotzdem zu tief gestellt. Was hättest du denn gewollt? Dass der Herr das Wasser beim zweiten Brett einen kleinen Sprung machen lässt?«

»Es hätte nicht weiter steigen dürfen als bis zum zweiten Brett! Der Herr wusste doch, dass da meine Bibeln stehen.«

»Er hat nicht einmal seinen eigenen Sohn verschont. Warum sollte er also sein heiliges Wort verschonen?«

»Er hat seinen eigenen Sohn nicht verschont, um uns von Sünde und Verdammnis zu erlösen, aber es hat doch keinen Sinn, wenn er sein heiliges Wort untergehen lässt? Davon hat doch keiner was? Es steht doch geschrieben: ›Das Wort unseres Gottes bleibt ewiglich.‹«

»Mann, Strijbos, jetzt hör aber auf«, sagt meine Mutter, »eintausendachthundert Menschen sind ertrunken, und du jammerst über ruinierte Bibeln.«

»*Das* waren Sünder«, sagt Strijbos, »aber *das hier* waren Bibeln, das war das Wort des Herrn selbst!«

»Und was willst du damit sagen?«, möchte mein Vater wissen.

»Dass ich ... ja, es ist schrecklich, ich weiß es, aber ... Gott wird mich noch strafen, aber ... aber ...«

»Was, aber?«, fragt mein Vater.

»Aber die Bibel ist doch Gottes Wort, oder nicht?«

»Warum sollte sie das plötzlich nicht mehr sein?«

»Wer lässt denn sein eigenes Wort ertrinken? Neulich erst war ein Bruder aus Heerhugowaard hier und hat sich meine Bibeln angesehen. Er meinte: ›Strijbos, was du hier stehen hast, ist keine Funzel zum Lesen und keine Leuchte für den Weg, das ist eine komplette Lampenfabrik. Mann, Mann, du hast hier Meere von Licht, Scheinwerfer des Heils.‹ Und nun, alles nur noch Pulp. Selbst die schönen braunen Ledereinbände sind verschimmelt.«

Bruder Strijbos fügte sich nicht in sein Schicksal. Der Frühling hatte noch nicht begonnen, da hatte er bereits die ganze Stadt an seinen Zweifeln teilhaben lassen. Von den Kanzeln wurde vor ihm gewarnt. Auf der Straße wandte er sich verzweifelt an die Mitglieder der Gemeinde und fragte, wie der Untergang seiner Bibelsammlung damit zusammengehen könne, dass jede einzelne Bibel für sich schon Gottes Wort enthielt. Man bot ihm neue Bibeln an. Die nahm er begierig an und stellte sie stur auf exakt dasselbe zweite Brett. Ob er die Lederrücken der Bücher streichelte, ist nicht bekannt, aber fest steht, dass er, von plötzlichem Argwohn erfüllt, nun jeden Tag das Wort des Herrn studierte. Bei seinen Entdeckungsreisen durch die Bibel stieß er, der früher nie ein einziges Wort der Heiligen Schrift in Zweifel gezogen hätte, auf die, in seinen Augen, merkwürdigsten Widersprüche. Immer, wenn er etwas gefunden hatte, das ihm unstimmig vorkam, begab er sich zu einem Mitglied des Männervereins »Schrift und Bekenntnis«, um ihm seine Zweifel vorzulegen. Mein Vater ließ ihn, nachdem er dreimal bei uns gewesen war, nicht mehr ins Haus. Bei seinem ersten Besuch hatte er uns die Passage »Töten hat seine Zeit« aus Prediger 3 vorgelegt, und er hatte uns gefragt, wie das zum sechsten Gebot passte. Wie konnte es eine Zeit zum Töten geben, wenn auch geschrieben stand: »Du sollst nicht töten«?

Mein Vater konnte ihm das nicht erklären, ebenso wenig wie er ihm später deutlich machen konnte, warum in Jakobus 2, Vers 24 gesagt wird: »So seht ihr nun, dass der Mensch durch Werke gerecht wird, nicht durch Glauben allein«, während der Apostel Paulus in dem Brief an die Römer 4, Vers 2 sagt: »Ist Abraham durch Werke gerecht, so kann er sich wohl rühmen, aber nicht vor Gott«, und in Römer 5, Vers 1: »Da wir nun gerecht geworden sind durch den Glauben, haben wir Frieden mit Gott«.

»Man hat uns immer gelehrt«, sagte Strijbos, »nur durch den Glauben wird man gerecht, und was lese ich nun? Ein Mensch wird durch Werke gerecht und nicht nur durch den Glauben.«

Was half es, dass mein Vater sagte, die Werke seien die Frucht des Glaubens, weshalb sie stets auf das Vorhandensein des Glaubens hinwiesen. Der Mensch wird gerecht durch Werke – das bedeute: Der Mensch sei gerecht durch den Glauben, der aus den Werken spricht.

Strijbos schüttelte den Kopf über so viel Spitzfindigkeit. So einfach lasse er sich nicht abspeisen. Nein, erneut habe das unfehlbare Wort ihm, wie er sich ausdrückte, an der Nase herumgeführt. Dass es zweihundertfach ertrunken sei, beweise zur Genüge, dass das Wort nicht Gottes Wort sei.

Mit seinem letzten Problem kam er nicht weiter als bis in den Flur. In der Wohnstube hörten wir ihn rufen: »Im Geschlechterregister bei Matthäus steht, Jesus stamme über Josef von König David ab, aber Josef war überhaupt nicht der Vater von Jesus.«

60

»Geh weg!«, rief mein Vater.

»Sag mir erst, wie Jesus von König David abstammen kann, wenn Josef nicht sein Vater war.«

»Maria stammt von David ab.«

»Das steht nirgendwo. Da steht: ›David aber zeugte Salomo von der Frau des Uria, Salomo aber zeugte tadammtadammtadamm – ich überspringe ein paar Zeilen – tadammtadamm, Jakob aber zeugte Josef, den Mann Marias, von welcher Jesus geboren wurde.‹«

»Raus aus meinem Haus«, sagte mein Vater, »klopf woanders an.«

Wir hörten Geschlurfe, die Tür schlug zu, mein Vater kam allein in die Wohnstube zurück.

Strijbos wurde immer blasser. Er magerte ab und bekam etwas Gespenstisches. Wenn er mir auf der Straße entgegenkam, bog ich lieber in eine andere Gasse ein. Er wurde eine Plage für alle Gläubigen. Er, der früher einmal eine große Stütze der Gemeinde gewesen war – viele Jahre Diakon, als er noch unter dem Deich wohnte, und prompt Presbyter, als er sich den wenigen Reformierten anschloss, die über dem Deich zu Hause waren –, wurde zu einem Anstifter von Streit und Zwietracht.

Es war schon Sommer, als er mich am Hafen ansprach. Ich versuchte noch, durch den Zure Vissteg zu entwischen, aber er machte so große Schritte in meine Richtung, dass ich keine Chance hatte.

»Sag deinem Vater«, redete er sogleich auf mich ein, »er soll Apostelgeschichte 9, Vers 7 lesen und dann Apostelgeschichte 22, Vers 9. In 9 wird über die Männer, die mit Paulus nach Damaskus reisten, gesagt: ›Die Männer aber, die seine Gefährten waren, standen sprachlos da; denn sie

hörten zwar die Stimme, aber sahen niemanden.‹ In 22
steht: ›Die aber mit mir waren, sahen zwar das Licht, aber
die Stimme dessen, der mit mir redete, hörten sie nicht.‹«

»Ich werde es ihm sagen«, erwiderte ich.

»Er kann vorbeikommen und mit mir darüber reden«,
sagte Strijbos. »Heute Abend bin ich zu Hause. Er soll ruhig
kommen, wenn er sich traut.«

»Ich werde es ihm sagen«, antwortete ich.

Sein Gesicht war leichenblass. Seine Finger zitterten.

»Das Wort ist ertrunken«, sagte er, »und da ging mir ein
Licht auf.«

Als ich nach Hause kam, nahm ich die Bibel, die auf
dem Kaminsims lag. Mit bebenden Händen schlug ich die
Apostelgeschichte auf. Ich las: »Die Männer aber, die seine
Gefährten waren, standen sprachlos da; denn sie hörten
zwar die Stimme, aber sahen niemanden.« Ich blätterte
weiter bis Apostelgeschichte 22 und las: »Die aber mit mir
waren, sahen zwar das Licht, aber die Stimme dessen, der
mit mir redete, hörten sie nicht.« Ich spürte ein merkwürdig
kitzelndes Gefühl in meinem Unterleib. Es war, als würde
mein Körper von der Taille abwärts im Boden versinken.
Wenn die Bibel Gottes Wort und sozusagen vom Heiligen
Geist diktiert worden war, dann konnte doch nicht an der
einen Stelle stehen »Sie hörten zwar die Stimme« und an der
anderen »Aber sie hörten die Stimme nicht«.

Ich wagte es nicht, meinem Vater die beiden Passagen zu
zeigen. Ihm wäre sofort klar gewesen, wer mich auf die Text-
stellen aufmerksam gemacht hatte. Er wollte den Namen
Strijbos nicht mehr hören. Monatelang trug ich dieses
eigenartige Rätsel mit mir herum. Sie hörten die Stimme.
Sie hörten die Stimme nicht. Wenn ich auf der Straße unterwegs war, hielt ich nach Strijbos Ausschau. Vielleicht hat-

te ihm inzwischen ein Presbyter oder ein Pastor eine Erklärung liefern können.

Ein Jahr nach der Flutkatastrophe presste ich mich gegen eine fensterlose Wand in der Witte de Withstraat. Dort war eine Inschrift angebracht. »Bis hier stieg das Wasser am 1. Februar 1953«. Ich hatte dort schon öfter gestanden. Als die Inschrift gerade angebracht worden war, hatte ich mich an die Wand gestellt und mir die Hand auf den Kopf gelegt. Ich war unter meiner Hand hervorgetreten und hatte mich umgedreht. Es war so, wie ich erwartet hatte. Das Wasser war genauso hoch gestiegen, wie ich groß war. Was hatte diese Tatsache zu bedeuten? Ich wusste es nicht, aber es jagte mir Angst ein. Immer wieder kehrte ich zu der Stelle zurück und maß meine Größe. Offenbar wuchs ich nicht mehr, offenbar sollte ich als wandelnder Beweis, als Symbol für den Wasserstand während der Sturmflut durchs Leben gehen. Weil ich neidisch auf all die Leute gewesen war, die in Hubschraubern und Amphibienfahrzeugen gesessen hatten.

Doch im Jahr 1954 zeigte sich, dass ich doch noch wuchs. Da stand ich, erleichtert, mit einer Hand ein paar Zentimeter über dem weißen Strich; ich hörte eine Stimme, drehte mich um und sah Strijbos.

»Was machst du da?«, wollte er wissen.

Er sah weniger gespenstisch aus als bei unserem letzten Treffen.

»Ich schaue, ob ich höher reiche als bis zu der Stelle, zu der das Wasser gestiegen ist«, sagte ich.

»Sieht ganz so aus«, meinte er.

»Wissen Sie schon ...?«, fragte ich.

»Was? Was soll ich wissen?«

»Wie das mit Saulus auf dem Weg nach Damaskus war.«

»Saulus? Ach ja, das ist inzwischen eine ganze Zeit her. Hast du das Problem deinem Vater vorgelegt?«

»Ja«, log ich.

»Und? Was meinte er dazu?«

»Er konnte auch nicht helfen«, sagte ich.

»Oh«, sagte er, »nun, dann berichte deinem Vater, dass man mir inzwischen ein Buch von Klaas Schilder zu lesen gegeben hat. Darin schreibt er, an der einen Stelle sei gemeint: ›Sie hörten zwar die Stimme, aber verstanden oder begriffen nicht, was gesagt wurde‹, und deshalb steht in der anderen Perikope ›Sie hörten die Stimme nicht‹. Damit ist gemeint: Sie verstanden die Stimme nicht. Ja, ja, diese Theologen können fein reden. Die haben für alles eine Lösung. Das sind so dermaßen gewichste Burschen.«

Was er erzählte, erleichterte mich. Das Problem war der Aufmerksamkeit von Klaas Schilder offenbar nicht entgangen. Und der war nicht vom Glauben abgefallen, sondern hatte eine Erklärung gefunden, eine Lösung, die stimmte oder nicht stimmte, das spielte gar nicht so eine große Rolle. Man hatte darüber nachgedacht.

»Mein Junge«, sagte Strijbos, »ich geh dann mal weiter. Aber eines will ich dir noch sagen. Zu Paulus' Zeiten, da sprach Gott manchmal noch direkt zu den Menschen. Heutzutage macht er das anders. Er hat sein Wort ertrinken lassen, um mir mitzuteilen – und es hat mich ein Jahr gekostet, das zu erkennen –, dass ich niemals von unter dem Deich nach über dem Deich hätte ziehen dürfen. Wenn ich einfach in der Sandelijnstraat wohnen geblieben wäre, dann wären meine Bibeln nicht ertrunken, verstehst du. Jemand aus dem Presbyterium erzählte mir im Geheimen, dass das Gebiet unter dem Deich wegsaniert werden soll, und hat mir geraten, die erste sich bietende Gelegenheit zu ergreifen und einen Laden über dem Deich zu kaufen. Da habe ich mein kleines Geschäft in der Sandelijnstraat verkauft. Ich habe dem Käufer nicht gesagt, dass es bereits Pläne gab, diese Straße als erste wegzusanieren. Und dafür hat Gott mich gestraft. Deshalb hat er all meine Bibeln ertrinken lassen.«

Er schwieg, schaute in den Himmel und rief dann: »Ja, Herr, ich werde wieder nach unten an den Deich ziehen, und wenn Du es unbedingt willst, sogar zurück in die Sandelijnstraat. Aber gib mir bitte Zeit, meine Frau davon zu überzeugen, dass es Dein Wille ist.«

Er sah mich wieder an und sagte: »Du bist noch ein Kind. Du kannst den Glauben noch auf kindliche Weise akzeptieren. Später wird das einmal anders. Wenn es dir schwerfällt, später, oder du zu zweifeln anfängst, dann fahr nach Den Briel.«

»Nach Den Briel?«, fragte ich erstaunt.

»Ja«, sagte er, »nach Den Briel. Jedes Mal, wenn ich in der Bibel lese und auf Widersprüchlichkeiten stoße – und es stehen einige drin, es wimmelt in der Bibel regelrecht davon –, dann nehme ich mein Rad und fahre mit der Fähre rüber nach Rozenburg. Ich radle quer über die Insel und nehme die komische Kettenfähre nach Den Briel. Und dort steige ich auf den Turm von St. Catherijne. Und wenn ich dann oben bin, und der Wind weht um mich her, und das weite Land mit der Brieler Maas liegt mir zu Füßen, und in der Ferne sehe ich Gottes Meer, dann … dann banne ich den Zweifel … dann banne ich den Zweifel.«

Jedes Mal, wenn er das Wort »banne« aussprach, ballte er kurz die Faust.

»Aber können Sie denn nicht auf unseren Turm …?«, fragte ich ihn.

»Hab ich probiert. Geht nicht. Hilft nicht. Nein, fahr nach Den Briel, klettere dort auf den Turm, und wenn du da stehst, bestimmt, ich weiß es aus Erfahrung, dann bannst du den Zweifel … dann bannst du den Zweifel.«

Er stieg auf sein Rad, fuhr los und sagte: »Dann bannst du den Zweifel.«

Ich schaute ihm nach, und als ich ihn schon nicht mehr hören konnte, da sah ich ihn immer noch kurz die Faust ballen.

Emigration

Viele empfanden die Lage wegen der ständig drohenden Sanierung als zu bedrückend. Sie flüchteten aus dem Sanierungsgebiet an das andere Ende der Welt. In der Schule blieb der ein oder andere Stuhl irgendwann leer. Als wir ins zweite Schuljahr gingen, emigrierte Joop Bravenboer aus dem Stronikaadje nach Neuseeland. In der dritten Klasse entschlossen sich der Vater und die Mutter von Jantje Blommerd zur Emigration aus der Sandelijnstraat. Nachdem der Entschluss gefasst war, sahen wir, wie er Tag für Tag mit tränennassen oder auch nur geröteten Augen in der dritten Bank beim Fenster Platz nahm. Er hatte nie viel gesagt, schwieg aber nach der Entscheidung so nachhaltig, dass es aussah, als wollte er das Niederländische, das er in seiner neuen Heimat Australien nicht brauchen würde, schon mal verlernen. In der vierten Klasse hieß es, Jan Admiraal aus der Nassaustraat werde auswandern. Es hing nur noch davon ab, ob sein Vater, der nicht in eines der anerkannten Emigrationsländer wie Kanada, Neuseeland oder Australien, sondern in die USA auswandern wollte, eine Arbeitserlaubnis oder wenigstens ein Visum bekam. Um Jan, für den Fall, dass er ging, schon mal vorzubereiten, erhielt er Englischstunden, und wir durften – es war schließlich immer gut, wenn man Englisch konnte – auch die Aussprache von »I have a Bible, you have a Bible, he has a Bible« üben. Von

Neid erfüllt stellte ich mir vor, wie Jan in Amerika an Land gehen und den auf ihn losstürmenden Eingeborenen sagen würde – und nur darauf kam es im Leben schließlich an –, dass er eine Bibel besitze. Jans Vater, nicht mehr als ein einfacher Teppichknüpfer in den Vereinigten Seilfabriken, bekam die notwendigen Papiere, und so durfte Jan, inzwischen vorgedrungen zu dem schwierigen Satz »I have read the Bible«, tatsächlich nach Amerika. Mit Jan gingen all seine Brüder und Schwestern, die die unteren Klassen bevölkert hatten. Es war fast, als sei der Schulhof, ja, das ganze Sanierungsgebiet nach ihrem Weggang viel leerer. Wir bekamen hin und wieder noch einen Brief, der in der Klasse vorgelesen wurde. Der jeweils nächste Brief enthielt immer mehr englische Wörter, sodass wir dank Jans Auswanderung eine ordentliche Portion Englisch lernten. In der sechsten Klasse schrieb er ausschließlich auf Englisch, und wir durften versuchen, seine Briefe zu übersetzen.

Was mich erstaunte, war, dass er berichtete, er wohne dort in einem Haus, gehe während der Woche zur Schule und am Sonntag in die Kirche und sammle Briefmarken. Sein Leben glich unserem aufs Haar. Wozu dann emigrieren? Offenbar blieb alles gleich. Der einzige Unterschied war, dass Jan jetzt nicht mehr in einem Sanierungsgebiet wohnte. Aber dafür hätte er doch nicht so weit wegziehen müssen? Oben am Deich wohnte man doch auch nicht mehr im Sanierungsgebiet. Ich verstand nicht, warum er nie vom Silbersee und vom Llano Estacado berichtete. Die Enttäuschung darüber ließ mich hoffen, dass mein Vater, der plötzlich auch vom Emigrationsvirus befallen war, seine vagen Pläne, nach Kanada zu gehen, aufgeben würde. Doch er ließ, so wie viele andere aus unserem Abrissviertel, aus Rotterdam zwei Männer kommen, die sogar an Wochen-

tagen einen grauen Anzug trugen und die im Flur unseres
Hauses zwei Demihomburgs vom Kopf nahmen. Als sie
sich am Tisch in der Wohnstube niederließen, schien es fast,
als wären Presbyter zu Besuch, und wie bei diesen Gelegen-
heiten musste ich auch jetzt zu Bett gehen. Auf dem Dachboden konnte ich jedoch, ein Ohr auf den Fußboden ge-
presst und eine zusammengefaltete Decke auf dem anderen,
um das Geräusch der unter den Dachziegeln herumfuhr-
werkenden Spatzen zu dämpfen, recht gut hören, was unten
gesagt wurde. Es war immer wieder von einem »ganz neuen
Leben« die Rede, von »nicht zu unterschätzenden Schwierigkeiten«. Es wurde gesagt, mein Vater werde kein »ge-
machtes Bett« vorfinden, dass aber »jemand, der bereit ist,
die Ärmel aufzukrempeln, unbegrenzte Möglichkeiten«
habe. Sehr viel hänge auch von der »Hausfrau und Mutter«
ab. Konnte sie mit einem »Traktor umgehen«, »Holz ha-
cken«? Würde sie helfen, »einen großen Betrieb zu bewirt-
schaften«? Wichtig war auch, dass man was »auf der hohen
Kante« hatte. Aus den Fragen, die mein Vater stellte, schloss
ich, dass er nur gehen würde, wenn dort in Kanada, Australien oder zur Not Neuseeland ein Stall mit vierzig schwarz-
bunten friesischen Milchkühen bereitstünde.

»Auf gar keinen Fall rotbunte oder fahle Kühe«, hörte ich
ihn sagen, »denn mit Roten und Fahlen hat man nur Qua-
len.« Woraufhin einer der Demihomburgs berichtete, dass
es »auf der anderen Seite« fast nur gemischte Betriebe gebe,
die sich hauptsächlich auf den Anbau von Roggen, Hafer,
Weizen und Mais konzentrierten.

»Mais?«, fragte mein Vater erstaunt. »Hühnerfutter?«

»Da drüben essen die Menschen den Mais selbst«, sagte
einer der Hüte.

»Die Leute essen Mais?«

Wenn mein Vater die Emigration je ernsthaft erwogen hatte und es kein Trick war, um bei der Gemeinde die von ihm so heiß begehrte Totengräberstelle zu bekommen, dann hatte die Vorstellung, dass man »auf der anderen Seite« Mais für den eigenen Verzehr anbaute, ihn noch einmal ins Grübeln gebracht. Manchmal saß er da, trommelte auf seiner Stuhllehne und murmelte: »Mais.« Er sprach es aus wie den Namen einer schrecklichen Krankheit.

Trotzdem war ich in jenen Monaten davon überzeugt, dass wir nach Kanada gehen würden. Manchmal lachte mich die Vorstellung an, dann sah ich mich selbst, auf einem Traktor sitzend und einen riesigen Mähdrescher durchs Kornfeld ziehend. Doch an anderen Tagen ging ich untröstlich am Maasufer entlang und sog, sofern das mit meiner triefenden Nase noch ging, den Duft des Flusses ein. Ich habe damals, im Schatten des über meinem Haupt schwebenden und, so wie es aussah, unvermeidlichen Abschieds, gemerkt, dass man dazu neigt, zu berühren und zu streicheln, was man – wie sich in diesem Moment zeigt – wirklich liebt. Ich ging mit meiner Seele unter dem Arm durch die Stadt, streichelte die Strebepfeiler der Grote Kerk und sehnte mich leidenschaftlich danach, auf der Garrels-Orgel spielen zu dürfen. Ich legte meine Hand auf die Duckdalben beim Hoofd, betastete die Gaslaternen auf dem Damplein und umklammerte das blaue Geländer der Breede Trappen.

Sehr bald erwies sich mein Kummer als voreilig. Neuseeland schied aus, weil es aus zwei Inseln bestand. Dann konnte man ebenso gut nach Goeree-Overflakkee auswandern. Australien kam nicht infrage, weil schon Pastor Dijkstra dorthin emigriert war. »Dieser Dijkstra«, sagte meine Vater, »hat immer eine Pistole in der Tasche. Wenn man ihn fragt:

›Wofür eigentlich?‹, sagt er: ›Wenn ich jemanden treffe, der fauler ist als ich, dann erschieße ich ihn auf der Stelle, denn ich will der faulste Mann der Welt sein.‹« Wenn auch nur Anspielungen auf eine Emigration nach Kanada gemacht wurden, hörte meine Mutter auf, Psalmen zu singen, oder sie sagte, dass man »auf der anderen Seite« keine Waschmaschinen leihen könne, und sowieso war mein Vater nach dem Mais von dieser Idee genesen.

Dennoch schwärmten die Demihomburger weiterhin durch das Sanierungsgebiet. Offenbar war ihnen bewusst, dass die meisten Menschen dort eher bereit wären zu emigrieren als anderswo. Es war, als wollten sie aus der großen Familie meines Vater (er hatte zwei Schwestern und sechs Brüder) und meiner Mutter (sie hatte ebenfalls zwei Schwestern und sechs Brüder) zumindest eine Familie zur Emigration überreden. Bei meinen Verwandten väterlicherseits gelang ihnen das nicht. »Auf der anderen Seite«, so viel konnte man den Antworten der Demihomburger entnehmen, fehlte es einfach an Damespielern, und die Nachfrage nach Holzschuhhändlern, Harmoniumverkäufern und Käsebauern war zu klein. Doch in die Familie meiner Mutter konnten sie ein Bresche schlagen. Ein Onkel, ein einfacher Anstreicher aus der Nauwe Koestraat – ein Querweg, der im Volksmund Schaapslop genannt wurde –, dachte immer ernsthafter an die Emigration. Seine Schwager, die ihn hassten, ermutigten ihn. Auch seine Brüder hätten ihn, der immer mit der Grundfarbe und dem Lack mogelte, gern abreisen sehen. Und seine Frau, Maartje, nun ja, die »tickte nicht ganz sauber«. Jedenfalls kam irgendwann der große Tag, an dem Onkel Henk und Tante Maartje mit dem Dampfer »De Waterman« aus Rotterdam abfuhren, um in Kanada ein neues Leben zu beginnen.

Am späten Nachmittag sollte »De Waterman« an unserer Stadt vorbeifahren. Bereits um zwei Uhr war die ganze Familie auf dem Schanshoofd angetreten, um ihnen zum Abschied zu winken. Es war ein schöner sonniger Tag mit vielen Nebeln auf dem Wasser. Rings um das Schanshoofd kreisten Hunderte kreischende Lachmöwen. Auf dem Fluss fuhren Binnenschiffe nach Rotterdam und Bergungsschiffe nach Hoek van Holland. Die Fähre brachte den dunkelroten Bus der Linie Rockanje/Rotterdam zur Stadt. War es Mittwoch- oder ein Samstagnachmittag? Oder hatte ich in der Schule frei bekommen, um zu winken? Oder fand die Abreise in den Schulferien statt? Ich weiß es nicht mehr, ich weiß nur noch, dass ich einen ganzen Nachmittag auf dem Schanshoofd gestanden und die »De Waterman« unendlich langsam habe näher kommen sehen, während die Sonne bereits unterging. Sowohl auf dem Schanshoofd als auch auf dem Hoofd war es, wie mein Vater sagte, »schwarz vor Menschen«. An Bord der »De Waterman« befanden sich viele Bewohner von unter dem Deich, auf der Flucht vor der Sanierung. Es wurde bereits gewunken und geweint, als das Schiff erst auf Höhe von Vlaardingen war. Je besser es, dem sanften Bogen des Flusses folgend, sichtbar wurde, umso größer wurde die Zahl der Schaulustigen. Von der Anlegestelle der Fähre fuhren kleine Motorboote los, auf denen dicht gedrängt die Menschen standen und winkten. All diese Boote fuhren in Richtung »De Waterman«. Auch vom Schanshoofd aus fuhren, von Dirkzwagers Steg im Hafen ablegend, permanent Boote, Ruderboote und sogar ein paar Segeljachten auf den Fluss hinaus. Zwei Schlepper von Smit & Co. tuckerten, mit Hunderten von winkenden Menschen auf dem Achterdeck und gellendem Schiffshorn, zum Hafen hinaus. Dirkzwagers Bötchen dampfte mit rund zwanzig

Personen an Bord pfeilschnell zu dem Passagierschiff hinüber.
Es jagte daran entlang, die zwanzig winkten, das Boot kehrte
zurück. Eine gleich große zweite Gruppe durfte gegen Be-
zahlung hinüber zur »De Waterman«. Aus meiner spar-
samen Familie war nur Tante Aad bereit, von Dirkzwagers
Winkmöglichkeit Gebrauch zu machen. Wenn ich an den
späten sonnigen Nachmittag zurückdenke, dann sehe ich in
erster Linie Tante Aad, die, mit einem Kissenbezug win-
kend, in Richtung des Dampfers fährt. Ich höre sie ganz
deutlich rufen: »Henk, Henk, Henk!« Auf der riesigen, nun
schon in die rote Glut der untergehenden Sonne getauchten
»De Waterman« winken Tausende über die Reling gebeugte
und nicht voneinander zu unterscheidende Henke zurück.

»Ich seh Maartje«, sagt mein Vater.

»Wo denn?«, fragt meine Mutter.

»Da, links, beim Rettungsboot.«

»Aber nein, das ist unmöglich Maartje, sie trägt nie Blau.«

Im Hafen tuten alle verfügbaren Schiffshörner einen
Abschiedsgruß. Die Turmglocke der Grote Kerk läutet mit
aller Macht. Was mich bitter stimmt, dort auf dem von
der tief stehenden Sonne überfluteten, staubigen, warmen,
goldfarbenen Schanshoofd, ist, dass es sich als unmöglich
erweist, auch nur einen der Emigranten in der Ferne zu erkennen. Wo steht Onkel Henk? Wo winkt Tante Maartje?
Es ist schon schwierig genug, gegen die Sonne zu schauen,
die sich im Übrigen halb hinter den Masten, Schornsteinen
und den oberen Decks der »De Waterman« versteckt. Außerdem sind es so unglaublich viele Emigranten, dass man
unmöglich ein Gesicht nach dem anderen betrachten kann.
Selbst die wenigen Besitzer eines Fernglases sind nicht in der
Lage, ihre Verwandten ausfindig zu machen. Also suche ich
mir einfach einen der kleinen Punkte aus und sage mir:

»Das ist Onkel Henk« und winke ihm zu. Während ich winke, trifft mich ein hin und her geschwenktes Geschirrtuch. Danach gebe ich das Winken auf. Auch auf der Insel Rozenburg wedelt eine tausendköpfige Menge mit Handtüchern, Kissenbezügen und Taschentüchern. Stehen Onkel Henk und Tante Maartje vielleicht auf der anderen Seite des Schiffs? Aber nein, Tante Aad kehrt von ihrem Ausflug mit Dirkzwagers Boot zurück und erklärt, sie habe »Henk noch gesehen, Maartje leider nicht«.

Am Maasufer entlang folgen wir zu Fuß dem in Schritttempo fahrenden Schiff, bis wir an einen Stacheldrahtzaun kommen, der im rechten Winkel zum Fluss mitten auf dem Deich steht. Mein Großvater schluckt hörbar. Die rote Sonne berührt Rozenburg. Das Wasser im Fluss flammt auf.

»Es ist frisch geworden«, sagt Tante Aad.

»Ja, du könntest dir durchaus einen leichten Schnupfen auf Dirkzwagers Boot geholt haben«, sagt meine Großmutter.

»Wie viel hat die Fahrt denn nun gekostet?«, will einer meiner Onkel wissen.

»Zwei Gulden fünfzig«, antwortet sie.

»Mannomann, was für ein Ausbeuter«, meint der Onkel.

»Aber ich habe Henk noch einmal gesehen«, erwidert Tante Aad.

»Wir auch, heute Morgen in Rotterdam«, sagt meine Großmutter.

Dann kommt die Zeit, in der uns regelmäßig Briefe von Tante Maartje aus Ontario erreichen. Henk schreibt nie. Den Briefen sind oft winzige Fotos beigelegt, ein Foto von Onkel Henks »car« – und das zu einer Zeit, als in der ganzen Verwandtschaft noch keiner ein Auto besaß! –, ein Foto von einer riesigen Dreschmaschine, auf der ein Zwerg steht (ist das Onkel Henk?), ein Foto vom ersten Kind, ein Foto vom zweiten Kind, ein Foto vom dritten Kind, ein Foto vom eigentlich doch recht klein wirkenden Holzhaus. Erstaunlicher als die Fotos aber sind Tante Maartjes Briefe.

»Die haben weder Hand noch Fuß«, sagt mein Vater, »sie wird mit der Zeit immer verrückter.« Er liest vor: »Wir leben hier doppelt. Jeden Sonntag Rosinenbrot, aber die ganze Woche über nirgends ein normales Weißbrot. Keine grauen Himmel, wohl aber viel Schnee. Manchmal Raben auf dem Dach, und die Kinder schreiend im Bett. Viele alte Träume, viele neue Bilder, viele schweigende Zungen, die Polente hier hat Hüte auf.«

Wie verrückt sie dort drüben in Ontario geworden ist, zeigt sich erst so richtig, als sie und Henk nach zwanzig Jahren mit dem Flugzeug für einen längeren Urlaub nach Holland kommen. Unsere ganze Familie steht mit Kleintextilien auf Schiphol bereit, um ihnen zuzuwinken. Wir befinden uns noch in der Zeit, zu der man in Schiphol von einer Art Dachterrasse aus die Flugzeuge auf den Landebahnen ankommen sieht.

Das Flugzeug aus Kanada hält an. Die Treppe wird herangefahren. Die Flugzeugtür öffnet sich. In der Türöffnung erblicken die bereits eifrig winkenden Verwandten keine Stewardess und keinen Purser, nein, da steht Tante Maartje. Sie sieht, selbst auf die Entfernung, ziemlich verwildert aus. Blitzschnell klettert sie die Treppe hinunter und rennt dann, gerade eben, dass sie keine Haken schlägt, über den Beton davon.

»Sie hat keine Schuhe an«, ruft Tante Aad.

»Und keine Strümpfe«, sagt meine Mutter.

Tante Maartje hat nun die Startbahn erreicht und rennt barfuß darüber. Es sieht aus, als wolle sie beschleunigen, um wieder abzuheben, zurück nach Kanada. Eine Sirene beginnt zu heulen. Ein Gepäckwagen wird in Gang gesetzt und nimmt die Verfolgung auf. Tante Maartje rennt immer weiter, mal mitten auf der Startbahn, dann wieder durchs Gras daneben, wobei sie Hasen aufschreckt, die nun vor ihr her hoppeln. Sie springt über niedrige Barrieren, über einen Wassergraben und läuft vor einem Flugzeug her, das gerade zur Startbahn rollt. Es ist ein erstaunliches Schauspiel, sie über den Flughafen laufen zu sehen, auf nackten Füßen und in einem zweifellos in Kanada selbst genähten Blümchenkleid. Nach einer halben Stunde wird sie eingefangen, mehr noch: überwältigt von einer Truppe von Mitgliedern des Bodenpersonals der KLM. Sie wird auf eine Trage geschnallt und ins St.-Joris-Krankenhaus in Delft gebracht, wo sie bis zur Rückreise bleiben wird. In der Zwischenzeit besucht Onkel Henk alle Verwandten. Er klagt über die viel zu kleinen Autos, in denen er mit uns fahren muss, er klagt über die geringe Größe der Niederlande, er klagt über die »Winzigkeit« der Bauernhöfe, und er klagt vor allem über die allgegenwärtigen Erdstrahlen, die er unter jedem Stuhl, auf dem er sich niederlässt, zu spüren scheint. Es gibt keinen Ort, an dem er stehen, sitzen oder liegen kann (von schlafen ganz zu schweigen), keine Toilette, auf der er seine Notdurft verrichten kann, keinen Weg und keine Straße, wo er gehen kann. Überall sorgen Erdstrahlen dafür, dass ihm der Schweiß ausbricht. Als er sich bei uns zu Hause vorsichtig auf einen Stuhl gesetzt hat, wird sein Gesicht augenblicklich feuerrot. Der Schweiß läuft ihm in Strömen von der Stirn, obwohl wir kühles Frühlingswetter haben und der Ofen nicht mehr brennt.

»Überall spürt er Strahlen, aber eine Leuchte ist er nicht«, sagt mein Vater.

Onkel Henk steht auf und nimmt einen anderen Stuhl. Es nützt nichts. Bereits nach zehn Minuten ist er wieder draußen. Notgedrungen hat er sich mit einem Blitzbesuch zufriedengeben müssen. Erdstrahlen machen jeden längeren Aufenthalt unmöglich. Sein ganzer Urlaub in den Niederlanden ist ein einziges Martyrium, eine pausenlos Flucht vor den Strahlen. Erleichtert atmen alle Verwandten auf, als er zusammen mit der in einem Krankenwagen nach Schiphol gebrachten und halb bewusstlos gespritzten Tante Maartje nach Ontario zurückfliegt. Dort stirbt Onkel Henk ein paar Jahre später an Krebs, den die, so seine letzten Worte, holländischen Erdstrahlen haben entstehen lassen.

Neulich, als ich in Maasland auf dem Doelpad unterwegs war, sah ich zu meiner großen Verwunderung Jantje Blommerd am Grabenrand sitzen. Er erkannte mich nicht, aber ich sah sofort, dass er es war. Ich habe nie jemand anders so still und verträumt vor sich hinstarren sehen.

»Auf Urlaub aus Australien hier?«, fragte ich ihn.

»Nein«, sagte er, »ich bin zurückgekommen.«

»Hast du dich drüben nicht eingewöhnen können?«

»Anfangs war ich noch zu jung, um mir bewusst zu machen, wie elend ich mich fühlte. Aber später, zu Weihnachten und Silvester, da wurde mir immer ganz anders. Meistens habe ich zehn Tage lang geheult. Da unten herrschte Hochsommer, und ich bin ganz blöd geworden vor Verlangen nach einem brennenden Kohleofen. Und wenn es da unten Winter war, dachte ich: ›Jetzt ist es in Holland Sommer‹, und dann – seltsam eigentlich – habe ich den ganzen Tag und abends, wenn ich im Bett lag, die Wassergräben vor mir gesehen, mit still stehendem Wasser und quakenden Fröschen und weißen Blümchen darauf. Ich habe mich

selbst am Grabenrand sitzen und einen Schilfhalm heraus-
ziehen sehen, um daraus eine Flöte zu machen. Und dann
bin ich ganz wahnsinnig geworden, komplett crazy vor
Sehnsucht nach einem Wassergraben.«

»Gibt es in Australien keine stehenden Gewässer?«

»Davon hat da noch niemand gehört. Ach, Mann, und
selbst wenn es still stehendes Wasser gegeben hätte, meinst
du, dann würden Teichrosenblätter darauf wachsen? Oder
Seerosen? Meinst du, der Wind würde die Wasseroberfläche
so kräuseln, wie er das hier tut? Meinst du, es gäbe Schilf
genug, um Bötchen daraus zu falten?«

Er deutete auf das andere Grabenufer.

»Schau«, sagte er, »wenn nachher die Sonne ein bisschen
tiefer steht und wenn der Wind sich gelegt hat, dann spie-
gelt das Wasser das Sonnenlicht wider. Und dann kannst
du manchmal Lichtbündel sehen, die nach einem Ort zu
suchen scheinen, wo sie sich hinlegen können. O nein, es
gibt auf der ganzen Welt nichts Schöneres als einen Wassergraben im Abendsonnenschein. Weil es hier still stehendes
Wasser gibt, verstehst du. Nichts, aber auch wirklich gar
nichts kommt dem gleich, die schönsten Berge nicht, die
größten Wüsten nicht. Wenn man hier in Maasland über
den Doelpad geht, hat man, wenn man am Ende angekommen ist, exakt zwei Kilometer still stehendes Wasser hinter
sich, das genau in der Fluchtlinie der untergehenden Sonne
liegt. Zwei Kilometer still stehendes Wasser! Versuch das
mal in Australien zu finden! Im Jahr, bevor ich zurückgekommen bin, habe ich so intensiv von grünen Fröschen geträumt, dass sie nach dem Aufwachen noch eine Viertelstunde lang weitergequakt haben.«

»Du bist da unten auf jeden Fall gesprächiger geworden«,
sagte ich.

»Vor Heimweh«, sagte er, »einzig und allein vor Heimweh. Ich musste reden, ich wollte ja meine Muttersprache nicht verlernen.«

»Hast du in Australien denn Niederländisch gesprochen?«

»Komm, setz dich«, forderte er mich auf, »und sag nichts mehr.«

Wir saßen im Gras. Manchmal kräuselte ein Windstoß die Wasseroberfläche. Es war, als hörten wir die Wolken vorüberziehen. Der Wind legte sich, die Sonne ging unter. Wenn man den Graben entlang in Richtung Sonne schaute, sah man ein einziges langes Feuerband. Ein wenig Dampf stieg aus dem brennenden Wasser auf.

»Schau, schau«, sagte Jan, »darauf habe ich die ganze Zeit gewartet.«

Es war, als würde das Sonnenlicht aus dem Wasser emporsteigen und auf dem Weideland eine Stelle suchen, um sich dort niederzulassen. Auf der anderen Seite des Grabens leuchtete auf halber Höhe des schrägen Ufers ein schmaler, heller Lichtstreif auf. Es war ein leuchtendes Seidenband, ein Gürtel aus Licht, etwa fünfzig Zentimeter über der Wasseroberfläche. Gleich unter dem Lichtgürtel sahen wir kleine, sich bewegende Flecken näher kommen. Ein unsichtbares Wesen schritt über das Wasser, das dennoch einen Schatten warf. Wir saßen da. Es war, als bliebe die Zeit stehen, als würde der helle, manchmal undeutlich werdende und dann plötzlich mit nie zuvor da gewesener Intensität aufglühende Lichtstreifen sich als ein Lasso entpuppen, das uns liebevoll einfing und uns fortführte in ein ländliches Idyll, zu einem ewig währenden Schlaf.

Der Sammler

Bei Tisch las mein Vater aus der Schrift: »Und weiter sah ich
Gottlose, die begraben wurden und zur Ruhe kamen; aber
die recht getan hatten, mussten hinweg von heiliger Stätte
und wurden vergessen in der Stadt. Das ist ...«

Es klingelte, und meine Mutter sagte: »Da ist er wieder.«

Er kam immer während des Essens, war allerdings
noch nie bei der Lesung eines derart passenden Textes erschienen.

»Mach mal die Tür auf«, sagte meine Mutter.

An die Bibelstelle denkend, die wie für ihn geschrieben
schien, öffnete ich die Haustür. Da stand er. Er trug einen
langen schwarzen Mantel und einen riesigen schneeweißen
Schal, der zweimal um seinen Nacken geschlungen war und
trotzdem noch an zwei langen Enden frei hing. Eins davon
baumelte weit über seinen Rücken, das andere Ende hatte er
unter den Mantel gesteckt, wobei sich bei jedem Knopf ein
bisschen Weiß nach draußen wölbte. Im Flur zog er seinen
Mantel aus. Er wickelte den Schal ab, und man hätte meinen können, es handele sich dabei um einen großen Verband. Und dann kam der Moment, vor dem ich mich schon
gefürchtet hatte, als ich zur Tür gegangen war: Er gab mir
die Hand. Er hatte eine sehr lange, sehr weiße Hand mit
Fingern, die bei jeder Bewegung knackten. Gab er einem
Hand, dann war es, als wollten seine Knöchel die deinigen

zerquetschen. Aber man entging dem nicht, man musste die freudig dargebotene Hand wohl oder übel drücken. In der Wohnstube gab er auch meinem Vater, meiner Mutter, meiner Schwester und sogar meinem kleinen Bruder, der noch im Kinderstuhl saß, die Hand. Er gehörte zu jenem gruseligen Menschenschlag – den Handschüttlern –, dem ich erst später zu misstrauen gelernt habe.

Als er Platz nahm, sagte mein Vater: »Ich hatte gerade mit der Bibellesung angefangen. Die würde ich gern kurz zu Ende bringen.«

»Oh, ja, gewiss«, sagte er zuvorkommend, »lies bitte weiter; nichts ist schöner als der alte, ehrwürdige Brauch, die Mahlzeit mit einem halben Kapitel zu beenden.«

Mit großem Nachdruck las mein Vater: »Und weiter sah ich Gottlose, die begraben wurden von denen, die aus einem anderen Ort kamen und deren Herz der Menschenkinder in ihnen voll ist, um Böses zu tun.«

Beinahe hätte ich gesagt: »Das steht da nicht.« Dann wurde mir klar, dass mein Vater den Text für Hellenbroek angepasst hatte. Er musste gar nicht viel verändern.

Triumphierend las er: »Aber dem Gottlosen wird es nicht wohl gehen, und wie ein Schatten werden nicht lange leben, die sich vor Gott nicht fürchten.«

Hellenbroek lauschte andächtig. Es saß totenstill da, nicht einmal seine weißen Fingerknöchel bewegten sich. Während mein Vater weiterlas, das ganze achte Kapitel, und auch noch mit dem neunten begann, rechnete ich in Gedanken: »Die Stadt hat 10000 Einwohner. Es gibt 3000 Reformierte, 3000 Orthodox-Reformierte, 1000 Christlich-Reformierte, 240 katholische Familien und 750 Andersgläubige, also … also … ja, es stimmt wirklich, es bleiben noch rund 2000 Ungläubige übrig, und die müssen auch

begraben werden, und darum hat ein großer Beerdigungs-
unternehmer aus Rotterdam bei uns eine Filiale eröffnet.«

Schon öfter hatte ich diese Rechnung angestellt. Jedes
Mal, wenn ich Hellenbroek die Hand geschüttelt hatte,
musste ich die Zahlen im Kopf erneut überprüfen, um hin-
nehmen zu können, dass ein so kalter, gruseliger Mann
einfach zu uns ins Haus kommen durfte. Vielleicht hätte
ich akzeptieren können, dass er in unserer Wohnstube saß,
wenn er tatsächlich nur die Ungläubigen beerdigt hätte.
Aber weil er für eine große Rotterdamer Firma arbeitete
und seine eigenen Träger, seinen eigenen Wagen und seine
eigenen Trauerschabracken mitbrachte, konnte er einen
viel niedrigeren Preis anbieten, als in unserer Stadt üblich
war. Und deshalb war er nicht bloß zum Bestatter der Ungläubigen geworden, sondern nahm sich auch all derjeni-
gen an, die, im Herrn oder nicht, unter dem Deich ent-
schliefen.

Mein Vater las: »... dazu ist das Herz der Menschen voll
Bosheit, und Torheit ist in ihrem Herzen, solange sie leben;
danach müssen sie sterben.«

Hellenbroek nickte. Erstaunt sah ich, dass sein langes,
spitzes Kinn bei jedem Nicken kurz seine schwarze Krawatte
berührte. Das Kinn hatte eine tiefe Einkerbung, in der blau-
schwarze Haare wuchsen, die offenbar für den Rasierapparat
außer Reichweite waren.

»Lass deine Kleider immer weiß sein und lass deinem
Haupte Salbe nicht mangeln.«

Mein Vater hörte abrupt auf zu lesen. Erschrak er in Anbetracht der Vorschriften, die niemand mehr befolgte? Hellenbroek legte seine Hände so zusammen, dass seine Finger
eine steile Pyramide bildeten, und sagte: »Wie gut für die
Hausfrau, dass wir uns heute daran nicht mehr halten müs-

sen. All unsere Kleider weiß! Was würde das für ein Gewasche geben!«

»Ich spreche das Gebet«, sagte mein Vater.

Hellenbroek faltete die Knöchel ineinander und schloss die Augen. Mein Vater deklamierte:

»Wir danken Dir von Herzen
für alle Speis, die wir verzehrt.
Gar mancher isst das Brot der Schmerzen,
doch Du hast uns gütigst genährt.
O gib, dass unsere Seelen nicht
am endlich Erdenleben kleben
und alles tun, was Du befiehlst,
um einst ewiglich mit Dir zu leben. Amen.«

Während er betete, öffnete ich vorsichtig die Augen. Ich sah zu Hellenbroek hinüber. Seine Augen waren geschlossen. Es sah aus, als würde er mitbeten. Ich wurde nicht schlau aus ihm. Da saß er nun, ein Begräbnisunternehmer, aus Rotterdam stammend, der sich in unserer Stadt niedergelassen hatte, um die immer größer werdende Gruppe der Nichtkirchlichen zu bestatten, und dieser Ungläubige, der fast alle Toten von unter dem Deich bekam, hatte die Hände gefaltet und die Augen geschlossen. Bei »ewiglich« schloss ich die Augen wieder, bei »Amen« öffnete ich sie und schaute geradewegs in die grauen Augen Hellenbroeks.

»Was liegt an, Hellenbroek«, sagte mein Vater.

»De Pagter ist tot«, sagte Hellenbroek, »er wird Freitagnachmittag begraben, wir würden vorher gern die Kapelle benutzen.«

»Was wird es denn?«

»Mietgrab zweiter Klasse.«

»Ein bisschen zu vornehm für de Pagter. Der hat doch in der Sandelijnstraat gewohnt! Und die zweite Klasse habe ich vorige Woche zugeschaufelt, jetzt muss ich sie wieder ausheben! Wenn ich das gewusst hätte! Ich glaube, in Zukunft lass ich die Mietgräber zweiter Klasse einfach offen.«

»Lässt du die dritte Klasse tatsächlich immer offen?«, fragte Hellenbroek.

»Ja«, sagte mein Vater, »es kommt selten vor, dass man ein Mietgrab dritter Klasse länger als eine Woche nicht braucht. Wenn man also den Ersten unten reingepackt hat, dann legt man einfach einen Deckel drauf und kann den Zweiten ein paar Tage später obendrauf stellen, ohne das Grab erst zuschaufeln und anschließend wieder ausheben zu müssen.«

»In Rotterdam kriegt man so ein Mietgrab dritter Klasse meistens an einem Tag voll«, sagte Hellenbroek.

»Das kann ich mir vorstellen«, erwiderte mein Vater, »und ein Mietgrab zweiter Klasse kann man bestimmt auch offen liegen lassen.«

»Ja, ja«, sagte Hellenbroek.

»Aber hier dauert es manchmal einen Monat oder länger, bis man drei Leute für ein Mietgrab zweiter Klasse zusammen hat. Also muss man es nach jeder Beerdigung wieder ganz zuschaufeln. De Pagter wird nun auf Neeltje Tilbaard draufgelegt, und die habe ich erst vorige Woche begraben. Wenn ich das gewusst hätte! Wie man hört, geht es mit Gert Hofland auch zu Ende. Und der will bestimmt auch ein Mietgrab zweiter Klasse. Nach de Pagter lass ich die Grube schön offen.«

»Merkwürdige Probleme auf so einem kleinen Friedhof«, sagte Hellenbroek, »so was bin ich nicht gewohnt.«

»Dann hättest du eben in Rotterdam bleiben müssen«, sagte mein Vater.

Hellenbroek grinste breit. »Ja, ja«, sagte er, »aber in der Stadt ist das Bestatten zu einer Industrie geworden, da bahrt man die Toten herzlos in einer Leichenhalle auf, während hier die Verstorbenen noch zu Hause bleiben dürfen und das Begräbnis etwas Gemütliches hat. In Rotterdam macht man bei einer Beerdigung nur das Nötigste, und hier werden die Verstorbenen noch mit Honig begraben.«

»Vom fleißigen Bienchen Hellenbroek«, sagte mein Vater.

De Pagter wurde am Freitagnachmittag beerdigt. In der Nacht von Sonntag auf Montag verstarb, bei abgehendem Wasser, Gert Hofland. Er sollte, so berichtete uns Bestatter Bergwerff am Montagabend, am Mittwochnachmittag beerdigt werden.

»Was soll es werden?«, fragte mein Vater.

»Mietgrab zweiter Klasse«, brummte der mürrische Bergwerff.

»Zum Glück«, sagte mein Vater.

Als er jedoch am Mittwochmorgen den Deckel vom Mietgrab schob, sah er sofort, dass nach dem Freitag bereits jemand den Deckel abgenommen haben musste.

»Da hatte jemand die Flossen an meinem Grab«, sagte mein Vater beim Mittagessen.

»Woher weißt du das so genau?«, fragte meine Mutter.

»Da waren kleine Wälle, die ich nicht gemacht habe.«

»Bist du sicher?«

»Ja, natürlich, ich mache die beiden Wälle immer mit der alten Blechkuchendose, die ich noch aus dem Laden meines Vaters geerbt habe. Damit kann man die schönsten Wälle machen. Die müssen nämlich sehr stabil sein, weil sie sonst sofort in sich zusammensacken, wenn man den Sarg draufstellt, und dann muss man eine Stunde schuften, um die Drahtseile der Absenkvorrichtung wieder darunter hervorzubuddeln. Aber mit meinen Kuchendosendämmen bleibt der Sarg immer ein paar Zentimeter über der Sohle frei stehen, und man kann die Drähte ganz einfach hochziehen.«

»Ja, ja, das weiß ich«, sagte meine Mutter, »aber es hat seit Freitag ständig geregnet. Wenn Wasser in das Grab geflossen ist, könnten dadurch die Wälle doch …«

»Auf keinen Fall«, sagte mein Vater, »die Wälle hat irgendwer mit der Hand gemacht. Man konnte noch die Abdrücke von der Handfläche erkennen. Aber wer macht sich an meinen Wällen zu schaffen? Ich werde ums Verrecken nicht schlau daraus.«

Wir vergaßen die erneuerten Wälle. Mein Vater begrub pro Woche zwei bis drei Sluiser. Bergwerff »hatte« die meisten; Joh. J. Verhey, der reformierte Bestatter, »hatte« alle vierzehn Tage einen, und der vornehme Bestatter von über dem Deich, Coen Rijke, »hatte« meist einen pro Monat. Hellenbroek bestattete einen Nichtkirchlichen und machte damit ein Mietgrab dritter Klasse komplett. Wir vergaßen ihn beinahe, wir konnten abends wieder in Ruhe essen. Erst zwei Monate nach de Pagter stand er erneut während des Abendessens vor der Tür. Es war ein Montagabend. Wieder schüttelte er uns allen an diesem Montag ausführlich die Hand, und nach der Bibellesung und dem Dankgebet sagte er: »Ich habe zwei auf einmal.«

»Das passt sehr gut«, erwiderte mein Vater, »ich habe vorige Woche ein Mietgrab dritter Klasse geschaufelt, und da liegt jetzt einer drin. Deine zwei passen also wunderbar obendrauf. Dann ist das Grab noch vor Samstag voll.«

»Tja, der eine ist allerdings ein Mietgrab zweiter Klasse.«

»Verflixt«, sagte mein Vater, »dann muss ich diese Woche noch ein Mietgrab zweiter Klasse buddeln und wieder zuschaufeln.«

»Letzteres würde ich an deiner Stelle nicht tun. Ich garantiere dir, dass nächste Woche …«

»He, wie kannst du das garantieren? Wer von den Mamelucken ist denn alles krank?«

»Zu viele, um sie alle aufzuzählen.«

»Gut, ich lasse das Grab offen, aber auf deine Verantwortung.«

Mein Vater begrub am Mittwoch eine Frau in der dritten Klasse und am Donnerstag eine andere Frau in einem Mietgrab zweiter Klasse. Beide Frauen – sie kamen von unter dem Deich – wurden von Hellenbroek bestattet. Am Samstagnachmittag musste mein Vater einen Mann im übrig gebliebenen Grab dritter Klasse beerdigen. Am Samstagmorgen ging er los, um die Bahre zum Eingang zu bringen und die Maschine auf das Grab zu legen. Als er nach Hause kam, um die rote und grüne Suppe zu essen, waren seine Augen hellgrün. Bei der Tomatensuppe polterte er los: »Da hat sich verdammt noch mal wieder jemand an meinen Wällen zu schaffen gemacht.«

Bei der Erbsensuppe sagte er: »Wer hat da bloß seine Griffel an meinen Wällen?«

»Vielleicht gräbt jemand den Sarg wieder aus«, sagte ich, »schaufelt das Grab anschließend wieder zu und macht neue Wälle.«

»Mh, das könnte man beinahe meinen. Aber wieso?«, fragte mein Vater.

»Könnten wir über etwas anderes reden?«, sagte meine Mutter.

Eine Woche später kam mein Vater erneut mit grünen Augen nach Hause.

»Vorhin wollte ich das Mietgrab zweiter Klasse zuschaufeln«, sagte er, »weil ich ums Verrecken nicht glaube, dass Hellenbroek diese Woche noch mit einem Toten kommt. Soweit ich weiß, ist unter dem Deich niemand ernsthaft krank, und darum nehme ich also heute den Deckel vom Grab, und tatsächlich … was sehe ich?«

»Die Wälle«, sage ich.

»Genau«, erwidert mein Vater, »schon wieder mit der Hand geklopfte Stümperwälle.«

Merkwürdigerweise musste sich der Vorfall noch siebenmal wiederholen, bis uns plötzlich auffiel, dass es immer Wälle betraf, die sich über einem Toten befanden, der von Hellenbroek bestattet worden war.

»Man könnte beinahe denken«, sagte mein Vater, »dass er seine eigenen Leichen wieder ausgräbt und …«

»Ich möchte nicht, dass bei Tisch über solche Dinge gesprochen wird«, sagte meine Mutter.

»Womit du recht hast«, erwiderte mein Vater, »aber ich würde doch zu gerne wissen … ich werde mal mit Groeneveld darüber reden.«

Er sprach mit dem Polizeiinspektor Groeneveld, und der sicherte ihm zusätzliche Überwachung an den Abenden und in den Nächten nach Bestattungen von Hellenbroek zu. Nach einem Monat und zwei weiteren Beerdigungen berichtete er, keiner seiner Beamten habe etwas Auffälliges beobachten können, und mein Vater sagte: »Kein Wunder, es hat sich auch niemand an meinen Wällen vergriffen.«

Es hatte den Anschein, als müssten wir die unbegreiflichen Grabmanipulationen wieder vergessen. Monatelang sprachen wir nicht mehr darüber, ebenso wie wir nicht mehr über Hellenbroek sprachen. Er war lange Zeit in Urlaub. Für eine Beerdigung im Sommer kam ein Ersatzmann aus Rotterdam, und mein Vater sagte: »Ich wünschte, den würden sie in Zukunft immer schicken. Ein Gentleman vom Scheitel bis zur Sohle. Von dem würde sogar ich mich bestatten lassen.«

Hellenbroek kehrte jedoch zurück. Pünktlich zum Abendessen stand er wieder vor der Tür, um seine Toten anzukündigen, und immer lauschte er am Ende der Mahlzeit der Bibellesung und betete mit. Man hätte meinen können, er sei deswegen gekommen. Als wir einmal sehr früh zu Abend gegessen hatten und er vorbeikam, nachdem wir bereits mit der Lesung fertig waren, schien er tatsächlich enttäuscht. Wir begruben in den Wintermonaten fünf Leute von unter dem Deich, und nie wurde nach den Beerdigungen an den Wällen herumgestümpert.

Anfang Juni ging ich an einem Samstagnachmittag am Zuidvliet lang. Es war warm und sonnig, in der Ferne, dort, wo Maasland beginnt, schien es diesig zu sein. Ich hatte Lust, an der Wippersmühle vorbei zum Bommeer zu gehen, und machte mich auf den Weg. Bei der Groen-van-Prinsterer-Schule rauschten die Trauerweiden. Ein Stück weiter saßen überall Angler am Ufer. Frohgemut ging ich auf dem schmalen Weg zur Stadt hinaus. Ich fand, dass es zum Angeln zu windig war, doch es waren die ersten Junitage, und die Angelsaison hatte gerade begonnen. Auf Höhe der Wippersmühle sah ich Hellenbroek auf einem Hocker sitzen. Andächtig starrte er auf seinen Schwimmer. Ich ging an ihm vorüber. Er hatte mir den Rücken zugewandt und sah mich nicht. Ich hatte die Mühle bereits hinter mir gelassen, als mir plötzlich auffiel, dass ich etwas Eigenartiges gesehen hatte. Ich kehrte um, ging erneut an Hellenbroek vorüber und betrachtete die Angelutensilien, die neben seinem Hocker am Ufer lagen. Dort stand auch eine große altmodische Kuchendose, in der sich Brot, ein paar Kartoffeln und eine Tüte mit Würmern befanden.

Als wir am Abend gebackenen Fisch aßen, sagte ich beiläufig: »Ich habe Hellenbroek heute bei der Wippersmühle angeln sehen. Er hatte genau so eine Kuchendose bei sich, wie du …«

»Was!«, rief mein Vater. »Weißt du genau, dass es exakt dieselbe Dose war?«

»Exakt dieselbe«, antwortete ich, »mit genau denselben Riffeln im Boden und einem Bild von einem Fischerboot darauf.«

»Nun, Mutter«, sagte mein Vater, »ich hatte die ganze Zeit schon das Gefühl, dass sich immer noch jemand an meinen Wällen zu schaffen macht. Mir ist es ständig so vorgekommen, als wäre der Deckel ein klein wenig verschoben worden, aber wenn ich ihn hochgehoben habe, dann waren die Wälle vollkommen intakt, und deshalb habe ich mich auch nicht weiter drum gekümmert. Und trotzdem dachte ich manchmal: Ist der Wall wirklich von mir? Aber dann waren da die Riffel von der Kuchendose, und alles schien in Ordnung zu sein.«

»Wo bewahrst du die Büchse auf?«

»Im Bahrhäuschen.«

»Kann er sie dort gesehen haben?«

»Ja, natürlich, er kommt nach der Beerdigung immer ins Bahrhäuschen, um seine Träger zu bezahlen.«

»Und nun?«

»Was nun? Du meinst, was ich jetzt tun werde? Jetzt will ich es genau wissen, und zwar ganz genau. Jedes Mal, wenn er tagsüber ein Begräbnis hat, werde ich mich abends auf die Lauer legen.«

»Und wenn er erst in der Nacht kommt?«

»Ich warte so lange, bis er kommt. Ich verstecke mich im großen Rhododendronstrauch. Ich werde ihn schon erwischen. Da hat er mich mit seiner Kuchendose doch tatsächlich an der Nase herumgeführt.«

Es war bereits Ende Juni, als Hellenbroek das nächste Mal während des Abendessens erschien und eine Beerdigung ankündigte. Am Abend nach dem Begräbnis versteckte mein Vater sich im Rhododendronstrauch.

Als er mitten in der Nacht heimkam, wachte ich auf. Ich hörte die Turmuhr zwei schlagen. Wie gern wäre ich aus dem Bett gesprungen, um ihn zu fragen, ob was passiert war. Aber ich tat es nicht, wohl wissend, dass er mich nur mit einem barschen Befehl wieder ins Bett geschickt hätte. Durch die dünne Holzwand des Mansardenzimmers hörte ich kurz seine Stimme, verstand aber nicht, was er sagte. Seine zumeist üble Frühstückslaune fürchtend, wagte ich es am nächsten Morgen nicht, ihn zu fragen. Auch beim Mittagessen hielt ich den Mund, und er erzählte nichts. Nach dem Essen rannte ich zum Haus der Gemeinnützigen Bank, um in der dortigen Bibliothek neue Bücher auszuleihen. Ich verzichtete darauf, zum angeschwemmten Neuland zu gehen, und spazierte stattdessen über den Deich. Es war warm und sonnig. Beim Julianapark mischte sich von Key & Kramer herüberwehender Teergeruch mit den aufsteigenden Dämpfen aus dem gärenden Wassergraben, der den Friedhof begrenzte. Als ich durchs Tor ging, gurrten die Ringeltauben wie verrückt. Mein Vater war in der ersten Klasse dabei, einen Grabstein zu säubern. Ich ging zu ihm hin, und er sagte: »Was willst du?«

»Ich würde so gern wissen, was …«

Er brummelte was vor sich hin und sagte dann: »Man hat heute Morgen bei ihm eine Durchsuchung gemacht.«

»Eine Durchsuchung?«, rief ich verwundert, »eine Durchsuchung? Wer denn?«

»Groeneveld und Moerman.«

»Wieso?«

»Tja, wenn ich das wüsste.«

»Los, erzähl«, bettelte ich.

»Wenn du deiner Mutter nichts sagst«, erwiderte er, »und wenn du gleich für mich den Rasen von der dritten Klasse rollst.«

»Ich werde kein Wort sagen«, erklärte ich mich einverstanden.

»Kein einziges Wort«, wiederholte er, »kein Sterbenswörtchen, zu niemandem.«

»Bestimmt nicht«, sagte ich, »und den Rasen rolle ich auch ab.«

»Schön. Kann ich mich wirklich darauf verlassen, dass du nichts sagst?«

»Ja«, erwiderte ich ungeduldig.

»Gut. Mann, das ist vielleicht eine Geschichte. Gestern habe ich hier bis halb eins im Rhododendron gesessen. Dann ist er aufgetaucht. Beim Leichenhaus ist er über den Zaun geklettert. Er ging zum Grab, in dem er gestern erst jemanden bestattet hat, nahm den Deckel ab und stieg in die Grube. Und weißt du, was dann passiert ist?«

»Dann hast du ihn dir geschnappt.«

»O nein, bist du verrückt? Nein, ich dachte, lass ihn mal machen, ich will mal sehen, was er dort unten alles treibt. Nein, ich wollte damit nichts zu schaffen haben. Und was für ein Glück, dass ich ihn mir nicht gleich zur Brust genommen habe. Sonst wüssten wir jetzt immer noch nicht, worauf er es eigentlich abgesehen hatte. Nun, er hat den Sand vom Sarg gefegt, er hat den Sarg geöffnet – na ja, nicht dass ich das hätte sehen können, aber so muss es gewesen sein –, und dann hat er dem Mann, den er gestern bestattet hat, die Kleider ausgezogen. Er hat die Kleider der Reihe nach ordentlich auf einen Sandhaufen neben das Grab gelegt und sich jedes Mal dabei aus der Grube heraus umgesehen, ob Gefahr im Verzug ist. Auf dem Gleis fuhr zwischendurch eine Diesellokomotive vorbei, da hat er sich zu Tode erschrocken. Anschließend hat er den Sarg wieder vorschriftsmäßig geschlossen und mit der Kuchendose meine Wälle nachgemacht. Tja, und dann ist er mit den Klamotten und seiner Kuchendose verschwunden.«

Die Ringeltauben gurrten. Der Kleine Rohrsänger rief. Ich wusste nicht, was ich sagen sollte.

»Draußen, an der Mauer des Bahrhäuschens, hatte er sein Fahrrad abgestellt. Ich habe ihn nie vorher auf einem Fahrrad gesehen.«

»Und warum hast du ihn nicht festgehalten?«

»Warum nicht? Warum hätte ich? Man weiß nie, wie so ein Irrer reagiert. Nein, dazu hatte ich überhaupt keine Lust. Ich bin heute Morgen gleich zu Groeneveld gegangen und habe ihm die ganze Geschichte erzählt. Und der hat dann um halb elf zusammen mit Moerman eine Hausdurchsuchung bei ihm gemacht. Und weißt du, was sie gefunden haben?«

»Die Kleider«, sagte ich.

»Auch«, erwiderte mein Vater, »ja, die auch. Aber du wirst es nicht glauben: Sie haben einen großen Kleiderschrank gefunden, und in dem Schrank hingen, ordentlich auf Bügeln, die Kleider aller Menschen, die er bestattet hat.

»Von allen Menschen, die er bestattet hat?«, fragte ich total perplex. »Aber wieso denn?«

»Als Andenken, hat er zu Groeneveld gesagt, er wollte von allen Menschen, die er bestattet hat, ein Andenken aufbewahren. Er finde es so schlimm, hat er zu Groeneveld gesagt, dass sie unter der Erde liegen, er wolle all seine Kunden gleichsam bei sich zu Hause haben. Und er hat außerdem zu Groeneveld gesagt, dass er es schön findet, dass die Leute hier von unter dem Deich, weil sie zu arm sind, um ein Totenhemd oder einen neuen Schlafanzug zu kaufen, in ihren eigenen alten, abgetragenen Sachen beerdigt würden.«

»Woher wusste Groeneveld denn, dass das die Kleider der Menschen waren, die Hellenbroek bestattet hat?«

»Er hatte die jeweilige Traueranzeige an den Metallhaken der Kleiderbügel befestigt. Groeneveld konnte bei jedem Anzug, Kleid, Pyjama oder Totenhemd sehen, wem es gehörte, denn ... ja, man hält es wirklich nicht für möglich, aber an jedem Bügel hing tatsächlich die dazugehörige Traueranzeige. Es ist wirklich nicht zu glauben! Wenn er jetzt reiche Säcke beerdigt und es schade gefunden hätte, dass all die teuren Anzüge und Kleider unter der Erde verschwinden; aber es waren ja die Sachen von Leuten, die unter dem Deich gelebt haben! Tja, diesen Hellenbroek werden wir wohl nicht mehr wiedersehen. In Zukunft können wir abends in Ruhe essen. Und darüber bin ich froh, denn deine Mutter konnte den Mann auf den Tod nicht ausstehen.«

Immigration

Was danach mit Hellenbroek geschah, entzog sich unserer Wahrnehmung. Wir hörten, dass er auf Bewährung verurteilt worden war. Die für unbewohnbar erklärte Wohnung in der Sandelijkstraat, die er als Büro benutzt hatte, stand nun leer, genau wie der daneben gelegene kleine Lagerschuppen, der als Trauerhalle gedient hatte. Die Grundstücke kaufte ein Immigrant, der von den Inseln kam. Einer seiner Söhne landete bei mir in der Klasse. Er litt an Asthma. Hustend, keuchend, pfeifend und japsend saß er, klein, schmächtig, ausgezehrter als wir anderen, unter dem Bild von der Schlacht bei Nieuwpoort. Am Sonntag sahen die Kirchgänger ihn und seine zwei Brüder auf dem Zuidvliet am Ufer sitzen. Es sah fast so aus, als würde er am heiligen Sonntag angeln! Das hatte man in der Stadt noch nicht erlebt, das verlangte nach Maßnahmen. Die Kirchgänger schlichen sich auf ihren Sonntagsschuhen näher heran und schubsten die Kartoffeln und das Brot, die am Ufer lagen, ins Wasser. Als das nichts brachte und die Immigranten Woche um Woche einfach am Sonntag weiterangelten, schubsten sie meinen Klassenkameraden selbst ins Wasser. Sie hielten ihn fest, während sie ihn schubsten, sodass nur seine Füße im Wasser hingen. Dennoch saß er zehn Minuten später wieder an seinem Platz. Er wohnte schließlich gleich um die Ecke in der Sandelijnstraat und musste, wenn seine Füße nass waren, nur kurz durch das Sluispolderhofje gehen, um trockene Socken anzuziehen.

»Womit verdient der komische Kerl von den Inseln eigentlich sein Brot?«, fragte mein Vater. Ich wusste es nicht. Keiner wusste es. Wir sahen das Familienoberhaupt in einem Dufflecoat mit Pelzkragen über die Straßen schlendern. Er schaute in die Häuser hinein. Auch seine drei Söhne spähten interessiert durch die Fenster in die Häuser unter dem Deich. Immer wieder sahen wir, mal hier, mal da, einen Immigrantenkopf über der Fensterbank auftauchen, einen Kopf, dessen Augen unauffällig das Interieur musterten. Wir schenkten dem keine Beachtung. Bis der Immigrantenvater eines Tages in der Nassaustraat an der Tür klingelte.

»Den Schubladenschrank, den Sie im Wohnzimmer stehen haben, würden Sie den vielleicht verkaufen?«

»Wollen Sie den denn kaufen?«, wollte Neel de Koeier erstaunt wissen.

»Ja, ich würde ihn eventuell übernehmen wollen«, sagte der Immigrant.

»Aber der stammt noch von Annie von Truus von Klazien von Hester. Der ist so alt wie die Straße nach Kralingen. Was wollen Sie damit noch?«

»Mir gefällt er eben«, sagte der Immigrant.

»Na, ich werde mit meinem Mann darüber sprechen«, sagte Neel de Koeier, »kommen Sie morgen wieder.«

Sie sprach mit Gijs de Koeier darüber und sagte: »Heute ist vielleicht etwas Merkwürdiges passiert! Es klingelt an der Tür, und da steht der komische Kerl vor mir, der jetzt in der Sandelijnstraat wohnt, du weißt schon, dieser Import von den Inseln ...«

»Ach, dieser Gottesleugner, dessen Kinder am Sonntag ...«

»Genau der. Der stand vor der Tür und wollte Mutters Schubladenschrank kaufen.«

Sie sahen beide verwundert zu dem großen dunkelbraunen Schrank, der in der guten Stube stand.

»Was will der Kerl mit dem alten Ding?«, fragte Gijs de Koeier.

»Er wird doch nicht etwa verrückt sein?«, sagte Neel.

»Das kann uns egal sein«, sagte Gijs, »wir dürfen natürlich auf gar keinen Fall Nein sagen, wenn er dafür ein paar Cent rausrückt.«

»Ich würde ihn ja lieber umsonst weggeben, als dafür auch noch Geld zu verlangen. Für so alten Plunder! Das kann ich mit meinem Gewissen nicht vereinbaren.«

»Ach, das zusätzliche Geld sollten wir uns nicht entgehen lassen.«

Sie nahm am nächsten Morgen die zusätzlichen Gulden – wie man hört, waren es zwei Gulden fünfzig –, und der Immigrant fragte, während er die Schubladen der Reihe nach aus dem Zimmer trug, ob »der kleine Ecktisch dort auch zu verkaufen« sei.

»Der stammt noch von Antje«, sagte Neel de Koeier.

Der Immigrant fasste dies als höfliche Ablehnung auf.

»Mir wäre der Tisch durchaus einen Zehner wert«, sagte er.

»Einen Zehner?«, fragte die Frau verwundert.

»Ja, meine Frau liebt solche kleinen Tische, er würde sich gut machen bei uns in der Sandelijnstraat. Wenn Sie also …«

»Nun, ich glaube, Gijs hat nichts dagegen, wenn Sie … Jesses, einen Zehner!«

Und so verschwanden allmählich aus den Häusern unter dem Deich Schubladenschränke, alte Stühle, Waschkommoden, Ecktischchen und Hängeschränke. Die Leute gingen sogar von sich aus zum Immigranten und sagten: »Wir haben auf dem Dachboden noch eine alte Wäschetruhe stehen. Sind Sie vielleicht daran interessiert?«

Alte Lampen, alte Kerzenständer – alles ging denselben Weg. Aus dem für unbewohnbar erklärten Lagerschuppen neben dem Haus des Immigranten waren regelmäßig Schmirgelgeräusche zu hören. Es wurde auch gezimmert und gefeilt, und manchmal bemerkten wir den Geruch von Terpentin oder anderen Stoffen, die wir nicht kannten. Ab und zu erschien nach Einbruch der Dunkelheit ein großer Lieferwagen in der Sandelijnstraat, der gerade eben noch in der Hoekerstraat wenden konnte. In diesen Lieferwagen verluden die Immigranten die Schränke und Tische.

Eines Abends, wir saßen zu Tisch, klingelte es an unserer Tür. Ich ging hin, öffnete und erblickte den Immigranten. Wir sahen einander eine Weile an. Dann sagte er: »Darf ich vielleicht reinkommen?«

»Ich hole schnell meinen Vater«, sagte ich. Als ich durch den Flur zurückging, folgte er mir seelenruhig und trat vorsichtig in unsere Wohnstube. Man hätte meinen können, er sei der Nachfolger von Hellenbroek und komme, um ein Begräbnis anzukündigen.

»Mein Name ist Smytegelt«, sagte er. »Ich habe heute Nachmittag zufällig in Ihr Haus geschaut und im Wohnzimmer eine hübsche Kommode stehen sehen.«

»Die ist nicht zu verkaufen«, sagte mein Vater.

»Fünfzig Gulden«, sagte Smytegelt.

»Nie und nimmer«, sagte mein Vater.

»Fünfundsiebzig«, sagte Smytegelt.

»Keine Chance.«

»Einhundert.«

Ich hielt den Atem an. Einhundert Gulden! Das war

mehr, als mein Vater in einer Woche verdiente! Die riesige Summe schien ihm einen Schreck einzujagen. Dann sagte er: »Nein, nein, nein, die Kommode stammt noch von meiner Mutter, und die wiederum hat sie von Onkel Pau vom Treidelpfad, und der hat sie van Jans van Piet und Leentje geerbt. Ich verkaufe die Kommode nicht.«

»Tja, schade«, sagte Smytegelt.

Anders als Hellenbroek wartete er die Bibellesung nicht ab. Er ging sofort wieder. Anderthalb Stunden später klingelte er erneut.

»Einhundertfünfzig Gulden«, sagte er.

Sein schmales Gesicht war leicht gerötet. Sein Haar war zerzaust. Seine Augen blutunterlaufen. Lange sah mein Vater ihn an. Nach einer Minute flüsterte mein Vater: »Zweihundertfünfzig Gulden.«

»Einhundertfünfzig«, sagte Smytegelt.

Mein Vater schüttelte den Kopf.

»Nicht für weniger als zweihundertfünfzig«, sagte er. »Pau Vreugdenhil hat sie bei seinem Umzug noch gesondert transportiert, um sie auch ja nicht zu beschädigen. Nein, für weniger geht's wirklich nicht.«

»Einhundertfünfundsiebzig«, sagte Smytegelt.

»Zweihundertfünfundzwanzig«, sagte mein Vater.

Sie sahen einander lange an. Ein Augenlid Smytegelts zitterte.

»Zweihundert«, sagten beide im selben Moment.

Smytegelt eilte ins Wohnzimmer. Er zog die oberste Lade aus der Kommode und fing an, deren Inhalt in rasendem Tempo auf einen Stuhl zu werfen. Es schien fast, als fürchtete er, mein Vater könne den Verkauf wieder rückgängig machen. Er leerte drei Schrankschubladen, ehe wir dazu auch nur etwas hatten sagen können. Wir saßen vollkommen verdutzt da und betrachteten die langen, weißen Finger, die unsere Sachen vollkommen achtlos aus den Schubladen grapschten. Anschließend trug er eine Schublade nach der anderen vorsichtig in den Flur. Und zuletzt folgte die eigentliche Kommode. Als alles im Flur stand, öffnete er die Haustür.

Manchmal, wenn ich nicht schlafen kann, sehe ich ihn noch heute im Licht der Gaslaterne, die drei Häuser weiter an einer Mauer befestigt ist. Er steht nur so herum, die Kommode mit nun wieder hineingeschobenen Laden neben sich auf dem Bürgersteig. Er wagt es offenbar nicht wegzugehen. Wegtragen kann er das schwere Möbelstück nicht. Hat er etwa nicht damit gerechnet, dass wir sie verkaufen würden? Es fallen kaum sichtbare Schneeflöckchen. Er zieht seinen Mantel aus und drapiert ihn über die Kommode. Mit beiden Händen hält er seinen Kauf fest. Die Schneeflocken werden größer. Warum fragt er nicht einfach, ob er die Kommode für eine Weile wieder zurück in den Flur stellen darf? Fürchtet er, dass wir sie dann zurück ins Wohnzimmer tragen und ihm die zweihundert Gulden zurückgeben könnten?

Währenddessen weiß meine Mutter nicht, wo sie den Inhalt der drei Schubladen unterbringen soll. Unentschlossen geht sie hin und her. Es ist, als würde sie nie einen Platz für all die Handtücher, Geschirrtücher und Laken finden, solange Smytegelt noch draußen auf der Straße steht, unsere Kommode mit seinem Mantel und seinem Körper beschützend.

Nach mindestens einer Stunde erscheint einer seiner Söhne mit einem Handkarren in der Straße. Woher hat er gewusst, dass sein Vater hier wartet? Oder hat er es nicht gewusst? Hat der Sohn sich einfach auf gut Glück und mit einem Handkarren ausgerüstet auf die Suche nach seinem Vater begeben? Ist er durch sämtliche Straßen unter dem Deich geirrt? Vater und Sohn laden die Kommode auf den Handkarren, die Kommode, die ich ein paar Jahre später in einem Laden auf der Lijnbaan in Rotterdam wiedersehen würde, mit einem Kärtchen daran, auf dem steht: »Kommode mit geschwungener Front, Nussbaum, ländliche Herkunft, ca. 1760. Preis: 2000,– Gulden.«

Altersversorgung

Es war die Zeit, in welcher der Mädchenchor Sweet Sixtien von einer »Zeit, die es nicht mehr gibt« sang. Es war eine Zeit, in der ein Schiff nach dem anderen bei Hoek van Holland auf den Noorderpier lief. Einmal lief sogar ein Schiff, die »Gatt«, auf den Zuiderpier. Es war eine Zeit, in welcher der Rotterdamer Hauptbahnhof noch Delftse Poort hieß und in der man, wenn man am Samstagnachmittag die Lijbaan entlangging, das Lied »Wir müssen uns nicht zieren, wenn wir auf der Lijnbaan flanieren« hören konnte. Es war die Zeit, in der die hoch aufgeschossenen Burschen »Halbstarke« hießen und die Polizei »Polente«. Es war die Zeit, in der die Sluiser, zunächst noch mit Dampflokomotiven, später dann mit stromlinienförmigen Kurzzügen, nach Rotterdam fuhren. Sie fuhren mit Dampf, um sich anlässlich der Eröffnung des neuen Hafens die Ausstellung »Rotterdam Ahoy« anzusehen, und sie fuhren elektrisch, um fünf Jahre später ebendort die Leistungsschau E '55 zu besuchen. Es war die Zeit, in der die Ratenzahlung erfunden wurde und Tausende von Familien in große Schwierigkeiten gerieten. Und das nicht bloß, weil die Geschäfte überhöhte Preise verlangten. Es war die Zeit, in welcher der Riese von Rotterdam hin und wieder mit seinem Vater zum Strand radelte. Wenn er mit seinen zwei Metern achtunddreißig auf dem extra für ihn gebauten Fahrrad in Vlaardingen am Kolpabad vorbeifuhr, waren die Sluiser über sein Kommen bereits informiert. »Er ist jetzt auf dem Deich«, wussten die Schaulustigen, die sich bei De Hoop versammelt hatten. »Er hat jetzt die Zuidbuurt erreicht«, wurde kurze Zeit später gemeldet. »Er ist jetzt in der Kurve bei Schinkelshoek.« Woher wussten die Sluiser das? Gab es telefonischen Kontakt zwischen einem von uns und den Bewohnern der Bauernhöfe, an denen er vorbeifuhr? »Er ist jetzt beim Pumpwerk, auf halber Strecke in der Zuidbuurt.« Woher wusste man das bloß? »Er überquert die Blaue Brücke.« Die Spannung stieg. Würde er am Ende der Zuidbuurt abbiegen in Richtung Nieuwe Weg, oder würde er nach Maasland weiterfahren? »Er ist um die Kurve.« Da standen wir, bei der Mühle De Hoop, und wir schauten den in Sonnenlicht getauchten, noch leeren Nieuwe Weg entlang. Er musste bald zu sehen sein. Da? Nein, das waren zwei Radfahrer, die vor ihm herfuhren. Es war, als würde der Raps in der immens breiten Böschung zur Begrüßung stärker duften als sonst. Der Wind schüttelte den Klatschmohn hin und her. Die gelben Löwenmäulchen sahen fast orange aus. Da kam er, umringt, umdrängt von Dutzenden schwarzen Konfektionsrädern der Marke Fongers oder Benzo. Er sah aus wie ein Storch, der von Singvögeln begleitet wird. Turmhoch über alle hinausragend, fuhr er auf seinem Batavus, der mit zusätzlichen Stangen vergrößert worden war, und seine riesigen Füße, von denen wir alle wussten, dass sie Schuhgröße 62 hatten, bewegten einzig durch ihr Gewicht gemächlich die Pedale. Was mich die wenigen Male, die ich ihn gesehen habe, am meisten erstaunte, war, dass sein Kopf im Verhältnis zu seinem Körper so klein war. Doch trotz des kleinen Kopfes hatte man bei seinem Anblick das Gefühl, zusammenzuschrumpfen. Hatte man ihn wieder einmal gesehen, wirkten alle anderen Menschen noch Tage danach seltsam klein. Man hasste dann zudem die Klötze auf den Pedalen des eigenen Fahrrads, Klötze, die er wahrscheinlich niemals brauchte! Merkwürdig war auch, dass er immer auf der Hinfahrt zu sein schien. Er musste doch von Hoek van Holland – oder wo immer er hinfuhr, wenn er durch unsere Stadt kam – auch wieder zurückfahren. Nie kam er woanders her als aus Rotterdam. In dieser Hinsicht ähnelte er der »Nieuw Amsterdam« und der »Willem Ruys«. Die beiden Schiffe liefen auch immer nur aus und kamen nie zurück. Oder fuhren sie nachts unbemerkt über die Nieuwe Maas in Richtung Rotterdam? Sie liefen jedenfalls immer am Nachmittag nach Schulschluss aus. Wenn sie die Nieuwe Maas entlangkamen, konnte man sie von vielen Straßenecken, Brücken, Grachten, ja sogar von der Wip aus vorbeigleiten sehen, hoch über den sich duckenden Häusern. Die ganze Stadt schrumpfte zu einem winzigen Miniaturdorf zusammen. Selbst der Turm der Grote Kerk verwandelte sich plötzlich in einen senkrecht stehenden Bleistift. Der Himmel über Rozenburg wurde komplett ausgefüllt. Zwei riesige Schiffsschornsteine ergriffen den Himmel, tasteten in der Luft herum und gaben einem das Gefühl, dass es das Beste wäre, sich ein Versteck zu suchen. Aus den riesigen Schornsteinen kamen enttäuschend kleine Rauchwolken. Vor allem, wenn man die Schiffe aus der Ferne beobachtete, schienen sie mit einer atemberaubenden Geräuschlosigkeit vorüberzufahren. Und sie fuhren so langsam, dass es aussah, als lägen sie still und die Stadt führe vorbei. Sie bewegten sich nicht nach Westen, sondern wir wurden ostwärts geschoben. Das gab mir ein hohles, bedrohliches Gefühl. Trotzdem konnte man sich der Magie der unermesslich hohen Schornsteine und Masten nicht entziehen.

Wo man auch war – man begann in Richtung Hafenmole zu gehen, wobei man unterwegs dafür sorgte, dass man die »Nieuw Amsterdam« oder die »Willem Ruys« nicht aus dem Auge verlor. Wenn man dann endlich die Hafenmole erreicht hatte, waren die Schiffe vorüber, und man sah sie mit großer Erleichterung (eine Erleichterung, die man ebenso gut Bedauern hätte nennen können) unendlich langsam in Richtung des Kühlhauses Poortershaven manövrieren. Abends im Bett hatte man dann das Gefühl, als hätte man, irgendwo im Körper, eine Narbe davongetragen.

Wenn beide Schiffe vorüber waren, irrte ich, ein Steinchen vor mich hin tretend, das ich so lange wie möglich zu behalten versuchte, durch unser Viertel. Dann erst schien es ganz zu mir durchzudringen, was es bedeutete, dass man uns wegsanieren würde. Wenn man die »Nieuw Amsterdam« oder die »Willem Ruys« gesehen hatte, dann verstand man, dass die Sanierung unvermeidlich war. Wie konnten unsere kleinen Häuschen neben so vielen Bruttoregistertonnen weiterexistieren? Nichts schien berechtigter, als dass sie verschwinden würden. Trotzdem tat es unglaublich weh. Zum Trost las ich laut all die Verse, die ich auf den fensterlosen Mauern oder auf den Schaufenstern unter dem Deich sah. Es war auch die Zeit der zweizeiligen Reime. Ein guter Rat aus Meisters Mund, Wurst vom Metzger ist gesund. Von uns kommt's frisch auf ihren Tisch. Unsere Mützen, unsere Hüte, alle sind sie erster Güte. Ich ging, wenn die »Nieuw Amsterdam« oder die »Willem Ruys« vorüber waren, zur Lijnbaan und hörte in einem Hauseingang eine Kinderstimme singen:

Ringel Ringel Rose,
Butter in der Dose,
Schmalz im Kasten,

morgen wollen wir fasten,
übermorgen Lämmchen schlachten,
das soll rufen »Mäh«.

Dieses einfache Lied half gegen das hohle Gefühl, das vor
allem die »Nieuw Amsterdam« hervorrief. Noch besser half
es, laut Reime aufzusagen, und dabei spielte es keine Rolle,
was für Reime:

Kinder mit 'nem Willen
krieg'n was auf die Brillen

war gut und

Messer, Schere, Feuer, Licht
sind für kleine Kinder nicht

half auch und

Wer freit, bereut,
doch wer freit mit Freud,
ist nicht recht gescheit

tröstete, ungeachtet des rätselhaften Textes, auch

Pfau, Pfau, Pfau,
du bist schön, ich bin schlau

half, obwohl der nächste Pfau sich so weit entfernt befand,
im Dorf Maasland nämlich, dass man ihn nicht einmal
schreien hören konnte, wenn er Regen ankündigte.
Sogar Reklametexte bannten das hohle Gefühl.

Nicht ohne Grund
ist Juno rund,

hatte eine beruhigendere Wirkung als Reime, die angesichts
der »Nieuw Amsterdam« plötzlich kraftlos wirkten, etwa

Erbsen, Bohnen, Linsen
bringen den Arsch zum Grinsen.
Und tut's im Bauch gut reißen,
kann man auch tüchtig scheißen.

Es war, als würden all diese Reime, so simpel sie auch waren,
den durch die »Nieuw Amsterdam« oder die »Willem Ruys«
auf Zwergenmaß reduzierten und ohnehin für unbewohnbar erklärten Häusern allmählich ihre ursprünglichen Proportionen zurückgeben. Alles wurde wieder übersichtlich,
schien geordnet, vor allem, wenn so ein Reim rätselhaft war
wie:

Müssen ist Zwang,
Heulen ist Kindergesang

oder er anderen als mir selbst die Zukunft prophezeite:

Mädchen, die flöten,
kriegen Kerle mit Kröten.

Aber es gab ein Gedicht, das tröstlicher war als alle anderen
Reime. Es war ein Vers, der in Wahlkampfzeiten auf allen
Mauern aufgetaucht war, an denen zunächst ein Porträt
des sozialdemokratischen Politikers Willem Drees gehangen
hatte. In der ganzen Stadt konnte man lesen:

Ein Bild von Drees, hört, hört,
das wurde hier zerstört
von Menschen voller Furcht.
Dem Bild ist's einerlei,
Hauptsache, ihr wählt Liste zwei.

Lange nach den Wahlen hingen die fünf Zeilen immer noch
überall. Man hatte sie auch auf Mauern geklebt, an denen
vorher überhaupt kein Bild von Drees gehangen hatte.
Ebenso hatte man sie über Bilder geklebt, die gar nicht zerstört worden waren. Mit der Zeit sah ich die Plakate der Reihe nach abblättern, verschwinden, vergilben, verbleichen.
Aber es gab einen solchen, in diesem Fall tatsächlich über
den noch halb sichtbaren Kopf von Drees geklebten, Vers,
der allem Regen und Wind widerstand. Er hing an einer
fensterlosen Wand in 't Peerd z'n Bek und blieb einfach dort
hängen und präsentierte stolz seinen einfachen und für
mich doch so unverständlichen Text (denn warum wurden
die Wagemutigen, die Drees von der Wand gerissen hatten,
als »Menschen voller Furcht« bezeichnet?).

Ich mochte Drees. Er hatte freundliche, lächelnde Augen und einen großen grauen Schnurrbart, in dem leicht
eine Rotzblase verschwinden konnte, ohne dass jemand sie
bemerkte. Ich konnte nicht verstehen, weshalb in der Kirche immer wieder vor Drees gewarnt wurde. Angesprochen wurden vor allem Kirchenbesucher, die bereits »einen
ruhigen Lebensabend genossen«, wobei der Pastor sie der
Reihe nach ansah, ermahnend und vorwurfsvoll. Mir wurde klar: Je älter jemand war, umso größer war die Chance,
dass er Drees seine Stimme gab. Wer für ihn stimmte,
wollte »was von Drees kriegen«, ein Phänomen, das ich
mir überhaupt nicht erklären konnte, da ich nicht wusste,

dass Drees als Minister die gesetzliche Altersrente eingeführt hatte.

Dann kam der Tag, an dem die alten Leute zum ersten
Mal ihre Rente ausbezahlt bekommen sollten, ob sie nun
Drees ihre Stimme gegeben hatten oder nicht. Eines Abends
ging der städtische Ausrufer Leen van Buuren über den
Deich. Oben am Afrol holte er seinen Gong hervor, schlug
dagegen, und dann erklang seine Stimme unter dem sich bereits verdunkelnden Frühlingshimmel. »Meine Damen und
Herren, liebe Kinder!« Er holte tief Luft. Seine weißen
Holzschuhe, die bewegungslos auf der Straßendecke ruh-
ten, sahen fast aus wie Strebewerk. »Die Gemeindeverwaltung hat in Anbetracht der Tatsache, dass unsere Fünfund-
sechzigjährigen nun von Drees verwöhnt werden sollen,
beschlossen, die erste Rentenzahlung feierlich zu überrei-
chen. Das wird am nächsten Samstag um zwei Uhr auf der
Freitreppe des Rathauses geschehen. Sie alle sind herzlich
eingeladen, daran teilzunehmen.«

Sehr bald schon hörten wir, dass die erste Rente nicht
wirklich allen Alten persönlich überreicht werden sollte,
sondern man wollte lediglich einen der Berechtigten per Los
bestimmen, der dann auf der Freitreppe sein Geld bekommen sollte. Und dieser alte Mensch war, wie wir ein paar
Tage später erfuhren, Pleun Onderwater.

Pleun Onderwater, der Vater von Klaas Onderwater, hatte seinen Lebensunterhalt damit verdient, dass er bei den
Leuten pflanzliche Abfälle einsammelte und diese als Vieh-
futter verwendete. Jetzt hatte er sich zur Ruhe gesetzt und
wohnte mit seiner zweiten Frau im Bloemhof Nummer 3.
Man konnte ihn überall dort finden, wo sich ein paar Cent
dazuverdienen ließen. Mal half er auf der Mole beim Beladen eines Küstenmotorschiffs, dann sah man ihn volle

Mehlsäcke in das Fabrikgebäude von Trouw & Co. schleppen, dann wieder trug er für den Lebensmittelhändler und Bibelsammler Strijbos Reklame aus.

»Genau der Richtige, um als Erster Rente zu bekommen«, sagten die alten Männer oben auf der Wip zueinander.

»Ja, ja, der verdient mehr als ein junger Mann und kriegt jetzt auch noch Rente. Da wird doch Wasser zum Meer getragen!«

Doch Pleun Onderwater stand am Samstagnachmittag um zwei Uhr auf der Freitreppe des Rathauses, und der Bürgermeister überreichte ihm einen Umschlag mit Inhalt, und Pleun sagte: »Herr Bürgermeister, ich danke Ihnen sehr herzlich dafür, dass ich aus Ihren Händen die Wurzel allen Übels empfangen darf. Man sagt, Geld sei Dreck, nun, das will ich gern glauben, und darum sage ich auch oft: Gib mir noch ein bisschen von dem Schlamm, lass mich knietief in dem Modder zappeln, schütt meinen Hof voller Schlick, denn, Leute, lasst uns ehrlich sein: Geld lässt Wunder geschehen, wer keins hat, muss in die Röhre sehen.«

Nach seiner Rede sagten die Männer auf der Wip erstaunt: »Er hat überhaupt nicht von seiner ersten Frau gesprochen.«

Das war in der Tat erstaunlich, denn er sprach immer von seiner ersten Frau.

»Sie war doch so ein prima Frauchen. Immer genau und sauber. Nie keine Probleme mit ihr gehabt. Was sie auch angepackt hat, die konnte alles. Ich wär wirklich zufrieden, wenn ich 'nen Ableger von ihr hätte.«

Und dann fuhr er fort: »Aber die, die ich jetzt hab, die ist wie ein Knäuel Wolle voller Kletten. Steigt jeden Morgen mit griesgrämigem Gesicht aus dem Bett, während Jannetje immer mit beiden Beinen zugleich losgesprungen ist. Womit ich sagen will: nie mit dem verkehrten Bein. Ach, ach, mein Jannetje! Sie war wie ein Fahrrad, mit dem man spät zu Bett gehen und trotzdem morgens früh wieder bei der Arbeit sein kann. Sie kommt nie mehr zurück.«

Auf der Straße ging er immer demonstrativ drei Meter vor seiner zweiten Frau. Später sagte er dann: »Du hast es bestimmt gesehen. Rennt immer wie eine Henne hinter mir her. Mann, Mann, sie hängt mir derart zum Hals raus.«

»Na, na«, hörte ich auf der Wip jemanden zu ihm sagen, »für ihr Alter sieht sie aber noch recht manierlich aus.«

»Ach, ja?«, erwiderte Pleun. »Du solltest mal einen Schritt näher rangehen, wenn du sie irgendwo siehst. Mit jedem Meter wird sie fünf Jahre älter. Der Lack ist komplett ab. Was sag ich: Da war nie welcher drauf.«

»Ich würde durchaus gern mal mit ihr ins Bett.«

»Ins Bett? Mit ihr? Da kannst du besser mit einem Tischbein ins Bett gehen. Nein, dann lieber Jannetje, mit ihr konnte ich Pferdchenreiten, sowohl im Sattel als auch auf dem Bock, du verstehst, was ich meine. Wenn ich mit ihr mal kuscheln will, denn – tja – selbst in ihrer Gesellschaft hat man manchmal Lust, dann sagt sie: ›Nicht so aufdringlich, Pleun.‹ Nein, was solche Sachen angeht, da hat sie nicht die blasseste Ahnung.«

»Und warum hast du sie dann geheiratet?«

»Aus Kummer um Jannetje. Ich wusste in meinem Schmerz ja nicht, was ich tat.«

Als sie älter wurden, wuchs, wenn sie zusammen auf der Straße unterwegs waren, die Distanz zwischen ihnen noch weiter. Wenn er eine Straße überquert hatte, dann war sie in der Regel noch auf der anderen Seite. Er ging jedoch immer gebeugter und brauchte einen Spazierstock, von dem er, je krummer er wurde, jedes Mal eigenhändig ein Stück absägte. Immer schwarz gekleidet, ähnelte er mit der Zeit zunehmend einem Vogel. Sie konnte inzwischen, so schlecht zu Fuß, wie er war, auf der Straße leicht mit ihm Schritt halten. Und so sah man die beiden gehen, er hüpfend wie eine Amsel und vergeblich vor ihr auf der Flucht; sie stramm neben ihm her marschierend, bewegungslos, von ihren vor und zurück schlackernden Beinen abgesehen. Wohl aber wurden ihre Brillengläser immer dicker, und vor der Tür der Spirituosenhandlung Uleman hörte ich ihn sagen: »Sie kann allmählich nichts mehr sehen. Nicht mehr lange, dann können wir sie aufhängen, ohne ihr vorher die Augen zu verbinden.«

Weil sie weniger sah, fiel es ihr dann wieder schwerer, mit ihm Schritt zu halten. Mit der Zeit wuchs die Entfernung abermals.

»Sie fängt an, irre zu reden«, sagte er damals. »Wann wird sie denn endlich abgeholt? Sie kann überhaupt gar nichts mehr. Ihr ganzer Ellenbogendampf ist verbraucht. Ich muss alles alleine machen.«

Wenn er das sagte, betrachtete er, den Kopf schräg in die Höhe gereckt, mit seinen gelbgrünen Augen jeden, der ihm zuhören wollte. Er verzog den Mund, als hätte er Schmerzen. Er spuckte aus, klopfte mit seinem Spazierstock wütend aufs Pflaster und sagte: »Ich wünschte, ich könnte sie aufbahren.«

Über Jannetje sprach er nicht mehr. Über Geld, früher sein bevorzugtes Gesprächsthema, ebenso wenig. Nur seinen Lieblingssatz

Geld lässt Wunder geschehen,
wer keins hat, muss in die Röhre sehen

konnte man ab und zu noch aus der Tiefe seiner Brust erklingen hören. Immer öfter quatschte er mich auf der Straße an und sagte: »Kannst du deinen Vater nicht fragen, ob
er mich unter die Erde bringen will? Ach, wäre ich doch selber Totengräber!«

»Mein Vater ist Grabmacher, kein Totengräber«, sagte
ich.

»Ist mir egal«, sagte er, »bestimmt hat er ein hübsches
Grab übrig. Ich wünschte, ich wäre Bauer und hätte einen
Stier. Dann könnte ich mich zum Krüppel stampfen las-
sen.«

Mein Vater sagte immer: »Mann, was müssen die beiden
alt werden: Wer klagt, stirbt hochbetagt.«

Dabei hörte man die Frau nie klagen. Man sah sie nur
umhergehen, er vorneweg, sie zwei Meter hinter ihm, er
hüpfend, springend, hinkend auf drei Beinen, sie kerzenge-
rade. Manchmal überquerte er ganz unerwartet die Straße,
und dann folgte sie ihm blindlings. Oft hielt sie für einen
Moment inne und bewegte den Kopf, als müsse sie lauschen, wohin sich das Geräusch seines Stockes entfernte.
Oft genug habe ich ihn den Dijk überqueren sehen, und oft
genug habe ich sie ihm hinterhergehen sehen. Aber ich habe
nicht gesehen, wie er bei einem der vielen Spaziergänge, die
sie zusammen machten, plötzlich die Wip überquerte und
wie sie, ihm blindlings folgend, unter einen Lastwagen der
Verenigde Touwfabrieken geriet. Noch Jahre später haben
wir ihn oben auf der Wip – dem Treffpunkt der Hochbetag-
ten – mit Tränen in den Augen sagen hören: »Ach, ach, ist
das zu fassen? Sie war so ein prima Frauchen, und sie ist vor
meinen Augen gestorben. Ich musste unbedingt beim Zee-
manhuis über die Straße. Ist das zu fassen? Ich wünschte, ich
hätte einen Ableger von ihr.«

Lange bevor es so weit war, hatte die allgemeine Altersrente unter dem Deich, wo so viele bitterarme Alte wohnten, bereits Wunder bewirkt. Jetzt, da man es sich leisten
konnte, nähten die alten Frauen hier und da einen Knopf
an. Manchmal kauften sie sogar ein neues schwarzes Kleid.
Eine von zehn Frauen schaffte sich sogar einen neuen, hübschen schwarzen Hut an! Alte Männer kauften neue Spa-
zierstöcke. Manche Alten ließen ihre Kleider reinigen, sodass wir in der Zuiderkerk weniger oft den säuerlichen
Geruch ungewaschenen Kammgarns riechen konnten. Von
einem der Alten bekam ich, nachdem er auch »von Drees
was kriegte«, jeden Sonntagmorgen beim Beginn der Predigt ein Pfefferminzbonbon. Das war auf einmal alles möglich. Wichtiger allerdings war, dass all die alten Leute dank
der Rente plötzlich in die Lage versetzt wurden, den War-
tungsrückstand ihrer jahrelang verwahrlosten Häuschen
aufzuholen. Es wurde angestrichen, gezimmert, gesägt, ge-
mauert. Neue Hoffnung keimte auf. Die Gemeindeverwaltung musste doch einsehen, dass es nicht nötig war, das
Gebiet rings um die Vliete zu sanieren.

Die vertauschten Hühnervögel

Bei uns begann Weihnachten, wenn mein Vater Erlenzweige mit alter Silberfarbe anzumalen begann, die eigentlich für Grabbegrenzungsgitter bestimmt war. Vor allem die Zapfen sahen anschließend aus wie kleine Glocken aus Edelmetall. Mein Vater bemalte die Zweige und Zapfen nicht für uns, sondern für den Bürgermeister, den Direktor der Stadtwerke und den Chef der Ortspolizei. Und die versilberten Zweige wurden auch freudig angenommen. Meistens ergab sich aus der Lieferung, die ich oder mein Vater selbst übernahm, ein Schlachtauftrag. Vor Weihnachten annoncierten die Leute unter dem Deich ihre in den Innenhöfen gemästeten Gänse, Truthähne, Hühner und – vor allem – Kaninchen im lokalen Reklameblatt *De Schakel*. Wer seine Weihnachtstafel mit der Gans oder dem Truthahn eines anderen krönen wollte, der musste sich zu einer der Adressen im Kaninchenviertel begeben, um das Tier dort lebend – niemand schlachtet gern sein eigenes Vieh – abzuholen. Die meisten Menschen aber essen sehr gern Fleisch, und so kam es, dass viele Leute von über dem Deich alljährlich meinen Vater baten, das gekaufte Tier bei der jeweiligen Adresse abzuholen und es für sie zu schlachten. So mussten sie ihren unter dem Deich erworbenen Weihnachtsbraten nicht lebend sehen, sondern bekamen ihn küchenfertig in ihr Haus über dem Deich gebracht.

So fuhren wir also kurz vor Weihnachten in der stillen, kalten Abenddunkelheit mit dem Rad durch die gaserleuchteten Straßen, um all die widerspenstigen Belgischen Riesen, knurrenden Lothringer und freundlichen Holländer, die gackernden Hühner und die beherzt schnatternden Gänse aus ihren Ställen zu holen. Gut einen Monat nach dem Aufstand in Ungarn bot Klaas Onderwater seinen riesigen Hahn in der Zeitung zum Kauf an. Der sagenhafte Ruf dieses Tieres lockte Dutzende von Käufern an, unter denen sich auch Bürgermeister Schwartz befand, der dann schließlich der glückliche Besitzer wurde. Bald nach dem Kauf erreichte meinen Vater die Bitte, diesen Hahn für den Bürgermeister eigenhändig zu verarbeiten, wie man euphemistisch sagte.

Es fror ein wenig, als wir den Hahn in der Sandelijnstraat abholten. Nachdem wir geklingelt hatten, erschien ein traurig dreinblickender Onderwater, der uns in die Wohnstube führte. Im Halbdunkel bemerkte ich eine Frau, die an einer Nähmaschine saß und sich nicht dazu herabließ, von ihrer Flickarbeit aufzuschauen. Offenbar benutzte sie ihren Mund als Nadelkissen; Dutzende von Nadeln ragten zwischen den Lippen hervor. Beim Ofen saß ein Mädchen in einem Lehnstuhl, das älter war als ich; ich hatte sie wiederholt auf dem Marktplatz mit einem Kreisel spielen sehen. Sie grüßte nicht, sondern guckte, als wollte sie uns für ihre Weihnachtstafel schlachten. Mein Vater schaute sie ebenfalls an, und Onderwater sagte: »Ja, ja, meine älteste Tochter! Wie kann sie so wachsen ohne Wurzel!«

»Das kannst du ruhig laut sagen«, sagte mein Vater.

Das Mädchen guckte, als wollte sie auch ihren Vater beim Schlachten miteinbeziehen. Ich schämte mich stellvertretend und war froh, als wir uns in den winzigen Hof hinter dem Haus der Onderwaters begaben, der vollständig von einem Hühnerstall ausgefüllt war. »Ich trau mich nicht, ihn zu fangen«, sagte Onderwater.

»Ist auch nicht nötig«, meinte mein Vater, »ich schnapp ihn mir schnell.« Hinter dem Hühnerdraht ging das stolze Tier mit hoch aufgerichteten Federn hin und her. Mein Vater öffnete den Stall, der Hahn wich aus. Mein Vater kam nicht an ihn heran, und in den Stall kam er auch nicht hinein.

»Fang du ihn mal schnell«, sagte mein Vater zu mir, »du passt so gerade eben durch die Tür.«

Sprachlos starrte ich zu dem Tier hinüber, das mich aus dem hintersten Winkel seines Geheges mit einem, wie es schien, höhnisch blickenden Auge ansah.

»Na los«, sagte mein Vater, »du brauchst keine Angst zu haben, er wird dir nichts tun, bestimmt nicht.«

Schluckend und zitternd kroch ich durch die Tür. Ganz langsam ging ich, tief gebückt, auf den Hahn zu. Das Tier spreizte seine Flügel, wie ein Pastor, der ein Segensgebet sprechen will, und kam ruhig auf mich zu. Auch ich spreizte die Arme, und nach ein paar weiteren Schritten umarmten wir einander. Der Hahn pickte mich nicht, er gab keinen Laut von sich und fiel mir nur in die Arme. Und ich fiel in seine Flügel. Regungslos blieben der Hahn und ich, einander umarmend, mitten im Gehege stehen.

»Nun komm schon her«, sagte mein Vater, aber ich konnte mich nicht bewegen, ich stand in der stillen, marmorkalten Winterluft einfach nur da und spürte die Wärme des Hahns, der mit dem Schnabel in meinen Haaren wühlte. Von mir unbeobachtet – es geschah hinter meinem Rücken –, zwängte mein Vater sich so weit es ging durch die Tür und packte das Tier. Heftig mit den Flügeln flatternd und ohrenbetäubend gackernd, wäre es ihm um ein Haar entwischt, doch kurze Zeit später steckte es doch in einem Jutesack. Wir gingen wieder durchs Wohnzimmer. Die Frau hockte tief vornübergebeugt hinter ihrer Nähmaschine, das Mädchen am Ofen wandte den Kopf ab. Ich hatte das Gefühl, vor allem ihr gegenüber nie wiedergutmachen zu können, dass ich den Hahn gefangen hatte.

Mit dem Hahn fuhren wir zum Friedhof. Mein Vater bewahrte alle zum Schlachten bestimmten Tiere im Leichenhäuschen auf, das zu diesem Zweck mit reichlich Stroh ausgestreut worden war. Der Hahn bekam einen Platz zwischen den Kaninchen, und mein Vater sagte: »Der Stall in Bethlehem kann damals nicht voller gewesen sein.«

Um das Fleisch eine Weile abhängen zu lassen, schlachtete mein Vater alle Tiere ein paar Tage vor Weihnachten. Manchmal waren wir bis zum späten Abend beschäftigt. Morgens schlug mein Vater zuerst allen Hühnern und Gänsen den Kopf ab, damit ich den ganzen Tag über etwas zu tun hatte. Ich musste nämlich das ganze Federvieh rupfen. Im Jahr des Hahns bewahrte er das riesige Tier bis ganz zum Schluss auf. Voller Bedauern packte mein Vater zu, und voller Bedauern schleppte er den Hahn zu einem abgesägten Baumstumpf, der zwischen dem Leichenhäuschen und dem Bahrhäuschen aufgestellt war. Mit einem gezielten Axthieb enthauptete er den Hahn. In diesem Moment riss sich das Tier los und stürmte blutend und mit gespreizten Flügeln in Richtung Rhododendronstrauch, den es beherzt umkurvte. Es machte kurz auf einem liegenden Grabstein der Familie Dirkzwager in der ersten Klasse Station und hinterließ ein wenig Blut. Dann kam es wieder auf uns zugerannt und legte sich auf den Boden neben seinen Kopf, dessen Augen immer noch träge blinzelten. Mit einer Geste der Schicksalsergebenheit legte der Hahn die Flügel an; es war, als faltete jemand einen Fächer zusammen.

Auch ich bewahrte mir den Hahn bis zum Schluss auf. Schweren Herzens machte ich mich am späten Nachmittag daran, ihn zu rupfen. Es dämmerte bereits, und im Bahrhäuschen hatte meine Vater eine Petroleumlampe angezündet. Vorsichtig befreite ich das Tier von seinen Federn. Ich legte sie in der Reihenfolge hin, wie ich sie gerupft hatte, in der vagen Hoffnung, sie später zusammenkleben und das Ergebnis ausstopfen zu können. Und dann würde ich dem Mädchen am Ofen den Hahn wiederbringen.

Während ich rupfte, erschlug mein Vater draußen die letzten Kaninchen. Er kam mit ihnen ins Bahrhäuschen und hängte sie mit dem Kopf nach unten an einer eigens dafür gespannten Leine auf. Munter hörte ich ihn vor sich hin murmeln, er wolle ihnen nun »den Mantel ausziehen«.

Als ich den Hahn schließlich vollständig gerupft und ihn zu all den anderen gerupften Hühnern und Gänsen gelegt hatte, sah ich, dass er sich nun nicht mehr von einem der anderen zuvor von mir gerupften alten Suppenhühner unterschied. Mein Vater war so mit dem Schlachten der Kaninchen beschäftigt, dass er nichts hörte und nichts sah. Einem geheimnisvollen Impuls folgend, vertauschte ich – wobei ich das wütende Gesicht des Mädchens vor mir sah – hastig den Hahn mit einem Suppenhuhn. Ich wusste nicht, wieso ich das tat, aber es war, als wäre ich das dem Hahn und dem Mädchen schuldig.

Am Abend brachten wir die geschlachteten Tiere zu den jeweiligen Leuten. Bürgermeister Schwartz nahm persönlich sein altes Suppenhuhn in Empfang, bedankte sich überschwänglich bei meinem Vater und gab ihm zwei Gulden fünfzig sowie eine Schachtel Zigaretten. Der Hahn landete bei einem Kanalisationsarbeiter, der eine reiche Frau geheiratet hatte und im Stort wohnte. Ich hasste den Mann. Schuldbewusst ging ich an jenem Abend nach Hause. Immer noch verstand ich nicht, warum ich nicht wollte, dass der Bürgermeister, der ein überaus netter Mann war, den Hahn aufaß. Als wir zu Hause ankamen, trafen wir in unserer Wohnstube Bäcker Eysberg an. Er fragte mich, ob ich am nächsten Tag aushelfen wolle.

»Ja, Maart«, sagte er, »der Tag vor Weihnachten ist ein Misttag für uns, der arbeitsreichste Tag des Jahres.«

So kam es, dass ich am nächsten Morgen bereits um halb vier wieder auf den Beinen war. In der Bäckerei half ich, die Weißbrote aus den metallenen Formen zu holen. Danach belud ich den Karren, und um acht Uhr machte ich mich auf den Weg zur Lijnstraat. Die Menschen dort waren, wie ich wusste, schon aufgestanden und würden mir nicht in einem lächerlichen Morgenmantel oder Peignoir die Tür öffnen. Es war eisig kalt an jenem Tag, und in jedem zehnten Haus fragte ich, ob ich mich drinnen kurz aufwärmen dürfte. Bis neun Uhr abends ging ich von Tür zu Tür, wohl wissend, dass mir die schlimmste Prüfung noch bevorstand. Fast am Ende meiner Tour angekommen, erreichte ich das vornehme Haus des Bürgermeisters an der Govert van Wijnkade. Dort musste ich nicht einmal darum bitten, ob ich mich aufwärmen dürfte, sondern man lud mich ungefragt ins Haus. Der alte Bürgermeister schaute kurz um die Ecke der Küchentür.

»So spät noch unterwegs?«

Ich nickte.

»Bestimmt ist dir kalt«, sagte er. »Warte, ich hol dir schnell ein Glas Genever, dann wird dir von innen warm.«

Nach kurzer Zeit kam er mit einem Gläschen wieder, das

ich langsam austrank. Dann fiel ich, auf einem Stuhl am Herd sitzend, in Schlaf. Ich träumte von dem Hahn und dem Mädchen. Der Hahn schleppte mich aus einem grünen Häuschen, das Beil im linken Flügel. Mit dem rechten Flügel drückte er mich auf den Boden. Er hob das funkelnde Beil, aber da sagte das Mädchen: »Halt, er muss zuerst seine Schuhe ausziehen.«

Ich wachte auf und sah, dass meine Schnürsenkel los waren. Schnell knotete ich sie zu.

Am Tag drauf aßen wir Kaninchenkopfsuppe. Meistens wollten die Auftraggeber meines Vaters den Kopf nicht haben, sodass wir zu einer Festtagssuppe kamen. Beim nachmittäglichen Gottesdienst wanderte mein Blick immer wieder zum Bürgermeister. Ob er sein zähes Suppenhuhn schon gekostet hatte, oder würde er, wie es bei reichen Leuten üblich war, erst am Abend warm essen? Es sah fast so aus, als würde er sich während der Predigt des Öfteren eine zähe Fleischfaser zwischen den Zähnen herauspulen. Während ich sein freundliches, altes, faltiges Gesicht betrachtete, dachte ich: »Er kann sich das doch nicht selbst ausgedacht haben. Aber wer hat es sich denn dann ausgedacht? Und wenn er es sich nicht ausgedacht hat, kann er als Chef der Gemeinde dann nicht sagen: ›Das machen wir nicht, ich möchte das nicht‹?« Aber das tat er nicht. Hatte ich deshalb die Hühnervögel vertauscht? Ich sah den prächtigen Hahn wieder vor mir, den Hahn aus dem Sanierungsviertel, ein Tier, auf das jemand, der dieses Viertel abreißen lassen wollte, unmöglich ein Anrecht haben konnte.

Die Propheten

Im Sanierungsgebiet wurde also zur Freude der Mägen über dem Deich viel Klein- und Federvieh gehalten. Auf den Fensterbänken döste allerdings nur hier und da eine Katze. Auf Dutzenden von Dachböden gurrten Tauben, doch in der ganzen Gegend war kein Hund zu sehen. In der Mareldwarsstraat jedoch wohnte eine Frau, die einen Schoßhund und etwa zwanzig Katzen hatte. Außerdem lief in der Wohnstube eine Ziege herum, die immer Tapetenstücke von der Wand riss, um sie anschließend mit einem verträumten Blick in den Augen aufzufressen. Die Frau, irgendwann einmal auf den Namen Huibje Koppenol getauft, wurde von allen Miss Miezekatze genannt und gemieden. Nicht weil sie mit Schüsselchen voll Milch für streunende Katzen herumlief, sondern weil sie über die ebenso geheimnisvolle wie Angst einjagende Fähigkeit verfügte, den Tod vorauszuahnen. Wer unter dem Deich krank wurde und sie auf der Straße erscheinen sah, der konnte, so gutartig die leichte Grippe auch zu sein schien, alle Hoffnung fahren lassen. Mit dem noch aus ihrer Zeit bei der Heilsarmee stammenden Hütchen auf dem Kopf und ihrem schwarzen Mantel, dessen Futter lose war, schlurfte sie in schwarzen Strumpfhosen und schwarzen Schuhen am Haus des Kranken vorüber. Gab es in einer Straße zwei Kranke, dann konnte man noch die Hoffnung hegen, dass sie wegen des anderen kam.

Oft schien es so, als wüsste sie, wenn es zwei oder drei Kranke in einer Straße gab, selbst noch nicht so genau, wer sterben würde. Dann ging sie mit ganz kleinen Schritten und heftig schnaubend, als kündigte sich der Tod vor allem durch einen bestimmten Geruch an, von Haus zu Haus. Manchmal zögerte sie kurz vor einer Haustür. Sie konnte weitergehen, aber sie konnte sich ebenso gut auf die Zehenspitzen stellen und durch die Gardinen nach drinnen spähen. Wenn sie länger verweilte und versuchte, einen Blick auf den in einem improvisierten Bett im vorderen oder dahinter gelegenen Zimmer ruhenden Kranken zu werfen, dann wusste man, dass die Zeit gekommen war. Dann folgte bald darauf der Moment, in dem sie an der Tür klingelte und fragte, ob sie den Kranken besuchen dürfe. Wer sie nicht ins Haus ließ, konnte davon ausgehen, dass sie zwei Stunden später erneut klingeln und, mit ihrem Kindergesicht zu einem aufschauend, fragen würde: »Darf ich einen Krankenbesuch abstatten?« Dann hob sie, um zu beweisen, wie gut gemeint ihre Bitte war, ein Netz Mandarinen in die Höhe. Manchmal, und das war noch viel beängstigender, klingelte sie auch bei kerngesunden Leuten. Wie zum Beispiel bei Henk Lievaart. Zwei Tage später wurde er in der Seilerei von einem Treibriemen erfasst. Sie klingelte auch bei Cor Kick. Am Tag drauf kam er mit seiner Krawatte in eine Nagelmaschine. An einem Samstagnachmittag erschien sie bei Familie Tuytel. Am Sonntagmorgen wurde der achtjährige Hans Tuytel, als er hinter dem Stort heimlich das Gleis überquerte, vom Rheingold-Express überrollt.

Wenn eine ihrer Katzen weggelaufen war, klingelte sie überall, um nach dem verschwundenen Tier zu fragen. Dadurch jagte sie vor allem denjenigen einen Todesschreck ein, die sie durch den Spion schon hatten kommen sehen. Oft hörte man die Leute beim Wasserheizer sagen: »Nein, nein, sie ist nur wegen einer Katze gekommen.«

»Oh, Mann, da hattest du aber Glück.«

Die wenigen Leute im Viertel, die selbst Katzen hatten, gaben ihr, wenn sie klingelte, um nach einem verschwundenen Tier zu fragen, gleichsam als Sühneopfer hastig eine kleine Katze mit, die eigentlich noch bei ihrer Mutter hätte bleiben müssen. Die Winzlinge wurden freudig angenommen.

Über dem Deich war sie nie unterwegs. War sie schon zu alt, um die Breede Trappen hinaufzusteigen? Zu kurzatmig, um den steilen Hang bei der Wip noch hinaufgehen zu können? Oder ahnte sie nur den Tod der Sluiser voraus, die im Sanierungsgebiet wohnten? Wir wussten es nicht. Wir sahen sie die Vliete entlangschleichen und erschauderten.

Allerdings war sie nicht unfehlbar. Sie besuchte manchmal einen Kranken, der später wieder genas. Sie klingelte mitunter bei Leuten, ohne dass anschließend jemand aus der Familie vom Zug erfasst wurde oder in der Maas ertrank. Und es kam auch vor, dass jemand aus dem Viertel starb, ohne von ihr besucht worden zu sein. Vor allem diejenigen, die jahrelang krank im Bett lagen, wurden von ihr nicht beachtet. Offenbar durfte zwischen dem Zeitpunkt, an dem jemand bettlägerig wurde, und dem seines Hinscheidens nicht zu viel Zeit verstreichen. Zu der kleinen Gruppe der langfristig Kranken, die sie nie besuchte, gehörte auch Siem Vastenau aus dem Lijndraaierssteeg. Diese Gasse, im Volksmund Baanslop genannt, führte zwischen winzigen Häusern hindurch und verband den Noordvliet mit dem Zuidvliet. Mitten in dieser Gasse gab es noch eine Querstraße, eigentlich eher eine Art kleinen Innenhof, und in einem der sich darum herumgruppierenden Miniatur-

häuser lag, ganz nah beim Wohnzimmerfenster, Siem Vastenau zwischen grauen Laken und wartete auf den Tod. Er
war, gleich nach dem Krieg, als Soldat nach Indonesien ver-
schifft und nach einer der »polizeilichen Aktionen« verletzt
wieder nach Hause in den Lijndraaierssteeg gebracht worden. Was ihm genau fehlte, wusste niemand. Er lag einfach
nur da, weißer und durchscheinender als die Laken, zwischen denen er schlief. War er vergiftet worden? Verhext?
Verzaubert? Er lag schon dort, als ich im April 1951 das erste
Mal zur Schule ging. Mir standen zwei Routen zur Ver-
fügung, auf denen ich zur Schule gehen konnte. Entweder
durch die Nieuwstraat und über den Markt oder durch die
Hoekerstraat, den Lijndraaierssteeg und dann über die
Nauwe Koestraat, die Schaapslop genannt wurde. Die letzte
Strecke, nah an der gefährlichen Sandelijnstraat entlang,
war etwas länger und sehr viel Furcht einflößender und daher auch die attraktivere. Meistens ging ich trotzdem über
den Markt, weil ich mich nicht durch den Lijndraaierssteeg
traute. Dort ging nämlich Siem Vastenaus Bruder mit trä-
gem Schritt von Vliet zu Vliet und sprach jeden an, der vorbeikam.

»Statte doch meinem sterbenden Bruder mal einen Besuch ab.«

Noch heute höre ich seine sanfte, heisere Stimme flüstern: »Mein Bruder ist krank, sehr krank. Er wird sterben.
Er würde sich sehr, sehr freuen, wenn du ihn kurz besuchen
würdest.«

Noch heute rieche ich seinen stinkenden Atem. Noch
heute sehe ich die freundlichen, ruhigen und dennoch mat-
ten, nebelgrauen Augen hinter den goldumrandeten Bril-
lengläsern. Und ich weiß, dass es mir all die Male, die er
mich dort im Baanslop angesprochen hat, nicht ein einziges

Mal gelungen ist, mich der Magie dieser überaus freundlichen, trägen, schleppenden, heiseren Stimme zu entziehen. Jedes Mal bin ich ihm zum Krankenbett seines Bruders gefolgt, der selbst nie etwas zu mir sagte oder mich auch nur ansah. Ich stand bloß da, und Hugo sagte: »Siem, Besuch für dich.«

»Vielen Dank.«

»Siehst du, wie krank mein Bruder ist?«, fragte Hugo mich dann.

»Ja«, erwiderte ich.

»Siehst du, dass er auf der Schwelle zur Ewigkeit steht?«

Ich schaute zu den Laken, die offenbar nie in einer der Maschinen von van Heyst gewaschen wurden, und sagte: »Ja.«

»Wir dürfen nicht zu lange bleiben«, sagte Hugo, »das wäre für meinen Bruder zu anstrengend.«

Ich nickte.

»Aber er freut sich immer, wenn Kinder kommen. Nicht wahr, Siem?«

»Und ob«, sagte Siem mit geschlossenen Augen.

»Sollen wir wieder gehen, Siem?«

»Bleibt nur noch einen Moment.«

»Ist gut. Da siehst du, wie krank mein Bruder ist. Er ist sterbenskrank, nicht wahr, Siem?«

Siem Vastenau nickte.

»Dann gehen wir jetzt wieder«, sagte Hugo.

Wir verließen die kleine Querstraße. Bis zum Noordvliet begleitete Hugo mich.

»Siem kommt in den Himmel, denkst du nicht auch?«

»Bestimmt«, erwiderte ich.

Beim Abschied am Noordvliet fragte er mich: »Schaust du bald mal wieder vorbei?«

»Ja.«

»Nicht vergessen«, sagte er, »Siem kann schon gestorben sein, wenn du das nächste Mal zur Schule gehst. Nicht mehr lange, und er verlässt uns, und dann habe ich keinen Bruder mehr. Was soll dann aus mir werden? Schließlich bin ich nicht ganz richtig im Kopf. Das weißt du doch?«

»Ja.«

»Vielleicht kann ich bei euch wohnen?«

»Bei uns zu Hause ist es ziemlich eng.«

»Ach, schade, wirklich schade. Aber wo soll ich bloß hin, wenn Siem tot ist? Kommst du bald wieder?«

»Ja«, log ich.

Immer wenn ich an Siems Krankenbett gestanden und ein paarmal Ja gesagt hatte, mied ich den Lijndraaierssteeg mindestens drei Monate lang.

Manchmal ging ich auf der Südseite des Zuidvliet entlang und schaute, das sichere Wasser zwischen mir und dem Baanslop, zum Lijndraaierssteeg hinüber. Dann sah ich Hugo dort eigenartig schlurfenden Schrittes von Vliet zu Vliet gehen und dabei Passanten ansprechen. Ich fragte mich, wie es kam, dass andere, auch Kinder, ihn so leicht abzuschütteln vermochten. Einmal beobachtete ich, wie er Pleun Onderwater ansprach. Mit seinem Spazierstock schlug Pleun zweimal blitzschnell gegen Hugos Waden. Einmal sah ich auch, wie Huibje Koppenol, die zweifellos auf dem Weg zu einem Kranken im Reformierten Altersheim in der Rusthuisstraat war, ihm nur das Wort »Betrüger« entgegenwarf und dann entschlossen weiterging mit einem ganz offensichtlich nicht für Siem Vastenau bestimmten Netz Mandarinen.

Wenn ich nach Monaten wieder genug Mut gefasst hatte, um auf der Angstroute zur Schule zu gehen, nahm ich mir mit in den Hosentaschen geballten Fäusten vor, diesmal an

Hugo Vastenau vorbeizugehen und ihn nicht zu beachten. Und wenn er dann aber nicht von Vliet zu Vliet schlurfte, dann war ich beinahe enttäuscht. Und wenn er, was in den sechs Schuljahren zweimal vorgekommen ist, gar mit jemand anderem bei seinem Bruder am Wohnzimmerfenster stand, dann verspürte ich einen seltsamen schneidenden Schmerz im Inneren, der dem Schmerz sehr ähnlich war, den ich empfand, wenn ich an der Grote Kerk vorbeiging, die Orgel hörte und mir bewusst machte, dass ich nicht derjenige war, der dort an den Manualen saß.

Wenn Hugo mich jedoch ansprach, dann schrumpfte mein Herz, und ich wollte wegrennen. Ich ging dennoch brav mit ihm mit.

»Ich bin nicht ganz bei Verstand«, sagte er. »Mein Bruder ist ganz bei Verstand und muss sterben. Warum? Warum können wir nicht tauschen?«

Ich stand wieder beim gekippten Wohnzimmerfenster. Über uns zogen graue Regenwolken in Richtung Maasland.

»Siem, ich hab Besuch für dich.«

»Heute lieber nicht«, sagte Siem, »frag den Besuch doch, ob er morgen wiederkommen will.«

»Kommst du morgen?«, wandte Hugo sich an mich.

»Ja«, erwiderte ich.

Wir gingen zur Gasse hinaus und gelangten an das dunkle Wasser des Noordvliet.

»Bist du gut in der Schule?«, fragte Hugo.

»Ziemlich«, sagte ich.

»Willst du dann nicht Arzt werden? Dann könntest du Siem heilen.«

»Ja«, sagte ich.

»Prima«, sagte er, »denn weißt du, ich kann nicht Arzt werden, ich bin nicht ganz bei Verstand, ich bin nicht richtig im Kopf, ich habe nicht mehr Verstand als ein fünfjähriges Kind. Sollen wir zusammen ein Lied singen? Kennst du ein Lied?«

»Äh … Nach einer Prüfung kurzer Tage … kennst du das?«, fragte ich ihn.

»Die Lieder, die ich nicht kenne, die werden nicht gesungen«, sagte Hugo.

Ganz in der Nähe des gemauerten Vlietufers sangen wir:

Nach einer Prüfung kurzer Tage
Erwartet uns die Ewigkeit.
Dort, dort verwandelt sich die Klage
In göttliche Zufriedenheit.
Hier übt die Tugend ihren Fleiß;
Und jene Welt reicht ihr den Preis.

Es ärgerte mich, dass Hugo ein wenig schief sang, aber weil ich wusste, dass Singen schon im Voraus gegen die seltsame, erstickende Angst half, die sich einstellen würde, sobald ich in der Schulbank saß, versuchte ich Hugos Stimme laut zu übertönen und sang:

Wahr ist's, der Fromme schmeckt auf Erden
Schon manchen sel'gen Augenblick;
Doch alle Freuden, die ihm werden,
Sind ihm ein unvollkommnes Glück.
Er bleibt ein Mensch, und seine Ruh
Nimmt in der Seele ab und zu.

»Ich krieg dort oben meinen vollen Verstand wieder«, sagte Hugo. »Das wird vielleicht ein Fest. Dann werde ich Reifen flicken. Dann werde ich Fahrradmonteur.«

Solange der Kalte Krieg währte, lag Siem Vastenau zwischen schlecht gewaschenen Laken, und Hugo Vastenau ging von Vliet zu Vliet, um Besucher für seinen kranken Bruder zu werben. In all den Jahren bekam Siem nicht einmal von Huibje Koppenol Besuch, obwohl sie, auf dem Weg zur Raadhuisstraat, oft genug durch die Gasse schlurfte. Am selben Tag jedoch, an dem auch die Flügel der Mühle De Hoop abfielen, ging sie mit einem Netz Mandarinen in den Lijndraaierssteeg, und ein innig zufriedener Hugo empfing sie am auf Kipp stehenden Wohnzimmerfenster.

Zwei Tage später sagte mein Vater bei Tisch: »Samstag Begräbnis.«

»Wer?«, fragte meine Mutter.

»Vastenau.«

»Hat dreizehn Jahre krank im Bett gelegen«, sagte ich.

»Nein«, sagte mein Vater, »nicht der, sein Bruder.«

»Sein Bruder?«, fragte ich erstaunt.

»Ja, Hugo. Ist ganz plötzlich gestorben, als er gerade jemanden ansprechen wollte, doch bitte seinen Bruder zu besuchen.«

Ein paar Wochen später ging ich über den Dijk. Ich schaute über die Wip hinab. Da sah ich, verblüffter bin ich nie davor und auch danach in meinem Leben nicht gewesen, Siem Vastenau in sorgfältig geputzten schwarz glänzenden Schuhen und mit kräftigen Schritten die Wip raufkommen. Ich blieb stehen, er ging an mir vorüber, sah mich an, erkannte mich aber nicht. Unten an der Wip sah ich Huibje Koppenol stehen. Mit einem so weit wie möglich ausgestreckten Arm deutete sie, wie einst Jerobeam, auf Siem Vastenau. Und es schien fast, als klettere er in seinen nagelneuen Schuhen nur deshalb den Deich hinauf, um aus ihrem Einflussbereich herauszukommen.

Die Brände

»Und jetzt«, sagte Kommandant Brijs, »kommen wir in unserer Neujahrsversammlung der freiwilligen Feuerwehr zum Höhepunkt des Abends: die Wahl der Anzündgruppe.«

Von seinem improvisierten Podest aus schaute Piet Brijs erwartungsvoll in den Saal.

»Für dieses Jahr«, fuhr er fort, »hat der Vorstand folgende Kandidaten vorgeschlagen: Jan Hollander, Cor Breevaart und Niek Colenbrander. Wir waren der Ansicht, dass es gut wäre, diese Kameraden vorzuschlagen, weil sie alle im Sanierungsviertel wohnen. Sie können dort also nach Herzenslust die für unbewohnbar erklärten Häuser und verfallenen Lagerschuppen anzünden. Mit diesen Männern, die auf ein ganzes Viertel zum Abfackeln zurückgreifen können, sehen wir einem phantastischen Feuerwehrjahr entgegen. Erklärt sich die Versammlung einverstanden mit dieser Wahl, oder gibt es Gegenkandidaten?«

Donnernder Applaus. Brijs hob beschwörend die Hände.

»Schon gut, schon gut«, rief er, »per Akklamation gewählt.«

Es war die erste Neujahrsversammlung der Feuerwehr, an der ich hatte teilnehmen dürfen, und als mein Vater und ich nach Hause gingen, fragte ich: »Wird das immer gemacht?«

»Was?«, fragte mein Vater.

»Wird immer eine Anzündgruppe gewählt?«

»Ja.«

131

»Aber wieso?«, wollte ich wissen. »Eine Anzündgruppe? Wozu braucht man die denn?«

»Schau«, sagte er, »wir können doch nicht das ganze Jahr auf dem faulen Hintern sitzen. Es muss doch ab und zu ein Feuerchen geben. Sonst verdienen wir doch nichts.«

»Und die Männer legen dann einfach ein Feuer?«

»Wenn es nicht genug normale Brände gibt.«

»Ich glaube dir kein Wort.«

»So, du glaubst also, das Ganze ist ein netter Scherz?«, fragte er gut gelaunt.

»Genau«, erwiderte ich, »die Feuerwehr wählt am 1. Januar eine Anzündgruppe! Guter Witz! Und dann auch noch aus unserem Viertel, weil wir sowieso wegsaniert werden!«

Wie bemerkenswert diese Neujahrswahl war, zeigte sich rasch. In den ersten Monaten nach dem Jahreswechsel fror es so stark, dass die Eisblumen an den Fenstern auch über Tag nicht tauten, und mein Vater sagte: »Werden die Tage länger, werden die Fröste strenger.«

Die Vliete froren zu. Selbst im Hafen war das leise, freudige Klirren von Eis zu hören, das im ruhigen Wasser entsteht. Und da ertönte, als die offenen Gewässer unter dem Deich bereits zugefroren waren, dreimal die Alarmglocke, die im Flur unseres Hauses montiert war. Bei minus fünfzehn Grad konnte mein Vater es sich nicht erlauben, in langen weißen Unterhosen und langärmeligem weißem Unterhemd direkt aus dem Bett zur Feuerwehrkaserne zu rennen, wie er es sonst tat. Verärgert zog er sich an. Sobald er aus dem Haus war, stand ich auf.

»Wo willst du hin?«, fragte meine Mutter.

»Zum Feuer!«, rief ich.

»Bist du jetzt vollkommen verrückt geworden, es ist vier Uhr.«

»Ich will das Feuer sehen.«

Auf der Straße verbiss sich die Kälte sofort in meine nackten Hände und unbedeckten Ohren. Die Hände tief in den Taschen, ging ich zur Deichtreppe neben dem Pumpwerk. Vom Dach des Pumpwerks aus konnte ich das ganze Viertel unter dem Deich überblicken. Nirgends war roter Feuerschein zu sehen. Die Kälte drang bereits durch meine Kleider. Am besten war es, wenn ich losrannte, dann würde mir warm werden. Aber wohin? Zur Feuerwehrkaserne? Um dort zu erfahren, wohin die Löschwagen fuhren? Da hörte ich die hohe Sirene des Leiterwagens. Ich sah ihn auf der Fenacoliuslaan mit zwei stechenden Lampen durch die eiskalte, ungemütliche Nacht näher kommen. Er bog auf den Deich ein, fuhr in Richtung Hoogstraat. Ich rannte los. Die roten Rücklichter entfernten sich rasch, ich konnte gerade noch sehen, dass der Wagen an der Wip abbog. Ein Ruf drang an mein Ohr: »Im Baanslop brennt es!«

Mit großen Schritten rannte ich die Wip hinab, rannte auf der Nordseite des Zuidvliet entlang, hörte bei der Druckerei de Groot das Echo meiner Schritte erschallen und war auf der Höhe des Lijndraaierssteeg, als dort ein zweiter Löschwagen eintraf. Ungeachtet der frühen Stunde hatte sich bereits eine große Menschentraube versammelt.

»Ich krieg kein Wasser!«, hörte ich jemanden rufen.

»Warum nicht?«

»Der Haupthahn der Wasserleitung ist gefroren. Wir können ihn nicht aufdrehen.«

»Dann tau ihn auf.«

»Ich werd's versuchen, aber es kann nicht schaden, wenn ihr in der Zwischenzeit schon mal einen Schlauch zum Zuidvliet ausrollt.«

»Der ist komplett zugefroren, Mann, wie stellst du dir das vor?«

»Dann hack schleunigst ein Loch ins Eis.«

Das war die Stimme meines Vaters. Am besten, ich kam ihm gar nicht erst unter die Augen. Garantiert würde er mich dann nach Hause schicken. Ich konnte ihn, ungeachtet des dicken Feuerwehroveralls, an seinem hinkenden Gang erkennen. Obwohl er einem anderen den Befehl gegeben hatte, ein Loch ins Eis zu schlagen, ging er selbst zum Zuidvliet. Kurze Zeit später hörte ich die donnernden Schläge, mit denen er versuchte, das Eis zu spalten. Welch ein Geräusch in der ansonsten todstillen Winternacht! Als hätte man damit begonnen, die Häuser rings um die Vliete abzureißen. Auch in den Noordvliet schlug jemand mit einem Beil ein Loch. Ich lief über all die ausgerollten Feuerwehrschläuche hinweg in den Lijndraaierssteeg, konnte aber nirgends ein Feuer oder auch nur ein Flämmchen entdecken. Unter den Dachziegeln eines Häuschens quoll Rauch hervor, doch in der Bäckerei darunter war nichts Auffälliges zu sehen. Erst als der zum Zuidvliet hin ausgerollte Feuerwehrschlauch sich zu winden begann, schoss eine Flamme aus einem der Dachziegel.

»Wasser!«, rief Brijs.

Dann tanzte der Verteiler. Jemand drehte den Hahn auf, und die drei angeschlossenen Schläuche begannen ebenfalls sich zu winden.

»Rohr eins Wasser«, rief eine Stimme.

Zwei Männer nahmen das Strahlrohr, hoben es in die Höhe, in Richtung des lautlos und senkrecht aufsteigenden Rauchs, und ein Mann weiter vorne zog einen Hebel auf sich zu.

»Rohr zwei Wasser.«

Erneut ergriffen zwei Männer ein Strahlrohr.

»Rohr drei Wasser.«

Das Wasser kam als Wasser aus den drei Rohren, schaffte es als Wasser noch bis zur Spitze des Dachs, floss auch als Wasser noch über die Ziegel, gelangte dann aber nicht mehr als Wasser in die tiefer gelegene Regenrinne. Es gefror auf halbem Weg, schien auf dem Dach einfach zu erstarren. Über das geronnene Wasser floss neues hinweg, um gleich ebenso zu gefrieren. Es sah so aus, als schmiegte sich das neue Wasser an das schon gefrorene an. Erstaunlich schnell vergrößerte sich die hubbelige, wie reglose Wellen aussehende Eisschicht auf dem Dach. Dann erreichte das gefrorene Wasser schließlich doch noch die Regenrinne. Sehr bald war sie voll, und das neue Wasser schwappte über den Regenrinnenrand, um dann blitzartig zu gefrieren. Das war ein wunderschöner, unvergesslicher Anblick. Vom Regenrinnenrand aus bewegten sich langsam riesige, immer dicker werdende Eiszapfen wie sich hervorstülpende Fangarme in Richtung Boden, und schließlich erreichten sie tatsächlich die Erde. Es war, als würden Säulen errichtet, allerdings von oben nach unten. Wo die Säulen den Boden berührten, entstand um sie herum eine immer größer werdende kreisförmige Eisschicht. Es war, als kröche diese Eisschicht über das Straßenpflaster hinweg auf mich zu. Immer wieder wich ich einen Schritt zurück, bis ich auf der anderen Straßenseite an eine Hauswand stieß. Daraufhin trippelte ich an der Hauswand entlang zum Noordvliet, die weiter anwachsende Eisschicht nicht aus den Augen lassend. Und immer noch war kein Feuer zu sehen, nur ab und zu eine Flamme, die unter einem Dachziegel hervorloderte.

»Sapperlot, die ganze Scheiße gefriert«, hörte ich jemanden rufen.

»Hol die Wasserkanone.«

Auf dem Dach der Bäckerei schwoll die Eisschicht weiter an. Trotzdem sahen wir immer noch Rauch aus dem First aufsteigen.

»Leute, holt in Gottes Namen die Wasserkanone.«

Zwei Männer rannten an dem Verteiler vorbei, rutschten gleichzeitig auf dem Eis aus, das nun die ganze Straße bedeckte, und versuchten, sich an der Uniform des jeweils anderen festzuhalten. Ich hörte ihre Helme mit einem trocken platzendem Geräusch gegeneinanderschlagen. Sie stürzten. Das Löschwasser erreichte die beiden und klebte sie ans Straßenpflaster. Um wieder aufstehen zu können, mussten sie aus ihren Uniformjacken schlüpfen. Während ich die Männer beobachtete, sah ich, dass der Verteiler leckte und das herausfließende Wasser umgehend gefror, wodurch das ganze Gebilde sowohl in die Höhe gehoben als auch vom Eis ummantelt wurde. Dann ertönte plötzlich ein donnernder Knall, und das Dach der Bäckerei, das ganz offensichtlich das Gewicht des auf ihm lastenden Eises nicht mehr tragen konnte, stürzte mit einem lauten Seufzer in sich zusammen. Das war der Augenblick, in dem es uns vergönnt war, echte Flammen zu erblicken, Flammen, die das tiefblaue Eis erleuchteten und ein wenig auftauten. Allerdings war das entstehende Tauwasser nicht in der Lage, den Brand zu löschen, ebenso wenig wie das Löschwasser, das aus dem Noord- und dem Zuidvliet gepumpt wurde. Als gegen sieben Uhr die Feuerwehr aus Rotterdam mit professionellen Hohlstrahlrohren erschien, konnten lediglich noch die Nachbarhäuser gerettet werden. Als die Sonne feuerrot aufgegangen war – ich hatte inzwischen zu Hause gefrühstückt und befand mich, die Angstroute nehmend, auf dem Weg zur Schule –, sah ich den in eine Eisgrotte verwandelten

Lijndraaierssteeg. Zwischen den faustdick von Dachrinnen herabhängenden Eiszapfen hindurch schlidderte ich die Gasse entlang. Mit mir schlidderten Kinder und Erwachsene, und ich bemerkte inmitten all der Menschen den verzweifelt dreinblickenden Hugo Vastenau. Wen sollte er, jetzt, da die Zahl der möglichen Kandidaten für einen Besuch bei seinem Bruder so groß war, zuerst ansprechen? Er quatschte einen Mann an, der ihn nicht einmal beachtete, sondern nur Augen für die bizarr geformten und kalt glänzenden Eissäulen hatte, die die Dachrinnen zu stützen schienen.

Das war der erste Brand in jenem Jahr. Während der gemütlichen Treffen am Dienstagabend, die vom Geräusch kollidierender Billardkugeln erfüllt waren, klopften nach zwei, drei Bierchen alle Jan Hollander ausgiebig auf die Schulter.

»Noch nie hat ein Mitglied der Anzündgruppe seinen Auftrag so hervorragend ausgeführt.«

Und zu Cor Breevaart und Niek Colenbrander sagten die Kameraden: »Und jetzt ihr. Jan hat in der kältesten Nacht des Jahres seine Bäckerei eigenhändig in Brand gesteckt. Er hat als Mitglied der Anzündgruppe sein gesamtes Hab und Gut geopfert. Jetzt seid ihr dran!«

So groß das Opfer auch war, das Jan gebracht hatte, größer noch war seine Zufriedenheit, als die Bäckerei mithilfe des Geldes von der Versicherung und in modernisierter Form über dem Deich von seiner Tochter neu eröffnet wurde. Zur Erinnerung an jene Frostnacht, in der weniger das Feuer als vielmehr das Eis seine alte Bäckerei dem Erdboden gleichgemacht hatte, buk er Eiszapfentorten und Schaumgebäck in der Form von Hohlstrahlrohren und glasierte Kekse, auf denen das Datum der Katastrophennacht zu lesen war. Nach einem Feuerwehrabend brachte mein

Vater eine solche Eiszapfentorte mit nach Hause. Es schmerzte, den in eine Wunderwelt aus blauem Licht verwandelten Lijndraaierssteeg als bröselnden Kuchen mit Glasur wiederzusehen. So schnell wie möglich verschlang ich mein Tortenstück. Meine Erinnerung an die Eisfeuernacht wollte ich nicht reduziert sehen auf eine Komposition aus Zucker und Mehl, der alle Proportionen fehlten.

Es war bereits Hochsommer, als während des heiligen Sonntagnachmittagsschlummers die Alarmglocke zum zweiten Mal klingelte. Oh, welch große Befriedigung, diesen von mir so gehassten Schlummer durch Feueralarm gestört zu sehen! Mein Vater ahmte das Geräusch der Klingel zwar zufrieden im Schlaf noch, doch meine Mutter hielt es trotzdem für angebracht, ihn wachzurütteln.

»Feuer!«, rief sie.

»Feuer, Feuer!«, riefen wir alle aus voller Brust.

»Feuer!«, rief mein Vater im Schlaf. Seine Hände umklammerten einen imaginären Verteiler. Ich wartete nicht, bis er aufgewacht war. Ich rannte auf die sonnige, sommerliche Straße hinaus, eilte die Treppe neben dem Pumpwerk zum Deich hinauf, erkannte, dass es keinen Sinn hatte, in dieser sonnendurchfluteten, warmen Welt vom Dach des Pumpwerks aus nach einem Brand Ausschau zu halten, und flitzte folglich sofort weiter zur Feuerwehrkaserne. Dort hörte ich jemanden zweimal rufen: »Das Feuer ist auf dem Damplein, vor Breevaarts Haus!« Ich rannte wieder zurück, erreichte den Damplein, noch ehe das erste Feuerwehrauto dort ankam, und sah vor Breevaarts Haus einen großen Lastwagen stehen, der mit einer weißlich-wolligen Substanz beladen war, aus der kleine, spitze Flämmchen aufloderten. Die wollartige Substanz schien durch das Feuer nicht beschädigt zu werden, ebenso wenig wie das Holz der Ladeklappen. Es sah fast so aus, als kämen die dunkelroten Flämmchen nicht aus der Wolle, der Baumwolle oder dem Flanell, sondern würden sich aus der Luft auf das grauweiße Material herabsenken. Es schien fast, als machten die Flämmchen einen Rundgang. Ich beobachtete eines von ihnen. Es sprang von Ballen zu Ballen, behielt stets die gleiche Form und erlosch erst, als es einmal die Runde gemacht hatte. Während einige Feuerwehrleute, die nicht einmal ihre Uniformen anhatten, das Hauptrohr an den Haupthahn der Wasserleitung anschlossen, setzten die Flämmchen ihren geräuschlosen Umzug fort. Kommandant Brijs rupfte mit einer Zange einen der Ballen auseinander. Während er das tat, schossen von allen Seiten Flämmchen herbei und vereinigten sich zu einer heftig auflodernden Feuerzunge, die mit giftigem Brüllen Brijs entgegensprang. Hastig stopfte er die Substanz wieder in den Ballen zurück, woraufhin sich die Flämmchen zufrieden wieder verteilten. Einige Flämmchen allerdings, die sich an den weißen Stoff geheftet hatten, flogen davon in die vor Hitze vibrierende Luft. Eine dieser kleinen Flammen schwebte auf ein Haus hinab und war dort noch eine Zeit lang zu sehen.

»Grundgütiger«, sagte Brijs, »so kann der Brand leicht auf die übrigen Häuser im Viertel überspringen.«

Drei Stunden später, als die Kirchenglocken uns zu den Gottesdiensten riefen, konnte der Kommandant noch immer nicht verkünden: Brand unter Kontrolle. Es war noch immer nicht gelungen, die Ladung auseinanderzuziehen (die Folge wären davonfliegende Flusen gewesen, an denen kleine Flammen hingen), und gleichzeitig drang auch das Löschwasser nicht in die schwelende Ladung ein. Drei Tage lang stand der Lastwagen brütend und glühend auf dem Damplein. Drei Tage lang konnte ich in der Mittagspause und nach der Schule die flüchtigen, verspielten Flämmchen auf der Grenze zwischen Ladung und Luft beobachten. Cor Breevaart hatte sich vorher schon geweigert, Glückwünsche für das Legen des am längsten währenden Brandes in der Geschichte der Stadt in Empfang zu nehmen. Er behauptete, er habe, obwohl er Mitglied der Anzündgruppe sei, das Feuer nicht verursacht. Der Brand müsse von allein entstanden sein, so wie zum Beispiel Heubrand von allein entsteht. Aber wieso stand dann der Lastwagen vor Breevaarts Haus? Auf der Wip hörte ich Pleun Onderwater sagen: »Die da oben haben uns alle hier unter dem Deich mit dem verdammten Zeug in Brand stecken wollen.«

Bald schon dachte ein jeder, man habe den geheimnisvollen Lastwagen genau dort abgestellt, um durch Breevaarts Mitgliedschaft in der Anzündgruppe zu verschleiern, dass man das ganze Viertel abfackeln wollte. Der Lastwagen machte uns deutlich, wie sehr wir auf der Hut sein mussten. Wir würden nicht einfach so wegsaniert werden. Man wollte uns auf viel effektivere Weise von der Landkarte fegen. Warum hatte man sonst den Wagen mit einer derart gefährlichen Ladung genau dort abgestellt? Wie leicht hätten, wenn ein wenig mehr Wind gewesen wäre, an einem so sonnigen Sonntagnachmittag die Flocken des brennenden Materials auf sämtliche Dächer fliegen können! Das hätte unser Ende bedeutet.

Cor Breevaart verrichtete eine Heldentat. Nach drei Tagen stieg er in den immer noch schwelenden Lastwagen und fuhr ihn vom Damplein runter, durch die Patijnestraat hindurch und den Afrol hinauf. Dann fuhr er über den Dijk und wendete am Fuß der Mühle De Hoop. Anschließend fuhr er über den Dijk zurück, bog in die Fenacoliuslaan und stellte den Wagen auf dem Platz vor der Feuerwehrkaserne ab. So führte er, obwohl er nichts anderes wollte, als den Brand von unter dem Deich nach über dem Deich zu bringen, eine neue Methode in der Brandbekämpfung ein: Verlegung des Brandherds zum Feuerbekämpfungszentrum. »Warum sollte«, schrieb die Reklamezeitung *De Schakel*, »die Feuerwehr immer zum Brand fahren? Andersherum geht es doch auch!«

Klang in den Scherzen, die damals über den fahrenden Brand gemacht wurden, schon ein wenig Erstaunen darüber mit, dass beim zweiten aufsehenerregenden Brand in jenem Jahr das zweite Mitglied der Anzündgruppe involviert war? Ich weiß es nicht, ich vernahm die Scherze nur aus zweiter Hand und hörte auch, wie die Billardspieler am Dienstagabend zu Niek Colenbrander sagte: »Jetzt bist du an der Reihe, alter Gauner.«

Abergläubisch, wie ich war, ging ich fraglos davon aus, dass ich Colenbranders Spielzeugladen in der Sandelijnstraat noch vor dem 1. Januar würde bis auf die Grundmauern niederbrennen sehen. Sooft wie möglich ging ich durch die Hoekerstraat zur Lijndwarsstraat und nahm dabei ein kleines Stück Sandelijnstraat mit, um einen kurzen Blick auf Colenbranders Spielzeugladen werfen zu können. Durch die ganze Sandelijnstraat zu gehen traute ich mich nicht. Vor allem abends, gleich nach dem Essen, war ein solcher Gang durch die Straße, die mein Lehrer, Herr Cordia, immer Rue de Sandelin nannte, lebensgefährlich. Hoch aufgeschossene Burschen, die Brüder Colenbrander selbst, die Brüder Bravenboer und die Geschwister Boezeman mit ihren Möhrenköpfen standen in Gruppen bereit, um sich auf jeden Spaziergänger ihres Alters zu stürzen, der woanders herkam. Selbst wenn man in der Hoekerstraat wohnte und zur Lijndwarsstraat wollte, musste man, während hinter einem bereits bedrohlich die Mopeds angetreten wurden, um sein Leben rennen. Aber ich wagte mich immer wieder bis in die Hoekerstraat und hielt nach den Flammen Ausschau, die Colenbranders Laden vernichten würden. Doch außer den Rabauken in der Ferne sah ich an warmen Septemberabenden nur Straßenbewohner, die auf Küchenstühlen friedlich vor ihrer Tür saßen. In den kleinen Schuppen hörte ich Pferde wiehern, und vor den Schuppen standen riesige dunkelhaarige Mädchen, die einen hungrig anstarrten, wenn man mit Angstschweiß auf dem Rücken um sein Leben rannte. Jeden Moment, so fürchtete man, könnten einem die Tussen, die ihre Nägel mit Mennige rot färbten, die Augen auskratzen. Aus Mangel an Geld für Make-up steckten die Mädels all ihre Energie, die sie auf ihr Äußeres verwandten, in ihre Haartracht. Turmhohe Frisuren, von innen mit Kaninchendraht gefüllt, erregten einen schon in einem Alter, in dem man sich sonst noch nicht für Mädchen interessierte. Im Frankreich der Rue de Sandelin wohnten die sozial Schwachen wie die Götter auf ihrem Olymp. Wenn die Mädchen heirateten und man sie fünf Jahre später wiedersah, waren ihre Do-it-yourself-Frisuren verschwunden; sie trugen Kittelschürzen und wirkten um dreißig Jahre gealtert.

Ich war nicht derjenige, der den Brand entdeckte. Er begann auf dem Dachboden. Dort spielten Colenbranders Kinder kurz vor Weihnachten ihre Colenbrander-Spielchen. Dabei rannten sie, im Eifer des Gefechts, einen fahrbaren Petroleumofen über den Haufen. Später schrieb *De Schakel*: »Das Feuer griff so schnell um sich, dass es unmöglich war, die auf dem Dachboden gelagerten Knallkörper zu bergen.« Wie merkwürdig sie doch ist, die Ausbreitungsgeschwindigkeit des Feuers. Als bei uns die Alarmklingel schrillte, hatten wir schon längst Explosionen gehört und

Raketen über den Dächern zerplatzen sehen. Lange bevor Feuerwehrautos über den Zuidvliet und durch die Hoekerstraat in die schmale Sandelijnstraat manövriert waren, betrachtete ich bereits atemlos die Flammen, die bengalisches Feuer entzündeten und Kracher und Knallfrösche kistenweise zur Explosion brachten. Im Schaufenster des Ladens brannte eine hölzerne Spielzeuglokomotive. Sie begann zu fahren, gab ein paar Flämmchen an eine Festtagströte weiter, die sich in nichts aufzulösen schien, drehte sich anschließend blitzschnell dreimal um die eigene Achse und bohrte sich dann in ein Häuflein Engelshaar.

So war es mir einmal in meinem Leben vergönnt, mich bei Anbruch des Abends länger als ein, zwei Minuten in der Sandelijnstraat aufzuhalten. So sah ich den Laden von Colenbrander, dem dritten Mitglied der Anzündgruppe, in Flammen aufgehen, Flammen, die ganz nebenbei auch noch ein paar andere sowieso für unbewohnbar erklärte Häuschen in Schutt und Asche legten. Ich hörte das ängstliche Federvieh in den Innenhöfen gackern, ich hörte ängstliche Pferde wiehern, und ich selbst fürchtete mich auch, ich fürchtete mich vor der Sanierung, die nun schon seit Jahren über unserem Haupt schwebte, die – angesichts der vielen Brände in unserem Viertel – nun bestimmt bald Wirklichkeit werden würde.

Am Neujahrstag brach die Feuerwehr mit einer Tradition. Es wurde keine neue Anzündgruppe gewählt. Trotzdem kam es in unserem Viertel immer wieder zu Schornsteinbränden. Es war deutlich: Wir waren immer mehr dazu verdammt, zu verschwinden. Dafür musste man nicht einmal eine Abrissfirma bemühen. Mit der Zeit würden die Verwahrlosung und der damit einhergehende Verfall sowie die immer größer werdende Gefahr von Bränden uns von ganz allein von der Karte wischen, der Karte, auf der wir bereits seit 1950 durchgestrichen waren.

Dennoch bauten die Colenbranders ihren Spielzeugladen eigenhändig wieder auf. Sie brauchten Monate dafür, obwohl sie selbst an den Abenden noch weiterarbeiteten. Sie bauten, als noch kein Geschäft über dem Deich über etwas Derartiges verfügte, eine riesige spiegelnde Schaufensterscheibe ein. Als der Laden, erbaut aus neuem Holz und neuen Steinen und mit neuen Dachziegeln geschmückt, endlich fertig war, brachte Niek Colenbrander mit kräftigen Hammerschlägen auch ein brandneues Schild über dem Eingang an: ›Für unbewohnbar erklärt.‹

Der Kreisel

I

Sie wurde in der Sandelijnstraat geboren. Als Kind floh sie
aus ihrer Straße. Immer spielte sie auf dem Marktplein. Nie
brachte sie Freundinnen mit nach Hause. Sie schämte sich
nicht etwa wegen ihrer Herkunft, aber sie wollte auch nicht,
dass die anderen Kinder dachten: »Ach, die Ärmste, sie
kommt aus der Sandelijnstraat.« Natürlich dachten ihre
Klassenkameraden es dennoch. Sie ließen es sich nicht anmerken, sie spielten ganz einfach nicht mit ihr. Dadurch
war sie, außer im ersten Jahr, als sie mit ihrer Freundin
Iemke Blommerd zur Schule ging, fast immer allein. Doch
Iemke Blommerds Eltern wanderten aus, und die meisten
anderen Kinder aus der Sandelijnstraat besuchten die öf-
fentliche Prins-Bernhard-Schule. Die Kinder aus der Sandelijnstraat fanden sie »angeberisch«, und wenn sie durch den
Lijndraaierssteeg zur Schule ging, traute sich Hugo Vastenau nicht, sie anzusprechen. Erst als sie in der fünften oder
sechsten Klasse der Grundschule von Herrn Cordia Fran-
zösischunterricht erhielt und er ihre Straße Rue de Sandelin nannte, erschien es ihr weniger schlimm, in einem solchen Hinterhofviertel zu wohnen. Sie bewunderte Herrn
Cordia sehr. Als er ganz beiläufig erwähnte, vor dem Schla-
fengehen müsse man sich die Zähne putzen, da bat sie zu
Hause um eine Zahnbürste und Zahnpasta.

»Bist du jetzt vollkommen durchgedreht?«, sagte ihr

Vater. »Die Zähne putzen? Das haben sich die Zahnärzte ausgedacht, die wollen nur, dass man so lange wie möglich mit dem eigenen Gebiss herumläuft, damit sie daran ein paar Gulden verdienen können! Man muss im Gegenteil dafür sorgen, dass der Krempel so schnell wie möglich aus dem Mund rauskommt! Je eher man ein künstliches Gebiss hat, umso besser, dann hat man mit den Zähnen keine Malesche mehr. Falsche Zähne können nicht wehtun! Ein Mädchen muss zusehen, noch vor der Hochzeit oben und unten falsche Zähne zu haben. Dann muss ihr Mann sich wenigstens keine Sorgen um das Geld für den Zahnarzt mehr machen.«

Weil sie ihre Klassenkameraden mied und es in ihrer Straße, nach der Abreise von Iemke, niemanden gab, der mit ihr etwas zu tun haben wollte, war sie dazu verurteilt, allein zu spielen. Doch auch dafür hatte sie eine Lösung gefunden. Sie spielte alle Tage mit dem Kreisel. Sie ging sogar abends nach dem Abendessen noch oft kurz auf den Markt, um zwischen den dürren Bäumen dort mit dem Kreisel zu spielen. Sie war eine Expertin! Sie wusste selbst nicht, dass niemand den Kreisel länger drehen ließ als sie. Wenn zufällig Kreiselsaison war, fiel es ihren Konkurrenten zwar auf, aber sie sagten ihr nichts, sie hielten es nicht für notwendig, sie darauf aufmerksam zu machen, dass sie besser mit dem Kreisel umgehen konnte als alle anderen. Nur wenn ihr Kreisel einmal, was nur ganz selten vorkam, sich nicht so lange drehte, höhnten die anderen: »Die blöde Kuh kann ihren Kreisel nicht mal eine Minute drehen lassen!«

Das kümmerte sie nicht. Wenn sie mit dem Kreisel spielte, vergaß sie sogar ihre Herkunft aus der Sandelijnstraat. Sie schaute nur auf die Farben ihres Kreisels und wunderte sich, dass der gelbe Punkt, den sie darauf angebracht hatte, zu einem schönen fließenden Kreis geworden war, der wunderbar mit den zum Kreis gewordenen grünen und roten Punkten harmonierte. Es kam ihr so vor, als könnte sie noch hundert Jahre in der Abenddämmerung mit dem Kreisel spielen und noch hundert Jahre die ineinander überfließenden Farben betrachten. Es schien ihr, als müsste sie den Kreisel mit ihrer Peitsche kaum berühren, als bliebe der Kreisel von allein in Bewegung und lange stabil. Sie hatte einen ganz sanften Schlag. Sie war auch sehr geschickt darin, den Kreisel hinzustellen. Die anderen platzierten ihn in einer Kuhle zwischen den Steinen und wickelten anschließend ihre Peitsche darum. Dann zogen sie ihn mit einem kräftigen Schwung auf die Steine, was öfter schiefging, als dass es gelang. Sie nahm ihren Kreisel einfach zwischen die Finger, hockte sich hin und brachte ihn mit einem Schwung ihrer Hände zum Drehen. Und anschließend schlug sie ihn ganz ruhig und mit langen Pausen, und ihr Kreisel drehte sich immer weiter und bewegte sich dabei meist kaum von der Stelle. Mühelos konnte sie ihren Kreisel auch von der Straße auf den Bürgersteig hüpfen lassen. Sie trieb ihn dann zum Bordstein hin und verpasste ihm einen Schlag. Der Kreisel machte einen Sprung und rotierte auf den Gehsteigplatten summend weiter. Dabei wackelte er nicht, er schwang meistens nicht mal hin und her, sondern hielt sich stolz aufrecht.

In der Schule kam sie sehr gut mit, so gut sogar, dass sie in all den einsamen Kreiseljahren die Klassenbeste war. Der Schulleiter, Herr Cordia, sagte, sie solle die höhere Schule besuchen, und das wollte sie auch gern. Aber wer hatte je gehört, dass ein Mädchen aus der Sandelijnstraat die höhere Schule besuchte? Nicht einmal die Jungs aus der Sandelijnstraat taten das, die gingen, weil die Schulpflicht vorschrieb, dass man bis zur Vollendung des vierzehnten Lebensjahres die Schule besuchte, in die »siebte Klasse«. Sie hingen, weil es nur sechs Klassenräume gab, noch zwei Jahre auf dem Schulhof herum, wo sie ihre ersten Zigaretten rauchten und lernten, wie man ein Moped auseinandernimmt, obwohl sie noch mindestens zwei, drei Jahre warten mussten, bis sie selbst eins fahren durften. Oder sie schwänzten zwei Jahre lang, und keiner beschwerte sich, weil alle froh waren, dass diese hochgeschossenen Schreihälse sich nicht mehr in der Schule blicken ließen.

Und dennoch: Als der Direktor weiterhin darauf drängte, sie nach Vlaardingen auf das Groen van Prinstererlyceum zu schicken, wurde ein Kompromiss geschlossen. Sie musste nicht auf die Haushaltsschule, sondern durfte auf die Fachoberschule. Als sie mit ihrer Schultasche durch die Sandelijnstraat ging, zeigte sich erst so richtig, wie stolz sie war. Sie war im ersten Jahr auf der Fachoberschule so gut, dass der Direktor, Herr Stehouwer, sie und ein paar andere »Koryphäen« zu einer Gruppe zusammenfasste, welche die zweite und dritte Klasse in nur einem Jahr machen sollte. Daher musste sie im zweiten Jahr, das zugleich auch das dritte war, doppelt so viele Hausaufgaben machen. Da fing es sie an zu stören, dass sie in der Sandelijnstraat wohnte, in einem Haus, in dessen Erdgeschoss es ein kleines Wohnzimmer, einen Flur und eine Küche gab und darüber einen Dachboden, wo ihr Vater und ihre Mutter, ihre zwei jüngeren Brüder und ihre zwei jüngeren Schwestern in aneinandergeschobenen Betten schliefen. Der Jüngste, der als Erster zu Bett ging, schlief im hintersten Winkel. Er musste über sechs Betten klettern, um sein eigenes Kopfkissen zu erreichen. Der Zweitjüngste musste nur über fünf Betten krabbeln. Und dank dieses Systems musste niemand ein Bett überqueren, in dem bereits jemand schlief.

Im ersten Jahr auf der Fachoberschule hatte sie ihre Hausaufgaben gemacht, während ihre Brüder und Schwestern draußen spielten, oder nach dem Abendessen, wenn sie schon im Bett waren. Sie hatte einfach in der Wohnstube am Tisch gesessen. Für einen eigenen Schreibtisch war natürlich kein Platz, ganz zu schweigen davon, dass es in dem kleinen Häuschen Raum für ein eigenes Zimmer gegeben hätte. An warmen Tagen setzte sie sich mit ihren Sachen gelegentlich auch in den kleinen Hof zwischen die Kaninchenställe. Aber dort wurde sie durch die Nachbarsfrau abgelenkt, die sie durch einen Spalt in der Trennwand beobachtete, oder durch den Nachbarn auf der anderen Seite, der schon seit Jahren krankgeschrieben war und in einem schmalen, aber unglaublich hohen, den ganzen Hof in Beschlag nehmenden Käfig Kanarienvögel hielt. Der Nachbar war ständig mit seinen Kanarienvögeln beschäftigt und hielt ihnen lange Reden. Wenn sie im Hof Hausaufgaben machte, wandte er sich an sie und berichtete über seine Kanarienvögel.

»Sie sind wie Menschen«, sagte er. »wenn ein Weibchen sich ein Männchen ausgesucht hat, dann bespritzt es dieses mit Wasser. Tja, achte nur mal bei den Menschen darauf: Wenn ein Mädchen einen Jungen nass spritzt, folgt bald darauf die Hochzeit.«

Was im ersten Jahr noch kein Problem darstellte, erwies sich im zweiten Jahr mit dem doppelten Pensum an Hausaufgaben jedoch als unüberwindliches Hindernis. Nirgendwo konnte sie in Ruhe ihre Hausaufgaben machen. Es schien fast, als würde es jeden Tag regnen. Ihre kleinen Brüder und Schwestern blieben zum Spielen im Haus. Und nach dem Abendessen durften sie zudem noch etwas länger aufbleiben. Und sie saß da, unter der einzigen Lampe in der Wohnstube, und versuchte mit immer röter werdendem Kopf französische Vokabeln zu lernen, Englischaufsätze zu schreiben, algebraische Gleichungen zu lösen. Ihre Brüder klappten manchmal, um sie zu ärgern, plötzlich ihre Schulbücher zu. Oder sie machten mit einem Buntstift einen Strich in ein Heft, das aufgeschlagen dalag. Ihre jüngste Schwester setzte ihre Puppe auf die »schweren Wörter«. Und selbst wenn ihre Geschwister nicht da waren, kostete es sie die allergrößte Mühe, sich zu konzentrieren. Ihre Mutter nähte tagein, tagaus auf ihrer pedalgetriebenen Nähmaschine. Um Geld zu sparen, nähte sie für den eigenen Nachwuchs. Um etwas dazuzuverdienen, nähte sie für die Verwandtschaft. Und wenn ihre Mutter nähte und Nadeln aus den Säumen entfernte, dann steckte sie diese der Reihe nach zwischen die Lippen. Sie konnte sogar reden mit Nadeln im Mund. Es schien, als spräche sie mit dem nadelgespickten Mund fortwährend ihr Missfallen über eine Tochter aus, die es sich in den Kopf gesetzt hatte, die höhere Schule zu besuchen.

Manchmal nahm sie ihre Bücher und verzog sich auf den Dachboden. Doch im Winter war es dort oben unter den Dachziegeln eiskalt, und sie hörte ständig das Rascheln der Stare und Spatzen zwischen den Dachlatten. Außerdem folgten die Brüder und Schwestern ihr, wenn sie nach oben ging, und spielten dann mit Laken und Decken, dass sie Israeliten wären, die durch die Wüste zogen. Dabei bauten sie ständig Zelte auf und brachen sie wieder ab.

Und wenn es denn gelegentlich einmal ruhig im Haus war, hörte sie das dröhnende, permanent laufende Radio der Nachbarn. Und ausgerechnet an dem Abend, an dem sie die meisten Hausaufgaben zu erledigen hatte, musste in ihrer eigenen Wohnstube »Der bunte Dienstagabendzug« laufen. Diese herrliche Radiosendung durfte man einfach nicht verpassen, und man musste zudem das Radio ordentlich laut stellen, um das Gehämmer und Gepolter der Colenbranders zu übertönen, die mit dem Wiederaufbau ihres Ladens beschäftigt waren. Trotzdem gelang es ihr, vier Monate durchzuhalten. Sie erzielte gute Noten, allerdings nicht mehr so gute wie früher. Nachts schlief sie, ging jedoch im Schlaf ihre Hausaufgaben noch x-mal durch. Sie redete dabei laut und weckte so Brüder, Schwestern, Vater und Mutter auf. Die wurden wütend, machten ihr Vorwürfe, sodass sie den Rest der Nacht hellwach und todunglücklich dalag und auf die Fabrikpfeife von De Neef & Co. wartete.

Dann brach sie zusammen. Sie konnte sich nichts mehr merken und begann zu stottern, sie brach mitten im Unterricht in Tränen aus, den einen Tag lief sie mit einem hochroten Kopf herum, am nächsten mit einem leichenblassen Gesicht. Sie war, wie der Schularzt diagnostizierte, »überarbeitet«. Offenbar war die Aufgabe, zwei Klassen in einem Jahr zu machen, für sie doch ein wenig zu schwierig, sagte Herr Stehouwer. Sie solle sich ausruhen. Wenn sie wieder gesund sei, könne sie einfach die normale zweite Klasse besuchen. Ihr Vater war dagegen. Ihre Mutter sagte nichts, hatte aber den Mund voller anklagender Nadeln, die auf sie zeigten. Ihr Vater sagte, es habe sich gezeigt, dass die höhere Schule »nix für Leute wie uns ist«.

Sie genas erstaunlich schnell. Furchtbar gern wollte sie wieder zurück auf die Fachoberschule, doch davon wollte ihr Vater nichts wissen: »Dir ist die Sache schon viel zu sehr in den Kopf gestiegen, deine Hutgröße muss nicht mehr weiter verändert werden, du bist schon jetzt viel zu eingebildet. Was hast du davon, wenn du so klug wirst? Kein Bursche hier aus der Gegend wird dich später noch haben wollen. Du bist für 'ne Tischdecke zu klein und für 'ne Serviette zu groß. Du landest zwischen allen Stühlen. Ich will nichts davon hören, verstanden! Ich habe mit Leen Strijbos verabredet, dass du Montag bei ihm im Laden anfangen kannst. Die Krämerseele hat, nachdem er zurück untern Deich gekommen ist, gut gewirtschaftet. Der macht jetzt am Markt einen Selbstbedienungsladen auf und braucht noch jemanden an der Kasse.«

So wurde sie Kassiererin, etwas, das sie nie angestrebt hatte. Sie hatte weiterlernen wollen, einfach weiterlernen. Jetzt saß sie in einem Geschäft an der Kasse und erwies sich dafür wenig geeignet. Sie war nicht freundlich zu den Kunden. Zu Hause antwortete sie mürrisch, wenn man sie etwas fragte.

»Gefällt es dir nicht?«, zischte ihre Mutter zwischen den Nadeln hervor.

Sie erschrak bei der Frage. Es war, als würde ihr die Frage erst bewusst machen, wie elend sie sich fühlte.

»Nein«, sagte sie kurz angebunden.

»Undankbares Kind«, erwiderte ihre Mutter und hob ein paar Nadeln auf.

Später, als die Supermärkte überall aus dem Boden schossen und in den Läden mitunter vier, fünf Kassiererinnen am Ausgang saßen, dachte sie oft mit verbitterter Genugtuung: »Ich war die erste Kassiererin hier.«

Dann sah sie sich selbst wieder in dem für Selbstbedienung viel zu kleinen Laden sitzen, mit Aussicht auf den Markt, wo sie früher mit dem Kreisel gespielt hatte. Dann kam es ihr so vor, als könnte sie niemals lange genug leben, um zu vergessen, wie es sich angefühlt hatte, jeden Werktag die extra von Frau Strijbos genähte Uniformjacke anzuziehen, die ihr ein wenig zu klein war und die roch, als hätten in den Taschen tote Mäuse gelegen. Auch Leen Strijbos trug eine solche Jacke und ebenso Piet, der die Regale mit Waren aus dem hinter dem Supermarkt gelegenen Lager auffüllte.

Dadurch, dass Piet und sie die gleiche Jacke trugen und es ihr ohnehin so vorkam, als hätte das Mädchen mit dem Kreisel zu existieren aufgehört, hatte er ihr das Gefühl geben können, dass sie zusammengehörten. So waren sie, unbemerkt, ungewollt ein Paar geworden. Piet war ein einfacher, netter, stiller Bursche aus der Oranjestraat. Sein Vater verdiente sein Geld als Scherenschleifer. Piet sprach nie laut, er flüsterte immer. Abends büffelte er für die Prüfung zum Einzelhandelskaufmann. Irgendwann einmal, vielleicht erst in zwanzig Jahren, könnte er dann ein eigenes Geschäft aufmachen. Als er am Tag des Herrn, auf dem Weg zur Zuiderkerk, durch die Sandelijnstraat ging, hatte sie es nicht verhindern können, dass sie, ebenfalls unterwegs zu diesem Gotteshaus, mit ihm ging und in der Kirchenbank neben ihm Platz nahm. Alle Kirchenbesucher hatten es gesehen, und so hatte das mit ihnen angefangen. Ihr Vater meinte erfreut: »Du hättest es schlechter treffen können. Nein, nein, er ist zwar kein Nabob, aber was macht das schon? Er gehört zu unserer Gemeinde, und seine Eltern sind herzensgute Menschen.«

Sie selbst hatte das Gefühl, noch frei zu sein. Mit Piet ging sie nur zur Kirche. Wenn man wirklich ein Paar war, dann ging man zur Maaskant, oder man spazierte an der Wippersmühle vorbei nach Maasland, wo man den Treidelpfad entlanggehen konnte. Solange sie das nicht taten, hatte sie das Gefühl, in Sicherheit zu sein und auch nicht Schluss machen zu müssen. Piet sprach nie von der Maaskant oder von Maasland, Piet paukte jede freie Stunde für die Prüfung zum Einzelhandelskaufmann. Weil er, genau wie sie, in einer Wohnung ohne Schlafzimmer aufgewachsen war, konnte er zu Hause nicht lernen. Für dieses Problem hatte er allerdings eine Lösung gefunden. Fast jeden Abend ging er irgendwo Babysitten und büffelte dann über dem Deich kaufmännisches Rechnen oder Buchhaltung. Er fragte sie, ob sie vielleicht mitkommen wolle. Sie dachte, dagegen sei nichts einzuwenden. Schließlich begleitete sie ihn nicht zur Maaskant. Außerdem wollte sie nichts lieber, als der übervollen Wohnstube ihres Elternhauses zu entfliehen.

So zog sie Abend für Abend durch die ganze Stadt und passte zusammen mit Piet auf Babys, Kleinkinder und schon etwas ältere Kinder auf. Sie lernte großzügige Wohnzimmer kennen, sah, wie hübsch es war, wenn die Zimmer nicht mit großen Vitrinenschränken und Lehnstühlen vollgestopft waren, sah auch, dass das Fehlen von Väschen, kleinen Holzschuhen und Mühlen auf dem Kaminsims und von gestickten Wandbehängen an der Mauer einem ein Gefühl von Raum und Leere gaben, das die Atmung zu erleichtern schien. In diesen Zimmern lernte sie weiterhin französische Vokabeln und schrieb Französischaufsätze, bis sie das Lehrbuch durch hatte. Es war, als könnte sie durch das Erlernen der Sprache, in der sogar Rue de Sandelin angenehm klang, der Welt entkommen, in der sie lebte. Als sie ihr Lehrbuch durchgearbeitet hatte, griff sie in den Wohnzimmern, in denen sie saß und auf die Kinder aufpasste, zu den Büchern, die es dort gab. Nach einiger Zeit beschäftigte sie sich auch mit Piets komplizierten Aufgaben, weil er, dabei für seine Verhältnisse laut flüsternd, manchmal seine Bücher nahm und sie auf den Tisch pfefferte: »Ich kann es nicht, ich kann es nicht!«

Dann schaute sie sich die Aufgaben an und verstand

nicht, was daran schwierig sein sollte. Sie versuchte, ihm zu helfen, und wurde so, ganz nebenbei, immer vertrauter mit der Materie. Nach einem halben Jahr war sie genauso weit wie Piet nach drei Jahren angestrengter Büffelei, und danach dauerte es nicht mehr lange, und sie bereitete sich selbst auf die Prüfung zum Einzelhandelskaufmann vor. Sie fand es wunderbar, sich das bisschen Englisch anzueignen, das für die Prüfung verlangt wurde. Problemlos bestand sie die Prüfung beim ersten Versuch und mit den besten Noten, während Piet schon zum zweiten Mal durchfiel. Weil sie es sich nicht erlaubte, ihn deswegen zu verachten, hatte sie Mitleid mit ihm. Und es war, als binde dieses Mitleid, diese Anteilnahme sie viel stärker an Piet, als Verliebtheit das jemals hätte bewirken können. Sie fühlte sich schuldig, weil sie sich, tief in ihrem Inneren, hoch über Piet erhaben fühlte, und aus diesem Schuldgefühl erwuchs eine eigenartige Zuneigung.

Dann stand in der Nieuwstraat ein Tante-Emma-Laden zum Verkauf. Mit etwas Geld von Piets Eltern und einer zusätzlichen Hypothek konnten sie den Laden kaufen, und so eröffneten sie, mit ihrem Diplom als Einzelhandelskaufmann, ein eigenes Geschäft.

»Glück muss man haben«, sagte ihr Vater, »wegen der Wohnungsnot müssen alle anderen fünf oder sechs Jahre auf eine Wohnung warten, und ihr habt nun nach zwei Jahren einen hübschen Laden.«

Hätte ihr Vater das nicht gesagt, dann wäre ihr vielleicht nie bewusst geworden, wie sehr ihr die Aussicht, einen eigenen Laden zu haben, zuwider war.

Sie heirateten bescheiden. Sie lebten bescheiden und arbeiteten hart. Mit seiner sanften Stimme und seinem überaus kultivierten Auftreten bezauberte Piet alle Kunden. Der

Laden lief. Nach ein paar Jahren konnte er ein benachbartes Geschäft dazukaufen und die beide Lokale zu einem geräumigen Laden verbinden.

Sie bekamen keine Kinder. Piet drängte sie, sich untersuchen zu lassen. Sie ging zum Hausarzt, der sie zu einem Gynäkologen in Vlaardingen überwies. Mit dem Zug fuhr sie hin, durchstreifte ziellos die Stadt und dachte: »Vielleicht glauben ja die Menschen hier, ich würde auch in Vlaardingen wohnen.« Sie betrachtete die Frauen auf dem Schiedamseweg und sah, dass sie hübscher, fröhlicher und eleganter aussahen als zu Hause. Zu Piet sagte sie, sie sei untersucht worden und müsse noch einmal hin. Wieder fuhr sie nach Vlaardingen und kaufte dort einen Lippenstift, Lidschatten, Mascara und eine Puderdose. Als sie, auf einer Bank in 't Hof, umgeben von gurrenden Turteltauben, einen Hauch Lippenstift auftrug, da war es in dem Moment, als sie den Duft roch, so, als brächte sie ihre Lippen in Sicherheit. Sie öffnete ihr Haar, ging in der Sonne spazieren und dachte: »Ich bin in der Sandelijnstraat geboren worden.« Sie spazierte die Hoogstraat entlang, betrachtete all die ruhig herumgehenden Vlaardinger; sie ging über die Hafenbrücke zum Schiedamseweg und dachte an das, was Herr Cordia ihr ins Poesiealbum geschrieben hatte:

Sei zufrieden auf der Welt,
sei zufrieden mit dem Leben,
das einzig wahre Glück,
kann nur der Herrgott geben.

Sie umklammerte ihre Handtasche und versuchte zu verstehen, warum gerade dieses Gedicht Abgründe der Unzufriedenheit zu enthüllen schien.

Von jetzt an fuhr sie regelmäßig nach Vlaardingen, »zum Gynäkologen«. Häufig offerierte man ihr, wenn sie zurückkam, ein Exemplar der *Frohen Botschaft*, das sie höflich ablehnte. Sie sagte zu Piet (und hasste sich selbst, weil sie seine Gutgläubigkeit ausnutzte), sie brauche Geld, um den Gynäkologen zu bezahlen. Ohne zu zögern, überreichte er ihr den Betrag, den sie genannt hatte, und sie dachte: »Ich habe überhaupt kein eigenes Geld. Ich verfüge nur übers Haushaltsgeld. Ich muss zusehen, dass ich eigenes Geld bekomme.«

Wenn der Zug leer war, schminkte sie sich schon unterwegs im Spiegel eines verschließbaren Abteils. Dann hatte sie sich »in Sicherheit« gebracht, ehe sie in Vlaardingen ankam. Von dem Geld für den Gynäkologen kaufte sie sich Schuhe mit hohen Absätzen und ein Kostüm. Als sie sich während einer der Zugfahrten nach Vlaardingen in der Toilette umzog, wurde sie nicht rechtzeitig fertig. Der Zug hielt in Vlaardingen und beschleunigte wieder. Mit pochendem Herzen blieb sie in der Toilette. In Rotterdam verließ sie das WC und stieg aus. Sie spazierte auf ihren Pfennigabsätzen und in dem Kostüm die Lijnbaan entlang, sich der Tatsache bewusst, dass sie ein großes Risiko einging. Kein aufrichtiger Sluiser, das wusste sie, würde je durch Vlaardingen spazieren oder dort einkaufen. Wer außerhalb von Maassluis einkaufen wollte, der fuhr in »die Stadt«, wie Rotterdam immer genannt wurde. In der Stadt kaufte man vor allem Kleider bei C&A, und oft hatte sie die Daheimgebliebenen abends fragen hören: »Was gefunden in der Stadt?« »Ja«, sagten die Ausflügler dann und deuteten auf ein neues Kleid, »ich hab was gefunden. In der Stadt findet man immer was.«

Sie wusste, dass sie in der Stadt Sluisern begegnen konnte. Sie wusste allerdings auch, dass die Chance an einem ganz normalen Wochentag sehr klein war. Sluiser fuhren nur am Samstagnachmittag in die Stadt. Sie riskierte es. Vorsichtshalber kaufte sie eine Sonnenbrille. Sollte auf der Coolsingel trotz allem ein Sluiser unterwegs sein, dann war sie durch Make-up, Kostüm, offene Haare und vor allem durch die Brille zumindest getarnt. Als sie am Rathaus vorbeikam, wurde ihr auf einmal bewusst, dass sie nichts lieber wollte, als auch an einem Samstagnachmittag einmal hier herumzugehen, vor den Augen aller in der Stadt einkaufenden Sluiser. Sie wollte sie sehen, an ihnen vorübergehen, ohne erkannt zu werden. Sie wollte sie provozieren, herausfordern. Erst dann, wenn sie wirklich nicht erkannt wurde, wäre sie wirklich in Sicherheit. Doch wie sollte sie an einem Samstagnachmittag wegkommen? Sie würde im Geschäft helfen müssen. Außerdem konnte sie nicht behaupten, sie habe einen Termin beim Gynäkologen, eine Ausrede, mit der sie sowieso vorsichtiger umgehen musste.

Sie sagte zu Piet, sie wolle einmal in die Stadt. Er flüsterte: »Kein Problem, fahr doch am Dienstagnachmittag, wenn der Laden zu ist.«

»Würde ich ja, aber dann sind die Geschäfte in der Stadt auch geschlossen«, erwiderte sie.

»Dann fahr am Montag oder Mittwoch«, flüsterte er, »dann ist hier nicht viel los, und ich komme auch allein zurecht.«

»Ist gut«, sagte sie.

Wenig später, der Umsatz stieg immer weiter, stellte Piet ein nettes fünfzehnjähriges Mädchen als Verkäuferin ein, und das nahm ihr »wieselflink«, wie Piet sagte, alle Arbeit ab. Nicht einmal am Samstagnachmittag wurde sie noch gebraucht.

»Ich würde gern am Samstagnachmittag in die Stadt fahren«, sagte sie, »dann ist dort so wunderbar viel los.«

Piet runzelte die Stirn. »Am Samstagnachmittag?«, flüsterte er verwundert.

»Ja«, sagte sie, »ein Mal.«

Er nickte lange. Es war, als wollte er sich selbst durch sein Nicken davon überzeugen, dass nichts dagegensprach.

Sie nahm einen frühen Zug. Trotzdem war es so voll, dass sie sich nicht in Sicherheit bringen konnte. Sie stieg in Vlaardingen aus, ging zum 't Hof, zog sich dort um und schminkte sich in den Sträuchern. Dann ging sie zurück zum Bahnhof und kaufte eine Anschlusskarte zweiter Klasse von Vlaardingen nach Rotterdam. In der zweiten Klasse musste sie nicht fürchten, dass sie Sluisern begegnete. Die fuhren alle, sparsam, wie sie waren, dritter Klasse. Wenn überhaupt Sluiser in der zweiten Klasse saßen, dann waren das Lotsen von über dem Deich, die sie noch nie gesehen hatten. Sie setzte im Zug die Sonnenbrille auf. Als der Zug hinter Schiedam über die Eisenbahnbrücke ratterte, kamen zwei ihr bekannte Sluiser durch den Mittelgang. Sie erschrak heftig, aber die beiden gingen vollkommen desinteressiert an ihr vorbei. Sie atmete auf, die Feuerprobe war bestanden. In der Stadt ging sie auf hohen Absätzen die Coolsingel hinunter und spazierte dann über die Lijnbaan, wobei ihr das Lied »Wir müssen uns nicht zieren, wenn wir über die Lijnbaan flanieren« von Ali Cyaankali durch den Kopf ging. Sie konnte nicht verstehen, warum ihr das Lied jetzt noch vulgärer vorkam als sonst.

An diesem Nachmittag wurde sie ein anderer Mensch. Es fühlte sich an, als müsste sie nie wieder in die Sandelijnstraat zurückkehren. Alles, was sie bedrückte – die nicht abgeschlossene Fachoberschule, ihre friedliche, faltenlose, todlangweilige Ehe mit dem ewig flüsternden Gatten, der nie ein unziemliches Wort sprach –, war belanglos, solange sie in Rotterdam spazieren ging, in der warmen Sonne, die eine Sonnenbrille verlangte, solange sie offene Schuhe mit Pfennigabsätzen trug und elegante Deuxpièces und echte Nylonstrümpfe mit Nähten, die genau in der Mitte ihrer Waden verliefen.

Sie war schon an vielen, meist aus der Ferne zu erkennenden, schlenkernd umherwutschenden Sluisern vorbeigegangen, als sie ihren Nachbarn von gegenüber, von über dem Deich, näher kommen sah. Vom Fenster des Wohnzimmers über dem Laden aus hatte sie schon oft in die Küche seines vier Meter höher gelegenen Hauses geschaut. Es hatte sie gewundert, dass er, ein echter Junggeselle, so viele Stunden in der Küche verbrachte.

»Ständig ist er in der Küche«, hatte sie gedacht, und dann fiel ihr ein: »Wenn ich ihn sehe, sieht er mich auch. Er wird denken: Ständig sitzt sie im Wohnzimmer.« Sich ständig im Wohnzimmer aufzuhalten kam ihr allerdings weniger seltsam vor, als permanent in der Küche zu sein. Ihr Nachbar las sogar in der Küche. Manchmal schaute er kurz von seinem Buch auf, und dann konnte es passieren, dass sie einander, wenn auch über eine große Entfernung, geradewegs in die Augen schauten. Weil er über dem Deich wohnte, schien es, als stammte er aus einer anderen Welt. Wenn sie ihm auf der Straße begegnete, grüßte sie ihn nicht einmal.

Und nun kam er ihr entgegen, auf Höhe des Cineac, und wenn sie in gerader Linie weiterging, würde sie mit ihm zusammenstoßen. Vorsichtshalber wich sie schon mal aus, dachte sogar daran kehrtzumachen. Aber das wäre zu auffällig gewesen. Und dann sah sie, dass auch er auswich und sie abermals auf Kollisionskurs waren. Erneut wich sie aus, und er wich im selben Moment ebenfalls aus, und sie wusste, sie würden einander immer wieder ausweichen und so, gemäß dem geheimen Gesetz, das in solchen Fällen gilt, mit verblüffender Präzision zusammenstoßen, wenn sie nicht den mannhaften Entschluss fasste, nicht mehr auszuweichen. Er fasste den gleichen Entschluss, sie berührten einander, und sie sagte: »Entschuldigen Sie, bitte«, und ging weiter. Wäre sie danach bloß so klug gewesen, sich nicht umzuschauen, dachte sie später. Aber sie schaute sich um, und er schaute sich auch um. Rasch ging sie weiter, felsenfest davon überzeugt, dass er sie erkannt hatte.

Später, in der zweiten Klasse nach Vlaardingen und, nach einem kurzen Zwischenhalt in 't Hof, in der dritten Klasse nach Hause, sagte sie sich immer wieder: »Selbst wenn er mich erkannt hat, ist das kein Problem. Niemand verbietet mir, am Samstagnachmittag in meinen schönsten Kleidern und ein bisschen geschminkt auf der Coolsingel spazieren zu gehen. Und selbst wenn er das merkwürdig findet, wird er Piet bestimmt nichts davon sagen.«

Dennoch stand sie am Abend im Wohnzimmer und sah von dort in seine erleuchtete Küche. Piet war im Laden beschäftigt; sie hatte die Lampe noch nicht eingeschaltet. Gegenüber sah sie ihn mit Töpfen und Schüsseln hantieren, und sie dachte: »Warum muss ein alleinstehender Mann so kompliziert kochen?« Trotzdem ging von dieser Geschäftigkeit etwas unaussprechlich Friedliches aus. Er sah nicht aus dem Fenster, er verquirlte ein Ei, pürierte Tomaten, er gab alles in eine Schüssel, goss aus zwei kleinen Bechern etwas hinein, fügte dann aus einer dicken, gedrungenen Cognac- oder Likörflasche ein paar Tropfen hinzu und stellte die Schüssel in den Backofen.

»Was macht er nur?«, dachte sie.

Piet kam herein, flüsterte: »Sitzt du noch im Halbdunkeln? Hast du etwas dagegen, wenn ich das Licht anmache?«

Sie trat vom Fenster weg. Das Licht ging an, sie erschauderte.

In der Woche drauf erschauderte sie erneut. Gleich nachdem die Turmuhr sechs geschlagen hatte, kam Piet die Treppe hochgestolpert.

»Ist das nicht seltsam? Noch nie war unser Nachbar von gegenüber im Laden, aber vorhin hat er eine ganze Tasche voller Sachen gekauft.«

»Oh, ja?«, konnte sie gerade noch sagen.

»Ja. Und wie freundlich er war! Als wäre er schon seit Jahren Kunde bei uns. Aber er hat lauter so merkwürdige Dinge gewollt. Geräucherten Lachs, Ziegenkäse, ein Döschen Thymian.«

»Vielleicht wäre es gar nicht verkehrt, wenn wir solche Sachen im Sortiment hätten«, sagte sie, »vielleicht sind die Leute hier allmählich so weit, dass sie auch mal etwas anderes essen wollen als Graupen oder braune Bohnen mit Sirup.«

»Wir können durchaus dies und das mit ins Lager nehmen«, sagte Piet.

Sie blickte nach gegenüber. Er würde sie nicht verraten, aber er hatte sie tatsächlich erkannt. Warum war er sonst am Montag im Laden erschienen?

Jeden Tag schaute sie nun am Ende des Nachmittags aus ihrem unbeleuchteten Wohnzimmer in seine immer um Punkt fünf plötzlich in künstliches Licht getauchte Küche. Meistens fiel ein nieselnder Novemberregen, und sie hörte von unten die lauten Stimmen der Kunden im Laden. Sie sah, wie er allabendlich, oft unter Zuhilfenahme von Kochbüchern, eine reichhaltige Mahlzeit für sich zubereitete, etwas, das sie befremdete und fesselte, weil sie von Kindesbeinen an zu Mittag warm gegessen hatte. Da sie im ersten Stock stand und er im Erdgeschoss beschäftigt war, hatte sie immer das Gefühl, auf ihn hinabzublicken, obwohl seine Küche, dort über dem Deich, auf der gleichen Höhe lag wie ihr Wohnzimmer. Sie stellte einen Sessel ans Fenster, setzte sich hinein und fühlte sich weniger schuldig.

Als sie ihn einen Monat lang beobachtet hatte, kam es ihr so vor, als würde der Mensch nur aus Handlungen und Gebärden bestehen. Sie mochte die Art, wie er Kartoffeln schälte, sie liebte die Tanzschritte, die er manchmal machte, und am meisten liebte sie seine Heimlichkeiten – schnell mal ein bisschen Sahne vom Finger lecken, nachdem man sie geschlagen hat, schnell mal mit dem Holzlöffel die Suppe kosten, die man auf dem Herd hat. Sie liebte auch die ungeduldige Art, mit der er mehrmals pro Stunde eine Locke nach hinten strich, die vor seine Augen gefallen war.

Eines Abends – es war kurz vor Weihnachten – sah sie, wie er mit äußerster Sorgfalt ein Gericht zubereitete, mit Fleisch, Zwiebeln und Tomaten und mit einem Glas Rotwein. Als schon alles auf dem Herd stand, fiel ihm offenbar ein, dass noch etwas fehlte. Er öffnete den Küchenschrank, und sie sah, wie er aus einer Büchse irgendein Pulver über das Essen streute. Danach suchte er noch ein anderes Gewürz, fand es aber nicht. Er sah auf die Uhr.

»Jetzt denkt er bestimmt: Es ist noch vor sechs, ich flitze schnell zu Hummelman rüber und kauf es dort«, ging es ihr durch den Sinn.

Sie verließ die Küche, stieg die Treppe hinunter und betrat den Laden. Piet stellte soeben einige Dosen Katzenfutter vor Huibje Koppenol ab. Sie tat so, als suchte sie etwas. Der Nachbar von gegenüber kam in den Laden und wartete.

»Kann ich Ihnen vielleicht helfen?«, fragte sie.

»Haben Sie Kümmel?«

»Ich glaube, ja«, sagte sie. War das nicht einer der Artikel, die sie zusätzlich eingekauft hatten?

Sie suchte unter den ihr unbekannten Produkten, die seltsamerweise sehr häufig nachgefragt worden waren. Ja, da war auch Kümmel. Sie stellte das Tütchen auf die Ladentheke. Er gab ihr einen Schein von zwei Gulden fünfzig. Sie gab ihm Münzen zurück. Ihre Hände berührten sich. Er verließ das Geschäft. Als sie wieder oben war, kam es ihr so vor, als glühte ihre Hand. Nach dem Essen wollte sie, wenn sie saß, aufstehen, und wenn sie aufgestanden war, sich wieder hinsetzen. Piet flüsterte: »Bist du krank?«

»Nein«, sagte sie.

»Was ist denn los? Man könnte meinen, du hättest Hummeln im Hintern.«

Im Bett wälzte sie sich noch lange herum. Sie blickte zurück auf ihr bisheriges Leben. Abgesehen von dem Spaziergang auf der Coolsingel und der Lijnbaan war alles Trübsal. Während sie unter der Decke die Fäuste ballte, nahm sie sich vor, ihre Französischstudien wiederaufzunehmen. Warum machte sie nicht einen der Kurse, für die im Radioprogrammheft geworben wurde? Sie dachte an Herrn Cordia, der ihre Straße so trostreich Rue de Sandelin genannt hatte, der aber auch dieses elende Gedicht in ihr Poesiealbum geschrieben hatte.

In der Woche darauf bestellte sie einen Französischkurs. Sie saß im Wohnzimmer, lernte die Lektionen, sah nach draußen und dachte: »Wie schnell die Tage länger werden.« Was ihr vor dem Jahreswechsel wie eine endlose Reihe von Tagen erschienen war, an denen sie, bei ausgeschalteten Lampen, ab fünf Uhr in seine erleuchtete Küche hatte schauen können, kam ihr im Nachhinein vor wie ein nur kurzes, friedvolles Intermezzo, das die rasch länger werdenden Tage nun unsanft beendet hatten. Dennoch konnte sie abends hin und wieder, wenn Piet, der inzwischen Diakon geworden war, eine Versammlung des Kirchenrats besuchte, das Licht ausschalten und in seine Küche hinüberschauen. Meistens saß er dann dort und las. Eines Abends, es war bereits Ende Februar, hatte er um halb neun sein Buch zugeschlagen und war nach draußen gegangen. Sie konnte sehen, dass er nicht auf dem Zuiddijk erschien. Er musste also in Richtung Hoogstraat gegangen sein. Hastig zog sie einen Mantel an. Sie hastete durch die menschenleere Nieuwstraat und eilte über die Brücke am Zuidvliet. Auf der Wip, schon ziemlich außer Atem, verlangsamte sie ihren Schritt. Während sie hinaufging, sah sie ihn oben auf der Wip entlanggehen. Beim Rathaus warf er einen Brief in den Kasten. Er überquerte die Straße und schlenderte auf der Seite des Seemannshauses die Wip hinunter. Sie ging auf der Schleusenseite und wagte es nicht, sich umzusehen. Todmüde schwankte sie in die Richtung, aus der er gekommen war. Sie ging bis zum Sackträgerhaus und ruhte sich dort kurz aus, nahm all ihre Kräfte zusammen und ging weiter. Sie gelangte zur Treppe am Deich, die auf den Jokweg hinunterführte, und stellte gerade den linken Fuß auf die oberste Stufe, als sie ihn um die Ecke der Nieuwstraat biegen sah. Sie blieb stehen, einen Fuß bereits eine Stufe tiefer als ihr übriger Körper, während er die Treppe hinaufstieg und dabei immer zwei Stufen zugleich nahm. Sie dachte: »Wenn ich nur wüsste, wie er heißt, wenn ich nur wüsste, wie er heißt ...« Auf halber Treppe gingen sie aneinander vorbei. Als sie wieder im Wohnzimmer saß und in sein Fenster schaute, bemerkte sie, dass ihr Nacken ein wenig steif war, und es schien, als hätten sich alle Kopfschmerzen der Welt in ihrem Schädel versammelt.

Eine Woche später ging Piet wieder zu einer Versammlung des Kirchenrates. Wieder verließ ihr Nachbar um halb neun das Haus. Sie wusste, wenn sie wieder nach draußen ging, riskierte sie erneut eine Migräne. Sie wollte nicht hinaus, ging aber dennoch. Auf der Wip stieg er diesmal auf der Schleusenseite hinab. Auf halber Treppe blieb er stehen und sagte: »Hallo, Ine.«

Sie wollte sagen: »Ich heiße Ina, eigentlich aber heiße ich Clazien, aber diesen Namen hasse ich, und darum lasse ich mich Ina nennen«, doch Ine klang in ihren Ohren wie Rue de Sandelin, und deshalb sagte sie nichts. Sie blieb stehen. Er sagte: »Bist du auf dem Heimweg?«

Sie schüttelte den Kopf.

»Wo gehst du hin?«

»Nur eine kleine Runde.«

»Hey«, sagte er, »das hatte ich auch vor.«

Nebeneinander gingen sie die Wip hinauf. Beim Rathaus fragte er sie: »Warum beobachtest du mich nachmittags immer?«

»Du kochst so besondere Sachen«, antwortete sie.

Am Hafen ging ihr nur ein Gedanke durch den Kopf: »Was soll ich bloß sagen? Um Himmels willen, sag etwas, rede mit ihm.« Doch sie schwieg, und er schwieg auch. Wortlos gingen sie nebeneinander her. Auf der Hafenmole betrachteten sie lange die roten und grünen Lichter. Sie lauschten dem Wellenschlag, atmeten den Geruch des Flusses. Sie sahen Schiffe von Dirkzwager zu einem Tanker fahren. Sie beobachteten die Fähre und schauten nach den Lampen der Autos, die übergesetzt wurden.

Eine Woche später gingen sie erneut Seite an Seite am

Hafen spazieren. Wieder standen sie auf der Mole und betrachteten den Fluss. Wochenlang wiederholte sich dieses Ritual. Nach zwei Monaten überquerten sie die Kippenbrug, bogen über die Govert van Wijnkade links ab und gingen zum Schanshoofd. Dann kam, einige Wochen später, der denkwürdige Sommerabend, an dem sie, beide bebend, zur Maaskant gingen.

Am Beginn des Sommers zog sie bei ihm ein. Zu Piet sagte sie: »Ich ziehe aus und wohne fortan über dem Deich«, und er fragte sie nichts, er sagte auch nichts. Er ließ sie ungehindert gehen. Später am Abend konnte sie Piet in ihrem ehemaligen Wohnzimmer sitzen sehen. Wie in all den Jahren ihrer Ehe döste er vor sich hin und gähnte, und an dem grün leuchtenden Auge konnte sie erkennen, dass das Radio eingeschaltet war. Sie wusste, dass dort unten »Der bunte Dienstagabendzug« durchs Wohnzimmer donnerte, und es kam ihr so vor, als habe sie ihn schon allein deswegen verlassen, weil er sich wie ihre Eltern jedes Mal diese Sendung anhören wollte. Unter anderem dank dieses Zuges, der sie von ihren Hausaufgaben abgehalten hatte, konnte sie sich sicher sein, dass sie nie wieder zurückkehren wollte und entsprechend furchtlos die Konfrontation mit Piets Eltern und später mit ihrer Mutter durchstehen.

»Ich will die Scheidung«, sagte sie zu den Nadeln.

»Piet will sich nicht scheiden lassen«, erwiderten die Nadeln. »Piet will, dass du zurückkommst. Er vergibt dir. Ich vergebe dir nicht, niemals. Ich habe immer schon gewusst, dass du dich für was Besseres hältst, zu gut für uns und für Piet. Du bist eingebildet, und diese Einbildung hast du von der Mutter deines Vaters, die meinte auch immer, sie sei etwas Besseres.«

Ihre Mutter hob ein paar Nadeln auf, steckte sie wieder

zwischen die Lippen und ließ die Nähmaschine bedrohlich rattern. Sie sagte: »Du bist ein undankbares Kind.«

Weil sie Piet jeden Abend gähnen sehen konnte, kümmerte es sie nicht, dass sie in der Stadt plötzlich nur noch »das durchgebrannte Schnuckelchen von Hummelman« genannt wurde. Ihr zuständiger Pastor, der sie noch nie besucht hatte, klingelte an ihrer Tür. Sie sagte: »Ich will die Scheidung.«

Alles, was der Pastor über den »heiligen Stand der Ehe« und die christliche Vergebungsbereitschaft des Diakons Piet sagte, glitt an ihr ab. Er brachte schwereres Geschütz in Stellung, benutzte das Wort Ehebruch, ermahnte sie, wollte mit ihr beten (was sie resolut ablehnte), führte ihr vor Augen, dass sie vom Abendmahl ausgeschlossen werde, und gab ihr schließlich zu verstehen, dass sie, sollte sie in Sünde verharren, auch aus der Gemeinde verstoßen würde.

Sie sagte nur: »Ich will mich scheiden lassen und Jan heiraten.«

»Dieser Jan gehört nicht zu unserer Kirche«, sagte ihr Pastor.

»Jan ist reformiert«, erwiderte sie.

»Ihr werdet gemeinsam zur Hölle fahren.«

»Gemeinsam?«, fragte sie.

»Ja«, sagte der Pastor.

»Dann ist es nicht schlimm.«

Demonstrativ ging sie am Sonntagmorgen mit Jan in die Grote Kerk und am Nachmittag ebenso demonstrativ in die Rehobothkerk. In den ersten Monaten saß sie neben Jan in Bänken, wo sonst niemand sitzen wollte oder aus denen die Kirchenbesucher, die dort schon saßen, flohen. Es schien sie nicht zu kümmern. Andächtig lauschte sie den Auslegungen der Heiligen Schrift.

Sie hörte, dass Piets Laden regelrecht »gestürmt« wurde und dass all die alten und neuen Kunden immer wieder Variationen des Ausdrucks »Es ist nicht zu fassen« äußerten.

Sie wurde zu einem Fall. Die Pastoren der reformierten Kirche machten zuerst nacheinander, dann alle drei zugleich einen Hausbesuch. Nach ihren Besuchen kamen sie zu dem Schluss, dass sich das Problem im Grunde recht einfach lösen lasse. Schwester Hummelman, geborene Onderwater, solle sich von Bruder Hummelman scheiden lassen und könne dann die Ehe mit Jan Kleywegt eingehen. Doch Bruder Hummelman wollte sich nicht scheiden lassen, er wollte ihr nur siebzig mal sieben Mal vergeben. Sie erfuhr, dass die orthodox-calvinistischen und reformierten Pastoren zu einer streng geheimen, notgedrungen ökumenischen Besprechung zusammengekommen waren, und sie erfuhr ungeachtet aller Geheimhaltung auch, dass bei dieser Besprechung beschlossen worden war, den Fall vorläufig den orthodox-calvinistischen Hirten zu überlassen. Es solle noch einmal versucht werden, sie dazu zu bringen, die Deichtreppe wieder hinabzusteigen. Und daher besuchten sie nach dem für sie zuständigen Pastor auch die beiden anderen orthodox-calvinistischen Prediger. Sie empfing beide ebenso zuvorkommend wie ihren eigenen Pastor und sagte, über die dampfenden Kaffeetassen hinweg, jedes Mal aufs Neue: »Ich will die Scheidung.«

Sie hörte – denn nichts bleibt jemals geheim in der Stadt –, dass die drei orthodox-calvinistischen Pastoren abwechselnd Piet besuchten und ihn bedrängten, einen Antrag auf Scheidung wegen Untreue zu stellen, doch der weigerte sich ebenso entschieden, an dieser Lösung mitzuwirken, wie sie es getan hatte, als man sie beschwor, zu Bruder Hummelman zurückzukehren. Sie hörte auch, dass die

Pastoren schließlich einen Brief an ihren Ethikprofessor geschrieben hatten, an den rothaarigen Professor Schippers, den Autor des Standardwerks *Die orthodox-calvinistische Sittenlehre.* Ihr zuständiger Pastor zeigte ihr sein Antwortschreiben. Darin stand, sie müsse unverzüglich zu ihrem gesetzlichen Ehemann zurückkehren.

Als sie den Brief von Schippers las, dachte sie nur: »Ob der Professor wohl weiß, wie groß der Unterschied zwischen den Menschen von über dem Deich und denen von unter dem Deich ist? Hat dieser Professor Brotsuppe am Waschtag, Grütze am Mittwoch und braune Bohnen mit Sirup am Freitag gegessen? Bestimmt nicht, er ist ein Professor.« Sie zerriss die Kopie des Briefes, die der Pastor ihr dagelassen hatte. »Alles ist anders«, dachte sie, »die Wohnungseinrichtung, die Gespräche, die Tischmanieren, die Schlafgewohnheiten.« Es kam ihr so vor, als habe sie während ihrer ganzen Jugend nichts anderes gehört als immer nur Gespräche über Krankheiten und Wehwehchen, darüber, wer gestorben war und wer bald sterben würde, es kam ihr vor, als hätte sie nie andere Zimmer gesehen als total vollgestellte Stuben. Sie dachte: »Es ist so schön, wenn die Leute auch andere Bücher im Haus haben als nur die Bibel.« Sie nahm die neue, ausführliche Französischgrammatik, die Jan ihr geschenkt hatte. Langsam, als würde sie eine Lektion auswendig lernen, sagte sie: »Rue de Sandelin, Rue de Sandelin.« Später am Tag saß sie mit der Grammatik auf dem Schoß da und schaute zum gähnenden Piet hinüber. Sie dachte: »Er kann auch nichts dafür, er weiß es nicht besser, er stammt aus der Oranjestraat.« Sie war ein wenig verwirrt, wegen des Gefühls der Solidarität, das sie früher, als sie noch bei ihm gewesen war, nie empfunden hatte. Sie wollte die Welt, aus der sie stammte, nicht verleugnen, aber es freute sie, dass all die

Straßen und Gassen saniert werden sollten. Irgendwann einmal würde niemand mehr sagen können: »Dort ist die Sandelijnstraat.« Würde sie, wenn die Straße vom Erdboden getilgt war, endlich befreit sein von dem Samstagnachmittagsgefühl?

Dann kam die Zeit, in der die ganze Stadt ihre unrechtmäßige Verbindung mit dem Lehrer Jan Kleywegt zu akzeptieren schien. In den beiden Kirchen saßen sie nicht mehr in Bänken, die ansonsten leer blieben. In Piets Laden rannten die Leute nicht mehr die Tür ein, und sie hieß jetzt wieder Ina Onderwater, nicht mehr »das Schnuckelchen, das überm Deich rumhurt«. Nur wenn, was in der Zeit zweimal passierte, ein neuer orthodox-calvinistischer Prediger berufen wurde und, frisch aus Friesland oder Drenthe importiert, den Ruf auch tatsächlich angenommen hatte, dann wurde der junge Kerl, sobald er installiert war, auf Schwester Hummelman losgelassen.

Der Erste bekam nur den Refrain »Ich will die Scheidung« zu hören. Aber der Zweite, ein langer Schlaks, der noch nach Hörsaalbänken roch, wurde ganz unvermittelt mit einem neuen Problem konfrontiert. Nachdem er mit seinem blitzsauberen schneeweißen Taschentuch die beschlagene Brille geputzt – er war bei Regen gekommen – und wieder aufgesetzt hatte, da sah er voller Bestürzung, dass sie schwanger war. Alles, was er so mannhaft vorbereitet hatte – eine passende Passage aus der Heiligen Schrift, eine kleine, nette Strafpredigt, ein Gebet als Dolchstoß –, erwies sich als unbrauchbar. Jetzt, da sie ein unrechtmäßiges Kind unter dem Herzen trug, konnte sie nicht mehr zu Bruder Hummelman zurückkehren. Jetzt musste Hummelman sich so schnell wie möglich von ihr scheiden lassen, damit

sie Kleywegt heiraten konnte, ehe das Kind geboren war.
Der lange Schlaks sprach mit ihr über das Wetter und stieg
dann wieder die Deichtreppen hinab. Später hörte sie, dass
Piet Hummelman sich selbst jetzt nicht scheiden lassen
wollte, sondern ihr, mit Kind und allem, immer noch vier-
hundertneunzig Mal vergeben wolle.

Als das Kind, ein Junge, zur Welt gekommen war, zeigte
es sich, dass alles Bisherige ein Kinderspiel gewesen war im
Vergleich mit den Problemen, die sich nun ergaben. Der
Junge konnte nicht getauft werden. Es sei denn ... ja, es sei
denn, sie kehrte zu Hummelman zurück. Dann könnte sie
mit ihrem rechtmäßigen Ehemann ans Taufbecken treten.
Dass es nicht sein Kind war, spielte keine Rolle. Das passierte schon öfter mal. Es ging darum, dass die Mutter und
der rechtmäßige Vater gelobten, das Kind, wenn es zu Verstand gekommen war, in der prophezeiten Lehre zu erziehen
und zu unterrichten.

Sie hörte, dass die Leute Piets Laden erneut stürmten, obwohl er die Prüfung zum Einzelhandelskaufmann immer
noch nicht bestanden hatte. Man nannte sie jetzt »das
Schnuckelchen, das ein uneheliches Balg am Hals hat«. Es
schien, als würde der Umstand, dass sie ihr Kind nicht tau-
fen lassen konnte, ihre Entschlossenheit tatsächlich antas-
ten. Sie sagte nicht länger, sie wolle sich von Piet scheiden
lassen, sondern sie sagte, sie wolle das tun, was für das Kind
am besten sei. Eines Tages stieg sie mit ihrem Sohn die
Deichtreppe hinab, und zwei Sonntage später stand sie unter den erstaunten Blicken all jener, die die Rehobothkirche
bis zum letzten Platz füllten, mit Piet Hummelman am
Taufbecken. Am selben Abend stieg sie mit ihrem getauften
Kind die Deichtreppe wieder hinauf. Sie wusste, was sie tat,
sie wusste, was sie riskierte, aber dennoch erstaunte es sie,

174

dass sie in den Tagen danach auf der Wip wiederholt zu hören bekam: »Warte nur, bis wieder ein Kind kommt, dann kannst du dir eine solche Sauerei nicht noch einmal leisten.«

Merkwürdigerweise konnte sie das besser ertragen, als wenn man voller Bewunderung zu ihr sagte: »Da hast du die Pastoren aber tüchtig verarscht.«

Sie hörte, das die Pastoren den Entschluss fassen wollten, sie auf der Stelle aus der Gemeinde zu werfen, und sie hörte auch, dass Piet, der dank einer enormen Umsatzsteigerung den Laden zum Supermarkt würde umbauen können, sich in der Versammlung des Kirchenrates entschieden gegen diese Maßnahme wehrte. Sie hörte, dass die Presbyter von über dem Deich für ihren Ausschluss plädierten, die Diakone von unter dem Deich jedoch dagegen. Wenn sie das Kind abends zu Bett gebracht hatte, saß sie mit der Französischgrammatik oder einem Buch von Simenon – der ein ganz einfaches Französisch schrieb, wie Jan immer sagte – auf dem Schoß da und schaute zu Piet hinüber. Jetzt, da sie nicht mehr bei ihm wohnte und sie sich weniger langweilte und er sich im Kirchenrat so leidenschaftlich für sie einsetzte, war es schwierig, ihn nicht zu mögen. Oder war das, was sie fühlte, wieder das alte Mitleid, dieses seltsame Gefühl der Überlegenheit, das nur dann zulässig war, wenn es mit sehr viel Liebe verbunden war. Sie dachte an ihre Brüder und Schwestern und daran, dass sie alle noch immer in so vollgestopften Zimmern lebten wie jenen, in denen sie ihre Jugend verbracht hatte. »Werde ich denn niemals davon loskommen?«, ging es ihr durch den Kopf. Entschlossen griff sie zu dem Buch, das sie gerade las, *La Fenêtre des Rouet*, und zwang sich, einige Seiten zu lesen.

Ein paar Wochen später hörte sie, dass wieder ein neuer

Pastor berufen worden war, und ihr war klar, dass ihr ein Hausbesuch bevorstand. Sie war trotzdem nicht auf die Taktik dieses aus Bennebroek stammenden, kindlich wirkenden Mannes vorbereitet. Eines Abends klingelte es an der Tür. Jan öffnete. Da stand der neue Pastor. Er war nicht allein.

»Meine Frau und ich«, sagte er, »wollten mal vorbeischauen, um uns vorzustellen.«

Nie zuvor hatte sie eine wirkliche Freundin gehabt. Sie konnte es kaum fassen, dass sie am Sonntag darauf mit Maud zu Kirche ging, Maud, die mit ihrem eleganten riesigen Hut, den sie auch schon bei der feierlichen Einführung ihres Mannes getragen hatte, so viel Aufsehen erregte und auch mit dem »Hauch von Lippenstift«, wie sie eine Kirchenbesucherin entrüstet flüstern hörte. Von Maud erfuhr sie später, dass ihr Mann im Kirchenrat angekündigt hatte, das Problem Hummelman zu lösen, dass man ihm aber Zeit lassen müsse und dass natürlich nicht mehr mit dem Ausschluss aus der Gemeinde gedroht werden dürfe. Und nun ging sie, da Jan und sie abwechselnd auf das Kind aufpassen mussten und folglich nicht mehr gemeinsam zur Kirche gehen konnten, jeden Sonntagnachmittag zusammen mit Maud zum Gottesdienst und wagte es sogar, ebenfalls einen »Hauch von Lippenstift« aufzutragen. Außerdem trug sie das Kostüm, mit dem sie damals, vor langer Zeit, auf der Lijnbaan spazieren gegangen war. Es schien, als wären mit der Ankunft von Maud all ihre Probleme gelöst.

2

Es war ein großes Rätsel für sie, dass Maud ihre Freundin sein wollte. Sie dachte: »Maud weiß nicht, dass ich aus der Sandelijnstraat stamme.« Sie nahm sich vor, ihrer neuen Freundin nie davon zu erzählen. Maud sagte jedoch: »Komm, lass uns auf Abenteuer gehen.« Sie ging hinter ihrem Kinderwagen stundenlang an der Seite von Maud, die auch einen Kinderwagen schob, durch die Stadt. Maud sagte: »Wir können hier alles Mögliche anstellen, wir können stehlen, rauben, rumhuren – wer würde schon zwei Frauen mit Kinderwagen etwas Böses zutrauen, von denen die eine zudem noch die Gattin des Pastors ist?« Es gab allerdings in den tagsüber so stillen Straßen und auf der wochentags so ruhigen Mole nicht sonderlich viel zu stehlen. Als sie auf der zugigen Mole standen und ihren Blick über den Fluss schweifen ließen, sagte Maud: »Man könnte meinen, hier weht ständig ein Südwestpassat. Gibt es nirgendwo einen Park, wo wir unsere Kleinen herausholen und im Windschatten sitzen können?«

»Wir können zum Julianapark gehen«, sagte sie.

Sie schoben die Kinderwagen zu dem kleinen Park.

Maud sagte: »Nennst du das einen Park?«

»Nun ja«, sagte sie und vernahm das Rauschen zweier Sensen. Sie hörte den älteren Onderwater das Grasmäherlied anstimmen. Sie hoffte, er würde den Refrain und die zweite Strophe weglassen. Dann hörte sie die Stimme ihres Vaters. Sie verspürte den chronisch sengenden alten Schmerz, weil sie sich für ihren Vater schämte. Sie dachte: »Bestimmt hält er sich jetzt gleich mit dem Zeigefinger ein Nasenloch zu, um durch das andere den Rotz hinauszupusten.« Sie vernahm das widerliche Geräusch; ihr Herz zog sich zusammen. Maud sagte: »Was für ein Lied!« Und sie überlegte: »Wie würde Maud reagieren, wenn ich ihr verraten würde, dass einer der Mäher mein Vater ist?«

Maud stand auf. »Gibt es hier in der Stadt irgendwo einen netten Ort, wo wir unsere Kinder eine Weile rauslassen können?«

»Am Nieuwe Weg vielleicht«, sagte sie.

Die beiden Kinderwagen rollten über den Deich. In der Tiefe sah sie ihren Vater mähen. Maud sagte: »Die Männer tragen ja noch Holzschuhe!«

Sie erwiderte nichts, sie schaute auf die Böschung, auf den Klatschmohn, der bis Maasland blühte. Sie roch den Duft des Rapses, umfuhr mit ihrem Kinderwagen die dunkelgelben Löwenmäulchen im Sand.

»Wenn ich das richtig sehe«, meinte Maud, »dann ist der einzige hübsche Platz in dieser Stadt, an dem man sich ein wenig sonnen kann, eine Straßenböschung.«

»Mit schönem weißem Sand!«, sagte sie. »Es sieht fast aus wie am Strand, und man wird nicht vom Seewind halb weggeblasen. Wenn du in einen richtigen Park willst, dann müssen wir zum 't Hof in Vlaardingen fahren.«

»Im Zug mit den Kinderwagen?«, fragte Maud spöttisch.

Maud nahm ihre Tochter und setzte sie in den weißen Sand. Dann sagte sie: »Du solltest rasch deinen Kopf bedecken. Denn denk dran: Das Braun verschwindet, aber die Falten bleiben.«

Maud holte sich selbst einen Strohhut aus dem Netz, das am Kinderwagen hing, und setzte ihn auf.

Sie dachte: »Bin ich dafür geboren worden? Um in der Böschung im Sand zu sitzen und mir Sorgen zu machen, dass ich Falten bekomme?«

»Da habe ich es ja ganz wunderbar getroffen«, sagte Maud, »und bin als Frau des Pastors in einem Nest mit lauter Hohlköpfen gelandet. Ich wette, wenn auch nur ein Presbyter mich hier sitzen sieht, dann werden im Kirchenrat schon Bemerkungen gemacht. Und diese Leute sind der Meinung, ich müsse Vorsitzende der Frauenvereinigung werden. Lächerlich!«

Sie verstand nicht, warum es sie schmerzte, Maud von einem »Nest mit lauter Hohlköpfen« reden zu hören. Es stimmte ja! Trotzdem war sie der Ansicht, dass nur die Bewohner dieses »Nestes« das Recht hatten, sich darüber zu beschweren, Menschen, die von woanders kamen, durften das nicht.

»Vorsitzende der Frauenvereinigung«, höhnte Maud, »na, solange ich dich zur Freundin habe, bin ich einigermaßen sicher. Du solltest mal hören, wie über dich gesprochen wird. Sie haben sich überlegt, dass ich versuchen soll, dich zu überreden, wieder zu deinem langweiligen Piet zurückzukehren, und Teun soll gleichzeitig auf Piet einwirken, damit er in die Scheidung einstimmt. Stell dir vor, wir wären beide erfolgreich! Wie dem auch sei, die jetzige Situation jedenfalls sei himmelschreiend, habe ich Presbyter Vreugdenhil sagen hören. O, Ien, ich bewundere dich so. Aber sag mal, wie konnte das denn überhaupt passieren, dass du diesen Piet geheiratet hast?«

Sie berichtete, doch Maud war niemand, der zuhören konnte. Sie fiel ihr schon nach dem zweiten Satz ins Wort:

»Ja, ja, so war das bei mir auch. Mein Vater ist Konteradmiral gewesen, und Teun kam regelmäßig auf einen Schnaps vorbei. Er war damals Flottenprediger, ach, und wie rührend er war! Schon am ersten Abend hat er mich angesehen, als wollte er mich in die Falten seines Mantels nähen und mitnehmen. Und damals hatte er noch so einen wilden Lockenkopf. Zum Glück ist er immer noch nicht ganz kahl! Neulich war ich auf einem Treffen von orthodox-calvinistischen Pastoren. Lauter Kahlköpfe! Ich dachte: Wenn es stimmt, dass alle Haare auf eurem Kopf gezählt sind, dann war Gott mit euch schnell fertig! So, du hast Piet also aus Mitleid geheiratet.«

»Ich weiß es nicht«, antwortete sie, »es ist einfach passiert.«

»Blöd, nicht, ich habe Teun auch Hals über Kopf geheiratet. Und das, obwohl ich von Hause aus reformiert bin. Mein Vater war gar nicht damit einverstanden, aber meine Mutter ... ach, die war ganz hin und weg von Teun, von Teuntje, wie sie immer gesagt hat. Man könnte fast meinen, ich hätte Teun nur geheiratet, um ihn meiner Mutter vor der Nase wegzuschnappen! Nun ja, er ist lieb, aber dieser Beruf ... Mein Gott, ich finde dieses Christentum ... das ist ein dermaßen unappetitlich blutiger Zirkus!«

Erschrocken schaute sie auf. Ihr Blick fiel auf die dunkle, turmhohe Mühle De Hoop. Maud sagte: »Erschreckt dich das? Neulich habe ich auf einem Konvent einen Pastor sagen hören: ›Nun sucht er bestimmt den Kuss der Sünden im Blut des Kreuzes.‹ Ein Blutkuss! Wie kommen sie nur auf so was?«

»Nun ja, aber ...«, sagte sie und stocherte mit der Hand im Sand.

»Oder sie reden von dem Blut, mit dem alles bezahlt

wird. Ich sehe uns schon mit einem Becher Blut zum Bäcker gehen. Ein Brot, bitte!«

»Nun ja«, wiederholte sie, »aber Jesus …«

»Genau, Jesus«, fiel Maud ihr ins Wort, »der spricht nie über Blut, der war phantastisch. Wenn der hier wäre, dann hätte er zumindest ordentlich Sand, um mit seinem Finger hineinzuschreiben. Bei jemandem wie dir würde er diese Menge an Sand ja auch brauchen. Wie lange lebst du nun schon mit Jan in Sünde?«

»Zwei Jahre«, sagte sie.

»Dann reicht der Sand hier nicht. Aber die Polder hier sollen mit Sand aufgefüllt werden, habe ich gehört, im Prinzip bist du also richtig.«

»Ich wünschte, du würdest darüber nicht spotten.«

»Ach komm, wir müssen uns doch darüber lustig machen, sonst ist das Leben unerträglich. Und mach mir nicht weis, du könntest das nicht ertragen; dein Jan macht sich auch über alles lustig, genau wie mein Vater früher, er erinnert mich sehr an meinen Vater. Ach, ich wünschte, wir könnten was Nettes unternehmen, etwas richtig Nettes.«

»Was denn?«

»Tja, wenn ich das nur wüsste. Was ist das Schönste, was du je gemacht hast?«

»Oh, ich bin einmal …« Dann versagte ihre Stimme. Sie spürte, dass sie rot wurde.

Maud sagte: »Na los, erzähl. Ich höre dir auch zu, versprochen.«

Sie berichtete von dem Spaziergang auf der Coolsingel. Sie hatte das Gefühl, als würde mit jedem Wort, das sie sagte, der Zauber der Erinnerung verblassen. Es war vollkommen unmöglich, der Tochter eines Konteradmirals zu erklären, was diesen Spaziergang so unvergesslich gemacht hatte. Während sie redete, schien es, als verschwimme der Spaziergang immer mehr, als verflüchtigte er sich. Am Ende versuchte sie mit einem tiefen Seufzer noch etwas von der Erinnerung zu retten.

Maud sagte: »Weißt du was, wir deponieren die Kinder bei deiner zukünftigen Schwiegermutter und wiederholen das Ganze. Wir gehen ins Kino, gehen fein essen. Was hältst du davon?«

»In Ordnung«, sagte sie zögernd, »aber es ist natürlich niemals das Gleiche.«

»Das glaubst du! Wenn ich als Vamp verkleidet über die Coolsingel spaziere, dann gehe ich ein großes Risiko ein! All die Presbyter! Oh, Ien, weißt du, wovon ich manchmal träume? Dass ich mir die Fingernägel habe lang wachsen lassen und blutrot lackieren würde. Und während der Kirchenrat tagt, dringe ich ins Konsistorialzimmer ein und zerkratze den Presbytern der Reihe nach das Gesicht. Schade, dass ich so kleine Hände und Nägel habe … oh, du solltest das machen, du würdest sehen, deine plumpen Hände wären viel hübscher, wenn du dir die Nägel wachsen lassen würdest.«

»Plumpe Hände?«, fragte sie verdutzt.

»Ja, ein bisschen, aber dafür kannst du nichts. Und deine Nase ist auch zu groß. Die solltest du verkleinern lassen. Komm, wir gehen, inzwischen weht es hier genauso wie auf der Mole. Wetten, dass sich meine Kleine wieder erkältet hat. Wetten, dass ihr morgen wieder dermaßen der Rotz aus der Nase läuft, dass ich sie den ganzen Tag kopfüber halten muss.«

Nachdem sie in Gedanken die Coolsingel nun noch einmal hinuntergegangen war, kam es ihr vor, als hätte sie damit ihren ersten Spaziergang ungeschehen gemacht. Sie hatte ein Geheimnis preisgegeben, das sie, wie ihr erst jetzt bewusst wurde, unbedingt für sich hätte behalten müssen. Alles, was im Verborgenen geschieht, muss, so wurde ihr jetzt klar, auf ewig ein Geheimnis bleiben, von dem nicht einmal Gott etwas erfahren durfte. Dennoch war es schön, mit Maud in der Sonne über die Lijnbaan zu gehen und deutlich zu erkennen, dass das Ideal, das ihr einst vor Augen gestanden hatte und immer noch stand, stark abwich von dem, was Maud mit ihrem tief ausgeschnittenen Kleid und den Nylonstrümpfen anstrebte. Maud wollte offenbar ein Vamp sein und hegte nicht den gleichen Wunsch nach vollkommener Eleganz. Und das, obwohl Maud mit ihrem spindeldürren Körper, ihrem aristokratischen Gesicht und ihrer glatten Haut zweifellos augenblicklich als Mannequin angenommen worden wäre, während sie, sehr viel rundlicher und mit dem unauslöschlichen Stempel ihrer vulgären Herkunft im Gesicht, bereits ohne Make-up etwas von einem Vamp hatte. Ein Vamp mit plumpen Händen, der seine Nase verkleinern und sich die Nägel wachsen lassen musste!

Sie ging die Straße entlang, die Sonne schien, und was fehlte, war die seltsame Spannung, die Angst, erkannt zu werden. Was spielte es schon für eine Rolle, wenn sie erkannt wurde? Sie war sowieso schon stigmatisiert, abgestempelt als »das Schnuckelchen, das ein uneheliches Kind hat« und – Gott sei's geklagt – mit einem Lehrer zusammenwohnte. Tja, nicht auszudenken, dass die eigenen Kinder bei dem in der Klasse sind. Wer aufpassen musste, war Maud, und dadurch schien jede Gefahr für sie selbst gebannt.

Maud sagte: »Sonntagnachmittag hat Teun in der Zuiderkerk gepredigt. Als der Gottesdienst beginnen sollte, habe ich plötzlich gedacht: Mein Gott, muss ich mir jetzt wieder eine halbe Stunde lang die Stimme anhören, die ich schon jeden Morgen beim Frühstück höre und die auf der Kanzel jeden Satz drei- oder viermal wiederholt, nur um diese blöde halbe Stunde herumzubekommen. Also habe ich mich aus der Kirche geschlichen und bin eine Weile in der Gegend herumgegangen. Du kennst dich in der Gegend aus?«

»Ja«, sagte sie heiser.

»Hübsch dort. Ein echtes Arme-Leute-Viertel. Enge Straßen ohne Bürgersteig. Die Hoekerdwarsstraat und die … wie heißt sie gleich wieder … die St. Aagtenstraat und … na, sag schon, o ja, die Sandelijnstraat. Dort sind Burschen rumgelaufen, die auch zu viert die schriftliche Division nicht verstehen, aber garantiert können sie wahnsinnig gut Slowfox tanzen. Und da haben auch so kräftige Mädchen mit unglaublich hohen Frisuren gestanden, turmhoch! Wie kriegen sie das hin?«

»Mit Kaninchendraht.«

»Mit Kaninchendraht? Weißt du das genau?«

»Ja, die Leute halten in ihren Hinterhöfen Kleinvieh, und da bleibt natürlich mal ein Stück Draht übrig, und damit …«

»Mit Kaninchendraht! Irre. Ich wünschte, ich hätte auch so lange blonde Haare, dann könnte ich mir so eine Turmfrisur machen. Und dann würde ich auch so einen Petticoat …«

»Ich denke nicht, dass das echte Petticoats waren. Bestimmt haben sie sich bei De Neef & Co. ein paar Fassreifen geholt und die in ihre Unterröcke genäht.«

»Meinst du? Nun, es sah jedenfalls super aus! Sie sahen wirklich wie schreckliche Schlampen aus! Und da waren auch noch Burschen in schwarzen Lederjacken, mit Mo-

peds, die die ganze Zeit geknattert haben, aber nie wegge-
fahren sind. Ab und zu heben sie ein Vorderrad in die Luft
und geben Gas. Mann, was für ein Viertel! Ein paar der
Mädchen hatten ihre Nägel mit einer Farbe gelackt, die ich
noch nie gesehen habe.«

»Das ist kein Nagellack, dafür haben sie kein Geld, das ist
Mennige.«

»Mennige? Mensch, was du nicht alles weißt.«

»Weil ich dort geboren bin.«

Maud blieb stehen. Vorwurfsvoll sagte sie: »Und das sagst
du mir erst jetzt?«

Sie ging auf ihren Pfennigabsätzen ein Stück weiter, hielt
wieder an und sagte: »Ich habe Lust, mich irgendwo hinzu-
setzen. Wo gibt es hier ein nettes Café mit Terrasse?«

Als sie schließlich ein Café gefunden hatten – sie hatte nie
zuvor auf einer solchen Terrasse gesessen, weil es unter dem
Deich keine Cafés und Restaurants gab –, fragte Maud:
»Warum hast du mir das nicht früher erzählt?«

»Du hast nie danach gefragt.«

»Ach, komm, du hast dich nicht getraut, es zu erzählen.
Schämst du dich, weil du aus einem Arme-Leute-Viertel
stammst?«

»Ich schäme mich, weil ich mich deswegen schäme.«

Maud wiederholte den Satz, dachte eine Weile nach und
sagte dann: »Also eigentlich findest du, dass du dich nicht
schämen müsstest. Aber warum solltest du auch? Ich stelle
es mir ganz wunderbar vor, in einer solchen Gegend aufzuwachsen.«

»Ach, ja? Meinst du? In einem Haus, das so klein ist, dass
du nirgendwo ungestört deine Hausaufgaben machen kannst
und es deshalb nicht schaffst, die Fachoberschule abzu-
schließen? In einem Viertel, wo die Menschen immer nur

über ihre Krankheiten und Wehwehchen sprechen? Glaubst du, es ist schön, inmitten von Menschen aufzuwachsen, die immer nur in höhnischem Ton von Büchern, Gemälden und schönen Kleidern sprechen? Inmitten von Menschen, die bei jedem Mord, der begangen wird, sagen: Der gehört an den höchsten Baum?«

»Das kann nicht schlimmer sein, als die Frau eines orthodox-calvinistischen Pastors zu sein.«

»Das sagst du, die du dir alles erlauben kannst, die Abitur hat, die … die, wenn sie etwas wollte, nie zu hören bekommen hat: Wenn Asche Mehl wäre, würden wir jeden Tag Pfannkuchen essen. Oder: Auch wer Armut kennt, buckelt nicht für 'nen Cent.«

»Das ist doch ein hübscher Reim«, sagte Maud.

Sie schwieg, saß einfach nur da, schaute auf ihre großen plumpen Hände, schaute auf Mauds wunderschöne feine Hände und schluckte einige Mal. Maud sagte tröstend, kichernd:

»Du bist am Ende – was du bist.
Setz dir Perücken auf von Millionen Locken,
setz deinen Fuß auf ellenhohe Socken,
du bleibst doch immer, was du bist.«

Maud schwieg einen Moment, dann sagte sie: »Wie gemein von mir, Goethe im Original auf Deutsch zu zitieren! Als hätte ich dir zeigen wollen, wie gebildet ich bin im Vergleich zu einem armen Schaf aus der Sandelijnstraat. Aber das ist das Einzige, was ich von unserer *Faust*-Lektüre in der Schule behalten habe. Weil es einfach so unglaublich wahr ist. Du kannst nicht vor dir selber fliehen. Als Kind hätte ich genau das so gern gewollt. Mich verkleiden, vermummen, ich habe davon geträumt, Schauspielerin zu werden. Ich träume immer noch davon! Und was ist aus mir geworden? Die Frau eines Pastors! Na ja, es stimmt allerdings, dass man dafür auch eine verdammt gute Schauspielerin sein muss. Gott, Ien, du weinst doch nicht etwa? Gut, du stammst aus einem wunderbaren Arme-Leute-Viertel, und ich habe mit Hängen und Würgen und zweimal Sitzenbleiben das Abitur geschafft, was willst du also?«

»Was man erreicht hat, ist nichts; was man, aus welchen Gründen auch immer, nicht hat erreichen können, das bleibt für immer.«

»Jetzt hör mir mal gut zu, ich bin die Frau eines Pastors. Steht nicht irgendwo in dieser komischen Bibel: Wir wollen nicht auf das schauen, was hinter uns liegt, sondern lieber auf das, was vor uns liegt? Ich habe einen Plan, einen ganz wundervollen Plan. Aber zuerst gehen wir etwas essen, und dann werde ich ihn dir verraten, und danach, um sieben, gehen wir ins Kino und schauen uns *Das Fenster zum Hof* an.«

Während des Essens wurde ihr erneut bewusst, wie groß der Unterschied zwischen jemandem von unter dem Deich und einem wohlerzogenen Mädchen war. Niemals würde sie sich die Selbstverständlichkeit, die Beiläufigkeit zu eigen machen können, mit der Maud für sie beide bestellte. Und ihr wurde auch bewusst, wie unmöglich, wie aussichtslos es war, jemandem wie Maud oder irgendeinem von über dem Deich zu erklären, warum sie in Restaurants niemals diese Leichtigkeit haben würde, diese gewisse Souveränität, mit der Maud bei Kellnern und Obern ihre Bestellungen aufgab. Schon so ein Satz wie: »Wir hätten gerne einen Aperitif« würde sie, das wusste sie genau, nie über die Lippen bringen. Es kam ihr so vor, als würde jemand, der im Restaurant aß, ganz grundsätzlich akzeptieren, dass die Menschheit in Bediente und Diener aufgeteilt war. Auswärts essen implizierte und bestätigte die Ungleichheit. Sie schaute sich in dem sparsam beleuchteten Restaurant um und sah an den Tischen niemanden, der unter dieser Ungleichheit gebückt ging. Sie dachte: »All die Leute, die hier sitzen, rühmen sich bestimmt der Tatsache, dass sie sensibler sind, dass sie einen feineren Geschmack, mehr Kultur haben als die Menschen aus der Sandelijnstraat, aber in Wahrheit sind sie so abgestumpft, dass sie sich ohne Gewissensbisse bedienen lassen.« Sie betrachtete die weiße Serviette, ein Objekt, das in der Sandelijnstraat nur in dem Ausdruck »zu groß für eine Serviette, zu klein für ein Tischtuch« vorkam. Sie war sich bewusst, dass sie Messer und Gabel – Besteck, das in der Sandelijnstraat noch nie jemand bei einer warmen Mahlzeit zur Hand genommen hatte – nie so würde benutzen können, wie Maud es tat, die seit Kindesbeinen daran gewöhnt war. All ihre Bewegungen kamen ihr hölzern und plump vor, ohne die unübersehbare Grazie, die auf der anderen Seite des Tisches so beiläufig an den Tag gelegt wurde. Sie fühlte, die Ober wussten, sahen, erkannten, dass sie ein Mädchen aus dem einfachen Volk war und immer bleiben würde. Sie wandten sich an Maud, fragten Maud, ob es schmeckte, ließen Maud den Wein kosten, brachten Maud die Rechnung. Sie dachte an Goethes Zeilen. Auf der Fachoberschule hatte sie genug Deutsch gelernt, um die Verse mehr oder weniger verstehen zu können.

»Wie könnte man auch glauben, eine Perücke würde etwas ändern.«

»Selbst wenn«, sagte Maud, »du würdest keine brauchen. Du müsstest nur mal zu einem guten Friseur gehen und dir die Haare schneiden lassen. Du würdest dich wundern. Ich glaube übrigens, dass Goethe sich irrt. Man kann sich sehr wohl verändern. Vor allem heutzutage. Du solltest …«

»Ja, ich weiß, meine Nase«, sagte sie unglücklich.

»Du musst dich nicht gleich unters Messer legen«, sagte Maud, »ein bisschen Make-up würde schon Wunder bewirken. Und deine Hände … glaub mir, du solltest deine Nägel wachsen lassen.«

»Lange Nägel fühlen sich so unangenehm an.«

»Daran gewöhnst du dich.«

»Ach, ja. Bestimmt so wie an die Armut.«

»Wenn man sich an Armut gewöhnt, dann gewöhnt man sich garantiert auch an lange Nägel. So, jetzt aber zu meinem Plan, ich sterbe in eurem elenden Kaff. Soll ich wirklich bis zum Ende meines Lebens Alte und Kranke besuchen? Bin ich geboren worden, um einer alten Frau, die im Altersheim in der Rusthuisstraat wohnt und aussieht wie ein Gnom, zum achtzigsten Geburtstag zu gratulieren? Noch zehn von diesen Frauen, und ich bin reif für die Irrenanstalt! Nein, ich muss etwas tun, etwas, das sinnvoll, schön und spannend ist, etwas, wofür ich ab und zu eine Reise unternehmen muss, etwas, das frischen Wind in eure Stadt bringt. Und darum habe ich mir überlegt, hör gut zu, Ien, jetzt kommt es, darum habe ich mir überlegt, dass es vielleicht gar keine so schlechte Idee wäre, wenn wir beide ein Geschäft aufmachen. Mein Vater war überhaupt nicht damit einverstanden, dass ich Teun geheiratet habe. Und er hat einen guten Riecher gehabt! Er hat gesagt: ›Meinetwegen, heirate diesen Flop, aber vereinbare Gütertrennung.‹«

»Flop?«

»Ja, Flottenprediger«, sagte Maud ungeduldig. »Hör zu, mein Vater hatte ordentlich was auf die hohe Kante gelegt und mir alles vererbt, ohne dass Teun darauf Zugriff hat.

Deshalb habe ich jetzt einiges an Kapital. Um damit ein Geschäft zu eröffnen. Und weißt du, was lustig ist: Ich habe Abitur, aber damit eröffnet man, soweit ich weiß, kein Geschäft. Aber du armes Schaf aus der Sandelijnstraat bist gelernter Einzelhändler, ich brauche dich, wir sollten Kompagnons werden.«

Maud trank einen Schluck Wein, ließ ihre zwar noch nicht langen, aber immerhin schon blutroten Nägel eine Runde über den Glasrand drehen und fragte: »Na, was hältst du davon?«

»Was für ein Geschäft?«

»Tja, was für ein Geschäft? Gute Frage. Was meinst du? Was würde uns beiden Freude bereiten, wovon haben wir Ahnung, na ...?«

»Keine Ahnung.«

»Wirklich nicht? Wer ist denn hier schon vor sieben Jahren im Kostüm über die Coolsingel flaniert?«

»Willst du Kostüme verk...?«

»Auch, und andere Kleidung, und noch dies und das, wovon die Leute in eurer bescheuerten Stadt noch nie etwas gehört haben. Lippenstifte, Wimperntusche, Nagellack und dergleichen mehr.«

Sie saß einfach nur da, ihre plötzlich so plumpen Hände im Schoß, das vom Ober nachgefüllte Weinglas noch unangerührt, und Maud sagte: »Wir müssen den Laden nicht durchgehend geöffnet haben. Es reicht, wenn wir uns auf die Nachmittage beschränken. Wir arbeiten abwechselnd, denn schließlich haben wir auch noch Kinder, um die wir uns kümmern müssen.«

»Ja«, sagte sie, »ja.«

»Und wir werden Modenschauen organisieren«, fuhr Maud fort. »Zu blöd, dass es in der Scheißstadt keinen ordentlichen Saal gibt, aber vielleicht können wir die Aula der neuen Immanuelkirche bekommen.«

»Die kriegen wir nie.«

»Bestimmt. Mit Teuns Hilfe ... nein, lach nicht, das muss klappen, ich bin wie geschaffen, um Kleider vorzuführen.«

»Ja, du hast die Figur eines Mannequins.«

»Stimmt, ich bin so mager, wenn man aus mir Suppe kocht, schaut nicht ein einziges Fettauge aus dem Topf. Wenn ich mich auf einen Gulden setze, weiß ich sofort, ob ich auf der Seite der Königin sitze oder nicht.«

»Du bist vollkommen übergeschnappt«, sagte sie.

»Dann habe ich das zumindest schon hinter mir. Vorfreude ist die schönste Freude. Und natürlich werden wir auch reisen, schließlich müssen wir wissen, was in Paris gerade angesagt ist. Und jetzt in *Das Fenster zum Hof*.«

Als Kind hatte sie ab und zu im Gebäude der Heilsarmee Filme von Laurel und Hardy gesehen. Nach der bestandenen Prüfung im Verkehrsunterricht hatte sie im Luxor *Das doppelte Lottchen* gesehen, aber das war auch schon alles. Von Dunkelheit umgeben, saß sie nun im Kino und verstand nicht, wieso ein Film über einen Fotografen, der aus dem Fenster sah, sie in tiefster Seele berührte. Vielleicht weil sie sah, wer sie hätte sein wollen? Eine Frau wie Grace Kelly, die zwar weit weg von der Sandelijnstraat geboren war, die aber alles, was sie anhatte (und wie wunderschön waren ihre Kleider), mit einer Vollkommenheit, Grazie, Sanftheit und Anmut trug, die sie überwältigte und zu Tränen rührte. Es war, als könnte der Film den Fehler wiedergutmachen, dass sie ihren geheimen Coolsingel-Ausflug mit einer Freundin noch einmal gemacht hatte, die nie verstehen würde, wieso dieser Spaziergang ihr so viel bedeutete. Als sie wieder draußen stand, unter dem rasch dunkel werdenden Abendhimmel, brachte sie kein Wort heraus. Maud schien das nicht zu stören. Sie redete munter über ihr zukünftiges Geschäft und ihre Reisen. Später, im Bett, stellte sie fest, dass sie sich von all dem, was Maud auf der Rückfahrt gesagt hatte, nur an einen einzigen Satz erinnern konnte: »Trotzdem schade, dass wir in Rotterdam niemandem begegnet sind, der uns erkannt hat.«

3

Als ihr Sohn größer wurde, schien es, als würde ihre Wohnung auf dem Deich schrumpfen. Jan sprach regelmäßig von Umzug. Er sagte: »Es wird Zeit, dass David ein eigenes Zimmer bekommt.« Sie stimmte ihm zu, sie wusste schließlich, wohin es führte, wenn ein Kind ohne eigenes Zimmer aufwuchs, ja sogar ohne einen Platz, an dem sein eigener kleiner Schreibtisch stand. Gleichzeitig dachte sie voller Hader: »Warum sollte David ein eigenes Zimmer bekommen? Hab ich jemals ein eigenes Zimmer gehabt?« Sie missgönnte ihrem Kind das Zimmer nicht, trotzdem schoss ihr immer wieder durch den Kopf: »Ja, in meinem Fall wäre ein eigenes Zimmer sinnvoll gewesen, aber wozu braucht er eins? So brillant ist er doch gar nicht.« Sie hasste sich wegen dieser Gedanken. Jedes Mal, wenn ihr dergleichen durch den Sinn ging, unterbrach sie, wenn David in der Nähe war, ihre Hausarbeit, um ihm kurz übers Haar zu streicheln oder ihm zuzulächeln. Wenn sie abends, den gähnenden Piet beobachtend, von einem derartigen Gedanken befallen wurde, begab sie sich zu Davids Bett und deckte ihn noch einmal sorgfältig zu. Sie betrachtete das beinahe mädchenhafte Gesicht ihres Sohnes und konnte nicht verstehen, warum sie ihm regelrecht übel nahm, dass er den gleichen sonnigen Charakter hatte wie sein Vater. Es schien fast so, als würde sie sich, je ähnlicher ihr Sohn seinem Vater wurde, zunehmend über die Fröhlichkeit und Gutgelauntheit von Vater und Sohn ärgern. Nie fand sie jemanden, mit dem sie ihre eigenen bitteren Stimmungen teilen konnte.

Dann zogen sie um. Bereits am ersten Abend nach dem Umzug, als sie, todmüde von all dem Geschleppe, im Wohnzimmer in einen Sessel fiel, vermisste sie die Aussicht auf Piet. Es war, wie sich bald zeigte, als bräuchte sie abends diesen Anblick, um sich jeden Tag bewusst zu machen, dass es richtig gewesen war, ihn zu verlassen. Außerdem hatte der Anblick etwas Beruhigendes gehabt. Wenn er dort saß, dösend, gähnend und immer wieder einnickend, dann hatte sie gewusst, dass er noch lebte und gesund war, dass der Laden immer noch lief und sie sich nicht allzu schuldig fühlen musste. Was immer sie ihm angetan hatte, er saß da, gähnte und würde bestimmt gut schlafen.

Je öfter die Tage in ihrer neuen Wohnung an der Hafenmole zu Wochen wurden und die Wochen zu Monaten, umso deutlicher spürte sie, wie sie zunehmend unruhiger wurde. Wie mochte es Piet gehen? Manchmal ging sie rasch am Laden vorbei und schaute hinein. Sie sah ihn fast nie, sie sah nur das Personal, das »wieselflinke« Mädchen und einen alten Mann mit grauen Locken, der die Regale nachfüllte. Wenn sie – was sie einmal die Woche tat – zu Maud in die Johan Evertsenlaan ging, um die Pläne für ihr Geschäft zu besprechen, machte sie einen Umweg durch den Hafen und über den Deich und versuchte von der Deichtreppe aus in Piets Wohnung zu schauen. Sie konnte sehen, dass das Licht eingeschaltet war, und das beruhigte sie einigermaßen. Trotzdem hätte sie ihn schrecklich gern beim grün leuchtenden Auge des Radios sitzen sehen. Wenn sie ihn sonntags inmitten der anderen Diakone in dem merkwürdigen, schlurfenden Watschelgang, den die Mitglieder des Kirchenrates sich voneinander abgeguckt haben, aus dem Konsistorialzimmer kommen sah, hatte sie wieder ein paar Tage Ruhe. Nichtsdestotrotz überkam sie allabendlich das Gefühl, als würde das Fehlen der früheren Aussicht noch durch das Panorama betont, das sie jetzt stattdessen vor sich hatte.

Vom Wohnzimmerfenster fiel der Blick auf die Eisenbahnbrücke, den Hafen und die Maas. Jeden Abend sah sie die beleuchteten Züge vorüberfahren, deren Licht auf der Brücke, wo es keine Oberleitungen gab, kurz schwächer wurde. Es war, als würde das Licht gedimmt, weil die Züge an ihrem Haus vorbeifuhren. Sie sah auch auslaufende und in den Hafen einlaufende Schiffe. Eigentlich sah sie nur rote und grüne Bord- und Topplampen, die sich entfernten oder näher kamen. Auf der Maas wiederum sah sie andere Lichter dahingleiten, und es war, als erinnerten all diese sich bewegenden Lichter der Schiffe und Züge sie noch einmal daran, wie groß die Welt war, so groß, dass ein Leben, nur mit Reisen verbracht, trotzdem nicht ausreichte, um jeden Quadratkilometer der Erdkugel zu besuchen und zu beschnuppern. Sie wusste nicht einmal, ob sie gern gereist wäre, sah aber die Schiffe und Züge vorüberfahren und stellte sich vor, sie würde, so elegant wie nur irgend möglich gekleidet, von Stadt zu Stadt eilen. Die Züge, deren Licht auf der Hafenbrücke schwächer wurde, fuhren so nah an ihrer Wohnung vorüber, dass sie die Passagiere sehen konnte. Vor allem in den Zügen zu den Fähren und im Rheingold-Express, der die Hafenbrücke in Windeseile überquerte, saßen in der zweiten Klasse jedes Mal ein oder zwei schick gekleidete Damen, deren Bild, nachdem der Zug vorbeigefahren war, noch lange auf ihrer Netzhaut haftete. Jedes Mal gab ihr der Anblick das Gefühl, der Zug sei das Leben selbst, das Leben, das an ihr vorüberfuhr und sie achtlos zurückließ, in einer kleinen Hafenstadt ohne höhere Schulen und Museen, ohne Theater, Konzertsaal, Universität. Wenn es dann am Abend aber schneite und sie die Flocken lautlos im Licht der Straßenlaterne vor ihrem Haus herabschweben sah, dann schien ihr all das, wonach sie sich sehnte, ein Hirngespinst zu sein. Dann war sie, auch wenn der Zug zur Fähre vorbeikam, beinahe glücklich. Und wenn, was selten vorkam, das Wasser so hoch stieg, dass auch der Pier überflutet war und sie die wogende Widerspiegelung des Straßenlampenlichts betrachten konnte, dann schienen alle ihre Sehnsüchte gestillt, dann konnte sie es sogar akzeptieren, in der Sandelijnstraat geboren zu sein.

Es schneite jedoch selten. Springflut gab es nur ein-, zweimal im Jahr. An all den anderen Abenden sah sie, wenn sie von ihrem Französischbuch aufschaute, zu ihren Füßen ein Stückchen Welt liegen, das, wenn es regnete und stürmte (und wann regnete und stürmte es eigentlich nicht?) seltsam trostlos war. Sie starrte auf die hohen grellgelben Straßenlaternen am Bahnübergang. Es kam ihr so vor, als würde ein wütender Wind immer und immer wieder die Tränen von den weinenden Lampen wischen. Sie hörte das Knarren des langsam hin- und herschaukelnden Schildes, auf dem stand, dass das Berühren der Oberleitung lebensgefährlich sei. Dann kam es ihr so vor, als könnte der Schmerz, den das schrille Quietschen des schaukelnden Schildes hervorrief, nur gestillt werden durch einen entschlossenen Griff an jene Oberleitung.

Was sie in ihrem Zustand chronischer, nur von Springflut und Schnee besänftigter Unzufriedenheit am meisten ärgerte und gleichzeitig am meisten beschämte, war das selbstverständliche Glück von Vater und Sohn. Die beiden schienen ununterbrochen zu lachen und einander zu necken. Wenn

Jan zu Hause war, pfiff er die ganze Zeit, und ihr Sohn, der zum Pfeifen noch nicht alt genug war, sang ein Lied nach dem anderen. Sie hörte »Alle meine Entchen« und »Hänschen klein« und »Der Kuckuck und der Esel, die hatten einen Streit«, und sie blickte auf die Hafenbrücke, die Straßenlaternen und das graue Wasser.

Als ihr Sohn fünf war, tauchte er zum ersten Mal einen Kescher in den Wassergraben neben dem Fabrikgelände von De Neef & Co. Aufgeregt kam er mit zwei Salamandern heim, die er in einem Marmeladenglas transportierte. Die beiden Salamander wurden in ein Weckglas gesetzt, waren aber am nächsten Morgen daraus verschwunden. Ihr Sohn war untröstlich, sein Vater sagte jedoch: »In dem Graben sind noch viel mehr Salamander, fang dir doch heute Nachmittag einfach ein paar neue.« Er fing neue Salamander, er fing flinke Tierchen, die seiner Mutter unheimlich waren. Von seinem Vater bekam er ein Aquarium, das er mit all dem füllte, was er aus dem Graben bei De Neef & Co. holte. Manchmal sah sie, wenn sie an dem Aquarium vorüberging, wie eines dieser kommaförmigen Scheusale, die Jan als Gelbrandkäfer bestimmt hatte, sich eine Kaulquappe schnappte und gierig aussog. Was für ihren Sohn ein Quell unendlichen Vergnügens darstellte, war für sie der Beweis, dass derselbe gefühllose Gott, der sie in der Sandelijnstraat zur Welt hatte kommen lassen, auch den Wassergraben geschaffen hatte, in dem jedes Tierchen seinen Nachbarn am liebsten zu verschlingen schien. Ein volles Aquarium war am nächsten Morgen beinahe leer, nur die Gelbrandkäfer sah sie noch schwimmen. Und jedes Mal wurde das Aquarium von ihrem Sohn fröhlich neu gefüllt.

Was sie verdutzte, beunruhigte, war, dass ihr Sohn, der seinen Vater immer bereit fand, ihn zum Graben bei De

Neef & Co. zu begleiten, sie jedes Mal anflehte, doch auch mitzukommen.

»Mama, einmal nur! Der Graben is auch ganz in der Nähe von Tante Maud. Du schaust einfach zu, wie ich den Kescher das erste Mal durchs Wasser ziehe, und danach gehst du zu Tante Maud eine Tasse Tee trinken und holst mich hinterher ab.«

Sie ging mit, musste schlucken, als aus dem herausgefischten Hornblatt ein sich windender Blutegel auftauchte, und flüchtete rasch zu Maud. Dort unterhielt sie sich, während sie aus dem Fenster sah und ihr Kind im Auge behielt, mit Maud über ihr Geschäft, obwohl sie im Stillen davon überzeugt war, dass diese Idee ein Luftschloss bleiben würde. Als der Nachmittag sich dem Ende zuneigte, eilte sie zurück zu dem sonnigen Wassergraben, wo ihr Sohn mit dem Netz unermüdlich einen Beutezug nach dem anderen machte.

»Oh, Mama, schau doch nur, ein Wasserskorpion!«

Woher kannte er all diese Namen?

»Und hier, eine Eintagsfliege, und schau mal hier, eine Köcherfliege.«

Sie beugte sich so weit vor, wie der Modergeruch, der aus dem Kescher aufstieg, es zuließ, und versuchte ihrem Kind zuliebe etwas Begeisterung zu heucheln. Zwischendurch ging sie in die Hocke, und wenn sie dann nach einiger Zeit wieder aufstand, hatte sie einen Moment lang das Gefühl, in Ohnmacht fallen zu müssen. Dabei, in diesem nur wenige Sekunden dauernden Augenblick, in dem ihr die Welt wieder bewusst wurde, überkam sie manchmal ein nie da gewesenes Glücksgefühl. Es war, als würde die Welt wirklich für einen Moment existieren, als würde das Sonnenlicht wirklich auf sie hinabscheinen. Alles war spürbar, greifbar, auf eine überwältigende Weise präsent. Ihr war, als könnte sie die schlampig geschichteten Holzstapel auf dem Gelände von De Neef & Co. mühelos ordnen. Es war, als bräuchte sie nur die Hände auszustrecken und die Wolken vom Himmel zu pflücken.

Wegen dieser seltenen Augenblicke folgte sie ihrem Sohn zu dem Graben.

Wenn ihr zukünftiger Mann und ihr Sohn in der Schule waren und sie allein zu Hause saß, dann dachte sie oft an das Gedicht in ihrem Poesiealbum: »Sei zufrieden auf der Welt, sei zufrieden mit dem Leben.« Und sie sehnte sich nach einer schwierigen Aufgabe, nach etwas, für das sie all ihren Verstand und all ihren Mut brauchen würde, nach einer Herausforderung, nach etwas, das sie auf die Probe stellen würde. Dann dachte sie: »Ich bin nun beinahe dreißig Jahre alt, und ich habe noch nie jemanden getroffen, der intelligenter ist als ich.« Weil sie diesen Gedanken nie aussprach, brauchte sie sich dafür auch nicht zu schämen. Jedes Mal, wenn sie dies dachte, wunderte sie sich allerdings darüber, dass dieser eine Spaziergang auf der Coolsingel, den selbst die dümmste Frau hätte unternehmen können, sie so unendlich glücklich gemacht hatte. Sie konnte dieses intensive, alles durchdringende Verlangen nach eleganter Kleidung nicht mit dem Verlangen nach einer schwierigen Aufgabe, die all ihre intellektuellen Fähigkeiten erfordern würde, zusammenbringen. Wenn sie Kartoffeln schälte, dachte sie: »Ich brauche jemanden, der so schlau ist, dass er mir erklären kann, warum ich mich nach zwei so vollkommen unterschiedlichen Dinge sehne.« Sie stellte sich einen schon etwas älteren weisen Mann vor. Oder war es jemand wie der Mathematiker, über den sie kürzlich gelesen hatte, ein gewisser Carl Friedrich Gauß, der schon in der Grundschule so gut hatte rechnen können, dass der Lehrer ihm, um ihn eine Weile zu beschäftigen, aufgetragen hatte, alle Zahlen von 1 bis 100 zu addieren. Darauf hatte der kleine Kerl sofort geantwortet: »5050.« Und dem erstaunten Lehrer dann erklärt, wie er so schnell zu dem Ergebnis gekommen war: »1 plus 99 ergibt 100, 2 plus 98 ergibt 100, und zu diesem Ergebnis kommen wir neunundvierzig Mal, sodass sich das Ganze auf 4900 summiert. Übrig bleiben noch die 100 und die 50, was am Ende 5050 ergibt.« Eine solche Geschichte erfüllte sie mit der größtmöglichen Bewunderung. Sie wusste, dass sie, obwohl sie stets ohne Anstrengung die Klassenbeste gewesen war, so etwas nie gekonnt hätte. Stell dir vor, du begegnest jemandem mit einer derart überlegenen Intelligenz, dass du daneben ganz winzig und unbedeutend erscheinst. Wenn sie das Abendessen bereitete, dachte sie oft an die biblische Geschichte von den Talenten. »Es gibt Menschen mit fünf und Menschen mit zwei Talenten und Menschen mit nur einem einzigen Talent. Einverstanden. Und je mehr Talente man hat, umso stärker ist man dazu verpflichtet, mit seinen Talenten zu wuchern. Einverstanden. Aber wenn du in der Sandelijnstraat geboren bist und nie in Erfahrung hast bringen können, wie viele Talente du nun eigentlich hast, was dann?« Vielleicht musste sie sich damit abfinden, dass sie ihre Talente nicht würde nutzen können, vielleicht war sie ja auch gar nicht so begabt. Aber wie sollte sie das herausfinden, wenn ihr keine schwierigeren Aufgaben gestellt wurden, als das Haus sauber zu halten, die Wäsche zu waschen und warme Mahlzeiten zuzubereiten? Es war nicht so, dass sie diese Arbeiten hasste oder minderwertig fand – man hatte beim Kochen zumindest etwas Zeit für sich und konnte sich allerlei Gedanken machen –, aber sie sehnte sich nach Bergen, die sie nicht mit ihrem Glauben, sondern mit ihrem Verstand würde versetzen können. Darum hatte sie auch keine Lust mehr auf die simplen Bücher von Simenon. Darum hatte sie sich von Teun die *Pensées* von Pascal ausgeliehen und versuchte, das Französisch dieses Mannes zu verstehen, der, so hatte sie der Einleitung entnommen, ein ebensolches Wunderkind wie Gauß gewesen war. Und je besser sie sich in seiner Welt zurechtfand, umso mehr schien es ihr, wenn sie abends von ihrem Buch aufschaute und die Züge vorbeifahren sah, dass sie endlich etwas gefunden hatte, das ihren Mangel an guter Erziehung und einer guten Ausbildung einigermaßen wettmachte. Vor allem ein Satz war ihr Quelle großen Trostes: »Ich sehe die unglaublichen Räume des Weltalls, die mich umschließen, und ich weiß mich gebunden an einen Fleck in dieser Unendlichkeit, ohne dass ich wüsste, warum ich gerade hier und nirgendwo anders hingestellt wurde oder warum für die kurze Zeit, die ich zu leben habe, mir diese Zeitspanne zugewiesen wurde und nicht eine andere in der ganzen Ewigkeit, die mir vorausgegangen ist und die mir noch folgt.«

4

Unterwegs versuchte sie fünf Stunden lang herauszufinden, warum Maud sie eingeladen hatte, mit nach Paris zu fahren. Fünf Stunden lang hörte sie, mit Unterbrechungen, denselben Refrain.

»Bevor wir unseren Laden eröffnen, müssen wir uns in Paris mit eigenen Augen ansehen, was gerade der letzte Schrei ist.«

Sie dachte: »Sollen wir den Leuten, die um die Vliete herum wohnen, etwa Pariser Mode verkaufen?« Es kam ihr absurd vor, doch sie hörte in den fünf Stunden so oft die Namen Dior (»ist vor Kurzem gestorben«), Yves St. Laurent (»wurde sein Nachfolger«), Chanel (»hat im Krieg kollaboriert, ist aber glanzvoll wiedergekommen«), Balmain (»mein Favorit«), Lanvin, Patou, Givenchy (»zu denen kann ich nichts Sinnvolles sagen«), dass sie, als der Zug in den Gare du Nord einfuhr, mit diesen Namen ebenso vertraut war wie mit den Jüngern Jesu. Das unvorstellbar geschäftige Treiben, das im Bahnhof herrschte, verschlug ihr die Sprache. Allerdings sah sie auf dem Weg zur Metro etwas, das ihr, obwohl sie nicht genug Zeit hatte, es genau zu betrachten, einen so gewaltigen Schock versetzte, dass sie, vollkommen perplex, im Gang zur Metro über die Beine einer auf dem Boden sitzenden Frau stolperte. Danach hatte sie das Gefühl, dass sie die Straßenkehrerin auf einem der Bahnsteige

(»Eine Straßenkehrerin? Gibt es hier in Paris Straßenkehrerinnen? Aus welcher Sandelijnstraat stammt die denn?«) nur gesehen hatte zur Vorbereitung auf den noch sehr viel schockierenderen Anblick einer Frau in einem zerrissenen Kleid mit Blümchenmuster und einer früher einmal scharlachroten Jacke, die ausgefranste Löcher an den Ellenbogen hatte, die bestimmt nicht von irgendeiner Mode vorgeschrieben wurden. Während sie sich wieder berappelte, bemerkte sie neben der Frau ein etwa zweijähriges schlafendes Kind, und durch den Gang kam ein zweites, bereits etwas älteres Kind angelaufen. Die beiden waren in derart schäbige Fetzen gehüllt, dass sie dachte: »Da würde sich der Lumpensammler in unserer Straße weigern, das mitzunehmen.« Die Frau, über deren Beine sie gestolpert war, streckte einen Arm aus. »Was will sie?«, schoss es ihr durch den Kopf. »Soll ich vielleicht ihre Hand nehmen und ihr aufhelfen?« Sie streckte ihre Hand aus, die Frau zischte ein paar Worte, die sie, obwohl sie Pascal lesen konnte, absolut nicht verstand. Erst jetzt wurde ihr klar, dass die stark, aber auf keinen Fall nach Chanel No 5 riechende Frau sie mit der ausgestreckten Hand um Geld anbettelte.

Stunden später waren ihr noch so viele andere Frauen und so viele andere in Lumpen gehüllte Kinder auf der Straße begegnet, dass ihr ganzes Weltbild ins Wanken geriet. Sie hatte die Sandelijnstraat immer als die letzte Station vor dem Abgrund betrachtet. Nun zeigte sich, dass sie in einer recht ordentlichen Straße aufgewachsen war. Es kam ihr so vor, als würde ihr der wichtigste Grund genommen, unglücklich und unzufrieden zu sein. Im Vergleich zu den Verworfenen hier war sie nicht länger eine Ausgestoßene, eine Verworfene der Erde, und sie hasste die anderen Verworfenen dafür. Gleichzeitig hasste sie den Groll, den

sie in sich spürte. Mit Erstaunen wurde ihr bewusst, dass sie
den Groll empfand, weil ihr der Grund für ihre Traurigkeit
abhandengekommen war. Doch sie vergaß den Groll wieder, sie war wie betäubt von dem Gehupe und den aus allen
Richtungen auftauchenden Autos. Sie ging wie unter einer
Glasglocke neben der noch immer munteren und zur Konversation fähigen Maud durch die Stadt. Was sie sah, konnte einfach nicht die Wirklichkeit sein. Manchmal berührte
sie einen Papierkorb oder einen Stuhl auf einer der Terras-
sen, nur um zu fühlen, ob sie wirklich existierten. Sie ließ
sich, außerstande, noch irgendwie zu agieren, von Maud
ins Schlepptau nehmen. Ihr einziger Halt waren der stille,
graue, gelegentlich mit helleren Stellen verzierte Himmel
und die seltsame, leicht schwere, aber angenehme Luft, in
der sich kein Hauch regte und deren Wärme sie umschloss
und umschmiegte. Ihr war, als ginge sie durch eine riesen-
große Wasserheizerei. An der Hotelrezeption ließ sie Maud
alles regeln. Sie war nicht darauf vorbereitet, dass ein Mann,
nachdem Maud und sie den Meldeschein ausgefüllt hatten,
ihren Koffer nehmen würde. Sie wollte protestieren, aber
ihr fielen nicht die richtigen französischen Wörter ein. Sie
folgte dem Mann zum Lift und dachte: »Die große Welt!
Einer, der trägt, und einer, für den getragen wird, eine
Zweiteilung, die in diesem Fall vollkommen überflüssig
wäre.« Es erfüllte sie mit einem Gefühl von tiefstem Ab-
scheu, dass jemand für sie die Tür aufhielt, einen Koffer für
sie hinstellte, sich verbeugte. Maud gab dem Mann ein paar
Münzen, und ihr Mund trocknete schlagartig aus. Wie sollte sie das je akzeptieren können, eine Welt, in der Trinkgel-
der gegeben wurden, in der also eine Distanz geschaffen
wurde, eine Welt, in der der Gegensatz zwischen über dem
Deich und unter dem Deich sich in den einfachsten Kon-

takten zwischen den Menschen immer wieder neu manifestierte?

Später, im Musée du Jeu de Paume, dachte sie, ungeachtet ihrer rasenden Kopfschmerzen, beim Anblick der impressionistischen Gemälde: »Auf diesen Bildern sind nur Menschen von über dem Deich zu sehen.« Sie betrachtete die Renoirs, die Monets, die Sisleys und fragte sich: »Hat es damals schon Straßenkehrerinnen in Paris gegeben? Bettlerinnen in der Metro? Warum sind die dann nicht auf den Bildern zu sehen?« Später entdeckte sie das Bild *Mohnblumen* von Monet. »Die Böschung des Nieuwe Weg, die Böschung von unserem Nieuwe Weg«, ging es ihr sofort durch den Sinn. Sie sah ein Gemälde von Pissarro, das keine Menschen, sondern nur Häuser zeigte, und sie stellte sich vor, dass in diesen Häusern in Lumpen gehüllte Näherinnen saßen und die prächtigen weißen oder hellblauen Kleider für die wunderschönen Damen auf den anderen Bildern nähten, die immer nur sehr elegant und mit großen Hüten in Parks und Gärten spazieren gingen.

Im Hotel lag sie, gleich nach dem Abendessen, bei dem Maud sie beschworen hatte, Palmherzen zu bestellen, mit brummendem, dröhnendem Schädel im Bett. Maud gab ihr eine Aspirin, die sie widerstandslos schluckte. Danach nickte sie ein, war sich aber ständig bewusst, dass Maud im Bett neben ihr beim Licht der Nachttischlampe las. Sie wachte auf, und Maud sagte: »Ja, ja, ganz schön anstrengend, wenn man es nicht gewohnt ist zu reisen.«

Sie nickte nur.

Maud sagte: »Trotzdem würde ich, nur um ins Musée du Jeu de Paume zu gehen, schon nach Paris fahren. All die wunderbaren Gemälde! Ich wünschte, ich hätte im vorigen Jahrhundert gelebt. Stell dir bloß mal vor, du hättest mit so einem langen weißen Kleid und so einem riesigen Hut auf dem Kopf über die Pariser Boulevards flanieren können. Ich bin hundert Jahre zu spät geboren.«

»Ich nicht«, sagte sie, »ich zum Glück nicht. Wenn ich vor hundert Jahren geboren worden wäre, würde ich jetzt noch in der Sandelijnstraat wohnen, oder vielleicht sogar im Baanslop oder im Schaapslop, und mein Mann wäre möglicherweise bereits an Tbc gestorben, und ich müsste zusehen, dass ich mit Waschen, Bügeln und Nähen ein paar Cent verdiene, um meine zehn Kinder, von denen vier auch schon Tbc haben, am Leben zu halten.«

»Oh, hab ich dir wieder auf deine langen Sandelijnstraat-Zehen getreten?«

»Nein, nein, aber sei mal realistisch: Was zeigen diese ganzen Gemälde? Reiche, gesunde Menschen.«

»Ach ja, und was ist mit Toulouse-Lautrec? Der hat Huren gemalt.«

»Die waren auch besser dran als all die Frauen … all die Frauen … hast du auch diese Frau in der Metro gesehen?«

»Ja«, erwiderte Maud emotionslos, »die kam bestimmt aus Marokko oder Tunesien.«

Sie wollte etwas erwidern, schlummerte aber erneut ein, obwohl das Licht eingeschaltet blieb. Die ganze Nacht kam es ihr zwischen den fremd riechenden Laken so vor, als sei sie wach, und als sie tatsächlich wach wurde, meinte sie zu träumen. Es schien, als wäre sie wieder Kind, als läge sie krank in der guten Stube in der Sandelijnstraat, als kehrten die Fieberträume von damals in ihrem ursprünglichen Glanz zurück. Vor ihrem Fenster erschien Huibje Koppenol. Dann träumte sie, sie sei tot. Auf dem Weg in den Himmel saß sie im Prahm der Brüder van Baalen. Sie sah den vorüberziehenden blauen Himmel, sie hörte das friedliche Plätschern des Wassers.

Am Tag darauf, nach zehn, verlor sie erneut das Gefühl für die Realität. Wieder ging sie wie unter einer Glasglocke durch die lärmende, tosende Stadt.

»Komm, lass uns *lunchen*«, sagte Maud, und sie dachte: »Was meint sie? *Lunchen?*« Allein das Wort entfremdete sie von Maud, die eigentlich in dieser Hölle ihr einziger Halt hätte sein sollen. Sie dachte: »Warum sagst du nicht einfach ›Mittagessen‹ oder ›Mittagspause‹.« Verzweifelt sehnte sie sich nach der Fabrikpfeife von De Neef & Co. Sie saß in einem großen Restaurant, inmitten von Hunderten von Leuten, und während sie all die gut gekleideten und gut genährten Menschen betrachtete, dachte sie: »Wie feinfühlig die Pariser doch sind! So feinfühlig, dass sie es ganz normal finden, bedient zu werden.«

Dann ging sie auf einmal (nach einer warmen Mahlzeit, und wie sehr erinnerte sie das an die Jahre, als sie noch jeden Mittag warm gegessen hatte) durch ruhigere Straßen. Maud führte sie zu Geschäften, in denen die Kreationen verkauft wurden, deren Namen sie im Zug auswendig gelernt hatte.

Maud sagte: »Wir müssen uns etwas kaufen, nicht nur, weil es schön ist, sondern damit wir später, wenn wir unser Geschäft eröffnen, etwas zum Anziehen haben.«

»Etwas kaufen?«, fragte sie. »Hier? Hast du die Preise ge…«

»Ja, du hast natürlich recht. Unbezahlbar! Aber ich kenne einen kleinen Laden in der Rue Christine, wo Kleider verkauft werden, die von den Mannequins bei Modenschauen schon getragen wurden und deshalb billiger sind. Außerdem leben hier Hunderte, wenn nicht Tausende von Diplomatenfrauen, die es sich nicht erlauben können, bei all den

Empfängen, zu denen sie müssen, ein Kleid öfter als einmal zu tragen. All diese Sachen landen in der Rue Christine. Und da gehen wir jetzt hin!«

Fröstelnd wartete sie, bis Maud die Straße in dem kleinen roten Stadtplan gefunden hatte. Sie ging weiter durch die Gassen, ängstlich, nervös, hastig, sie sah nur eine Flötistin, die etwas Ätherisches spielte und ab und zu, zwischen zwei Noten, die Francs aus einer Herrenmütze nahm. Sie sah einen hilflosen alten Mann in einem fadenscheinigen Anzug aus Kammgarn. Auch dieser Mann streckte ihr die Hand entgegen, und sie legte alle Münzen hinein, die sie bei sich hatte. Sie hörte ihn erstaunt murmeln, dann spuckte er aus, und sie sah, wie er misstrauisch eine Münze nach der anderen in den Mund steckte und darauf biss.

In der Rue Christine zeigte sich, dass sie, auch wenn sie Pascal las, kein Wort Französisch herausbringen konnte. Maud redete, Maud übersetzte, Maud probierte eine Kombination von Pierre Balmain an, die aus einem ärmellosen Kleid mit einem Rollkragen bestand; der untere Teil war schwarz, das Oberteil hatte schwarze und weiße Querstreifen. Dazu gab es eine schwarzer Jacke mit großen schwarzen Knöpfen und einem Kragen, in dem das Schwarz-Weiß-Muster wiederholt wurde.

»Wie findest du das?«, fragte Maud.

»Wunderschön«, sagte sie.

Sie selbst probierte ein zweiteiliges Kostüm von Chanel an, dessen Jacke keinen Kragen hatte. Der Rock war lang und gerade geschnitten, und sie sah im Spiegel, dass das Kostüm ihren etwas plumpen Körper größer und straffer erscheinen ließ, eine Wirkung, die sich so richtig zeigte, als sie gebrauchte, aber neu aussehende Pumps mit hohen Absätzen dazu anzog. Ihr Spiegelbild seufzte. Sie dachte: »Siehst du, es stimmt doch. Gib mir elegante Kleider und Schuhe, und schon zeigt sich, dass ich nicht von der Straße stamme. Nicht aus der Sandelijnstraat.«

Als sie wieder draußen war und sie sich schuldig fühlte, weil Maud alles bezahlt hatte (»natürlich bezahle ich, das ist die erste Investition in unser Geschäft, aber wenn du willst, dann gibst du mir das Geld, sobald der Laden richtig läuft, wieder«), da schien es ihr, als könnte sie jetzt, da sie so gut gekleidet war, ungerührt an den Straßenkehrerinnen und Bettlerinnen vorübergehen, als könnte sie zum ersten Mal in einem Restaurant essen, ohne sich zu schämen. In den Schaufensterscheiben sah sie sich vorübergehen.

Maud sagte: »Jetzt kommen wir der Sache langsam näher.«

»Ja.« Sie betrachtete das Balmain-Kostüm, in dem Maud zerbrechlich wirkte. »Du sprichst so gut Französisch«, sagte sie.

»Ja«, sagte Maud, »reine Übungssache, ich bin schon so oft in Paris gewesen. Mein Vater hat Paris über alles geliebt. Als ich fünfzehn war, hat er mich das erste Mal mitgenommen.«

»Kannst du mir erklären«, sagte sie, »warum ich kein Wort Französisch herauskriege, obwohl ich die Sprache doch ziemlich gut lesen kann?«

»Passive Sprachbeherrschung heißt noch lange nicht, dass man eine Sprache auch tatsächlich sprechen kann. Und außerdem ... weißt du, was das Geheimnis der aktiven Beherrschung einer Sprache ist?«

»Nein.«

»Du musst ein Schauspieler, eine Schauspielerin sein. Du musst dir vorstellen, du wärest eine Französin. Du musst wirklich ein anderer Mensch werden.«

»Das kann ich nicht.«

»Das kannst du wohl. Du bist längst ein anderer Mensch. Du musst jetzt nur noch die Sprache dieser anderen, die du schon bist, sprechen. Du solltest mal sehen, wie Menschen, die zweisprachig aufgewachsen sind, sich komplett verändern, wenn sie von der einen in die andere Sprache wechseln. Alles verändert sich, ihre Gesten, ihre Mimik, ihre Stimme. In der einen Sprache sind sie Draufgänger, in der anderen Presbyter.«

»Ich fürchte, ich werde in keiner Sprache jemals eine Draufgängerin sein.«

»Nein, aber auf Niederländisch bist du ein Landei, auf Französisch könntest du, wenn du noch ein wenig an deinem Äußeren feilst, eine Gräfin werden.«

Sie wollte Pascal zitieren (»Niemand spricht von einem ›Provinzler‹ außer einem ›Provinzler‹«), sagte aber: »Was muss ich denn machen?«

»Andere Frisur. Ohrringe vielleicht. Die Nase kleiner schminken.«

»Kennst du dafür zufällig auch eine billige Adresse?«, fragte sie leichthin und dachte dabei erneut an Pascal: »Wäre die Nase der Kleopatra kürzer gewesen, hätte das Antlitz der Erde ein anderes Aussehen bekommen.«

»Ich kenne eine Adresse, wo man sich die Haare gratis von Friseurinnen schneiden lassen kann, die noch in der Lehre sind«, sagte Maud.

Wieder ging sie durch die Gassen, wo Bettlerinnen saßen oder lagen. Sie sagte: »Merkwürdig, dass man sich die Haare frisieren lassen muss, um eine andere Sprache sprechen zu können.«

Am Ende des Nachmittags war sie eine Französin geworden, die vor Erschöpfung kein Wort mehr über die Lippen brachte. Sie lag auf dem Bett und dachte: »Was für ein wunderlicher Französischkurs. Was für merkwürdige Lehrerinnen: eine Friseurin und eine Kosmetikerin.« Sie fiel wieder in Schlaf, träumte von breiten Flüssen, die gemächlich an hohen Pappeln vorüberflossen. Zwei Stunden später saß sie gegenüber von Maud in einem ruhigen vietnamesischen Restaurant und betrachtete die Servietten, die wie weiße Bischofsmützen auf den Tischen standen. Sie dachte: »Warum hat Maud mich mit nach Paris genommen?«

Sie sah, dass Maud zu viel trank und dass die Farbe ihrer Wangen allmählich den Ton der von der Kosmetikerin perfekt lackierten Nägel annahm. Sie hörte Maud sagen: »Ich habe Lust, einmal fürchterlich über die Stränge zu schlagen.«

»Wie denn?«, fragte sie ironisch und zugleich misstrauisch.

»Ach, Ien, ich würde … ich will …«

Sie sah, wie Maud in ihr leeres Glas starrte, es um neunzig Grad drehte und wieder hineinstarrte. Sie spürte, wie sich die Luft unter ihrem Tisch bewegte, weil Maud mit einer entschiedenen Bewegung ihre Knie so weit spreizte, wie es der Rock von Balmain zuließ.

»Einmal, Ien, ein einziges Mal.«

»Was denn«, fragte sie.

»Ich wünschte, ich hätte eine Zigarette«, sagte Maud.

»Rauchst du?«, fragte sie erstaunt.

»Selten, sehr selten«, erwiderte Maud, »ich stelle es mir so herrlich vor, eine lange Zigarettenspitze zwischen den langen lackierten Nägeln zu halten. Du nicht?«

»Äh, nein«, sagte sie misstrauisch und dachte: »Will sie etwa lediglich mit einer Zigarettenspitze über die Stränge schlagen?«

Ein sprödes, dunkelhäutiges vietnamesisches Mädchen
brachte das Dessert – zwei weiße Eiskugeln und ein paar
Früchte, die aussahen wie geronnener Kleister – und stellte
die zwei Schälchen unsanft auf den Tisch. Das munterte sie
ein wenig auf. Einmal eine Frau, ein Mädchen, das zeigte,
wie sehr es die Rolle der Kellnerin verabscheute.

»Ich wäre so gern Schauspielerin geworden«, sagte Maud,
»ich hätte so gern zum Beispiel die Lulu gespielt, auch wenn
ich nicht die Figur dafür habe.«

»Lulu?«, fragte sie.

»Ja, kennst du Lulu nicht? Aber die muss man doch kennen.«

»Und woher sollte ich die kennen?«

»Du hast doch bestimmt mal, wenn dir langweilig gewesen ist oder du nichts zu lesen hattest, in einem Lexikon
rumgeschmökert. Ich habe oft irgendeinen Band der Enzy-
klopädie meines Vaters aus dem Regal genommen und darin geblättert. Dabei habe ich sehr viel gelernt.«

»Bei uns zu Haus gab es nur ein einziges Buch.«

»Nur ein einziges Buch?«

»Ja, die Bibel, die lag auf dem Kaminsims.«

»O ja, natürlich«, sagte Maud, »ja, nur ein einziges Buch,
du armes Schaf, aber du konntest … du durftest … niemand hätte etwas dagegen gehabt oder komisch geguckt,
wenn du mit einer Kaninchendrahtfrisur durch die Sandelijnstraat stolziert wärst. Du hättest eine Dirne, ein Straßen-
mädchen sein können. Und ich? Meine Mutter hat nur ein
einziges Wort gekannt: anständig. Und heute? Heute kann
ich immer noch keinen Millimeter nach links oder rechts
abweichen. Wenn ich eine Hose trage, schauen mich dreitausend Gemeindemitglieder an, als müsste ich vor den San-
hedrin geschleppt werden. Wegen einer Hose, einer ganz

normalen Hose! Nichts darf ich machen! Ich habe weniger Bewegungsfreiheit als Daniel in der Löwengrube. Und das, obwohl ich Schütze bin, obwohl in mir zehn, hundert Menschen stecken, die alle, jeder Einzelne, ab und zu mal raus wollen. In mir steckt eine Geliebte, eine Hexe, eine Marketenderin, ein Filmstar, ein Mannequin, eine … ach, Ien, bestimmt auch für ein einziges Mal nur: eine Hure. Am Ende des Monats gehen anständige französische Frauen, die ein paar Tage überbrücken müssen, bis sie wieder Haushaltsgeld bekommen, in der Nähe der Champs-Élysées in ihren schönsten Kleidern auf die Straße, um sich zu verkaufen. Ein einziges Mal nur, Ien, ich auch, nur ein einziges Mal, heute ist ja schon der 25.«

»Aber du bist doch nicht etwa pleite?«, fragte sie, um Zeit zu gewinnen und um die Verzauberung durch die schmeichlerische, alkoholisierte Stimme von sich abzuschütteln.

»Nein, natürlich nicht, ich möchte nur ein einziges Mal … ist das so verrückt? Einmal nur, aber ich traue mich nicht allein, ich dachte, du könntest vielleicht … weil du doch … du kommst doch aus so einem Viertel.«

Dann saß sie da und spürte nicht einmal, wie sich ihre Hände um ihre Kniescheiben schraubten. Sie dachte: »Das ist also der Grund, weshalb sie mich mitgenommen hat. Von wegen Geschäft, von wegen Mode, von wegen Chanel, von wegen Balmain. Deshalb musste ich zunächst ein Kostüm anziehen und mich anschließend zum Friseur und zur Kosmetikerin schleppen lassen.« Plötzlich spürte sie den Schmerz in ihren Knien, sie legte die Hände auf den Tisch und sagte nur: »Nein.«

»Na, komm schon, Ien, ein einziges Mal.«

»Nein«, sagte sie und dachte: »Sie hat noch nie so oft meinen Namen ausgesprochen wie in den letzten zehn

Minuten. Da kann man mal sehen, dass man wie ein Schieß-
hund aufpassen muss, wenn die Menschen einen beim
Namen ansprechen.«

»Aber wir stellen uns doch nur dort hin«, sagte Maud,
»natürlich gehen wir nicht mit einem der Männer mit. Wohin sollten wir mit denen auch gehen? Wir stehen nur da,
als wären wir Huren, und wenn uns jemand anspricht, krei-
schen wir auf Niederländisch: ›Nein, du Drecksack, nicht
mit dir!‹ Oder wir nennen einen absurd hohen Betrag,
sodass der Kerl vor Schreck tot hintenüberfällt. Es geht
doch nur darum, einmal zu erleben, wie es sich anfühlt, als
Hure betrachtet zu werden. Einmal nur. Es reicht, wenn die
Leute denken, wir würden anschaffen, aber wir schaffen
nicht an, wirklich nicht.«

»Nein«, sagte sie und dachte: »Maud hat mich nur mitgenommen, weil ich aus einem Arme-Leute-Viertel stamme,
aus einem Stadtteil, von dem sie glaubt, die Leute seien dort
so arm, dass sich die Frauen notgedrungen verkaufen müssen.« Es kam ihr so vor, als wäre sie in den zurückliegenden
Jahren auf einer langen Flucht gewesen, weg aus der Sandelijnstraat, und als wäre diese Flucht, für die sie vor langer
Zeit auf der Coolsingel endlich die richtige Form gefunden
hatte und die just an diesem Tag dank des Kostüms von
Chanel, der neuen Frisur und des Besuchs bei der Kosmetikerin vollendet zu sein schien, vollkommen vergeblich gewesen. Sie war nach Paris gereist, um zu entdecken, dass sie
immer noch in der Sandelijnstraat lebte!

Maud trank und sagte: »Paulus sagt doch, man solle alles
ausprobieren.«

Sie antwortete nicht.

»Zahlen!«, rief Maud

Nebeneinander gingen sie kurze Zeit später durch die

warme, schwüle Abenddämmerung. Wieder kam es ihr so vor, als spazierte sie durch eine Wasserheizerei.

Maud sagte: »Dann geh ich eben allein.«

Sie reagierte nicht und ging, obwohl ihre Füße plötzlich heftig schmerzten, einfach weiter. Maud sagte: »Dann gehe ich eben allein, und wenn mich ein Mann anspricht, dann gehe ich mit.«

»Erpressung«, dachte sie, »nicht drauf eingehen.«

Sie bückte sich, zog die hochhackigen Schuhe aus und nahm aus der Tasche die, in denen sie heute Morgen das Hotel verlassen hatte. Einen Moment lang überlegte sie, die neuen Pumps wegzuwerfen, konnte sich aber nicht dazu entschließen. Sie steckte die Pumps in die Handtasche, machte ein paar Schritte und fühlte, wie wohltuend es für ihre Füße war, in flachen Schuhen zu gehen. Sie machte noch ein paar Schritte und hörte dann hinter sich das Geräusch sich entfernender Pfennigabsätze. Sie wollte noch hinter Maud herlaufen, beherrschte sich aber. Dann dachte sie: »Ich weiß nicht, wo ich bin, Maud hat den Stadtplan, wie soll ich unser Hotel jemals wiederfinden?« Auf gut Glück marschierte sie los, dachte aber nach ein paar Straßen: »So wird das nie was.« Sie blieb stehen, betrachtete sich in einer Schaufensterscheibe und hörte dann die fragende Stimme eines Mannes: »Chérie?«

»Jetzt bin ich noch nicht einmal in der Nähe der Champs-Élysées und werde angesprochen«, dachte sie, während sie zugleich erstaunt darüber war, dass sie, ungeachtet des Schreckens, der in sie gefahren war, auch so etwas wie Stolz spürte. Entschlossen steuerte sie auf ein Metro-Schild zu. Ihre Füße belohnten sie bei jedem Schritt mit nie zuvor gefühlten Schmerzen. »Die passende Buße«, dachte sie, »und da ich den Namen des Hotels weiß, wäre es jetzt die ein-

fachste, wenn auch teure Lösung, ein Taxi zu nehmen.«
Dann murmelte sie vor sich hin: »Alle Städte sind gleich.
Sie bestehen immer aus zwei Teilen, über dem Deich und
unter dem Deich, südlich vom Fluss und nördlich vom
Fluss. Vielleicht gibt es hier auch ein Nord- und ein Süd-
ufer?« Sie merkte, dass sie inzwischen laut mit sich selbst
sprach, und stellte fest, dass dies die Passanten ziemlich befremdete. Man ging ihr aus dem Weg. »Das ist der Trick,
mit dem man verhindert, von Männern angesprochen zu
werden«, sagte sie laut auf Niederländisch. »Jetzt brauche
ich nur noch eine Strategie, wie ich wieder nach Hause
komme.« Sie spürte, wie diese Aufgabe (»eine recht einfache
Aufgabe, aber auch ein bisschen schwierig«) ihre Stimmung
verbesserte. »Wo bin ich?«, fragte sie sich. »Nördlich oder
südlich der Seine?« »Südlich.« »Und wo befindet sich unser
Hotel?« »Auf dem Nordufer.« »Gut, also erst einmal die
Seine suchen.«

»Wo ist die Seine?«, fragte sie an einer Fußgängerampel
ein Mädchen, wobei sie dachte: »Einen solchen Satz findet
man nicht bei Pascal.«

Das Mädchen deutete auf eine Ampel in der Ferne.

Sie machte sich auf den Weg und spürte, wie das Mädchen ihr hinterhersah. »Woher wissen wir, dass jemand
unseren Rücken betrachtet, obwohl wir es nicht sehen?«

Sie roch die Seine, ehe sie den Fluss sah. Sie ging am Ufer
entlang und dachte: »Die Seine ist nicht halb so breit wie
die Maas und riecht nicht halb so gut.« Sie vermisste den
Wind, sie vermisste den salzigen Duft, sie vermisste die
Vögel, sie vermisste die Fähre, sie vermisste das tuckernde
Boot von Dirkzwager, sie vermisste den weit gespannten
Himmel über dem Wasser.

»Was sind die Pariser für Pechvögel«, ging es ihr durch

den Sinn, »dass sie an einem derart erbärmlichen Fluss und in einer derart abscheulichen Stadt leben müssen.«

»Und jetzt wieder überlegen«, sagte sie laut, weil sie bemerkte, dass sich ein Mann nach ihr umschaute. »Unser Hotel befindet sich also auf der Nordseite. Gut. Westlich oder östlich von meinem jetzigen Standpunkt? Das weiß ich nicht. Jedenfalls hat es keinen Sinn, einfach auf gut Glück loszugehen. Aber halt, da drüben war ich schon mal. Dort liegt das Jeu de Paume. Da sind wir am ersten Nachmittag von unserem Hotel aus hingegangen.«

Bei dem Museum angekommen, erinnerte sie sich daran, dass sie aus der Rue de Rivoli gekommen waren. Sie bog in die Straße, und ihr fiel ein, dass sie auf dem Weg zur Rue de Rivoli das Palais Royal passiert hatten. Sie betrat den Innenhof des Palais Royal und blickte dort, in dieser stillen, schattenreichen Welt, hinauf zu dem viereckigen Stück Blau, das vom Dach des Palastes aus dem Himmel geschnitten wurde. »Es kommt mir beinahe so vor, als stünde ich auf dem Damplein«, dachte sie erstaunt. Sie ging an den Laternen entlang. Als sie die Nordseite des Palais erreichte, wusste sie nicht mehr weiter. »Ich schlage von hier aus einen weiten Bogen. Dann sehe ich ja, ob mir irgendwas bekannt vorkommt.« Sie ging los, ihre Füße, von bekannten Sohlen massiert, taten inzwischen viel weniger weh, und sie vernahm in all den kleinen Straßen, die in die Rue des Petits Champs mündeten, dünne, flüchtige Stimmen. Sie sah die Lichter, und es kam ihr so vor, als wäre sie wieder ein Kind und befände sich in der Nieuwstraat. Sie dachte: »Bald hab ich Geburtstag, bald hab ich Geburtstag. Muss ich extra nach Paris reisen, um mich daran zu erinnern, wie ich als Kind überglücklich durch die Nieuwstraat gegangen bin?« Sie war so entzückt über die Entdeckung uralter, unerwarteter Glücksgefühle, dass sie, übermütig geworden, in eine der hell erleuchteten Straßen einbog. Sie ging immer weiter. Jede Straße endete am Beginn einer neuen Straße. Sie dachte: »Die Sandelijnstraat, wie oft mag es die in Paris geben? Hundertmal? Tausendmal? Irgendeine muss doch zu finden sein.« Sie fand die Rue St. Denis, folgte dieser bis zur Porte St. Denis und sah die vielen Mädchen dort stehen, Mädchen, die meist nichts Flittchenhaftes hatten, die sie aber dennoch mit einem merkwürdigen, unbestimmten, unklaren Gefühl von Scham erfüllten, das gerade noch so kein Entsetzen, keine Bestürzung war. Auf dem Boulevard Bonne Nouvelle erkannte sie das Restaurant wieder, in dem ihr die Palmherzen aufgeschwatzt worden waren, und erst in diesem Moment dachte sie: »Mein Gott, wie mag es Maud wohl gehen?« Von den Palmherzen aus war es nicht schwierig, zum Hotel zurückzufinden. Sie bat um den Schlüssel, ging in ihr Zimmer, öffnete die Tür, ging hinein, zog ihr Chanel-Kostüm aus, kroch zwischen die fremd riechenden Laken und flüchtete sich in den Schlaf. Sie träumte – und es war ein Traum, den sie nie wieder vergessen sollte und der an Klarheit, Kraft und Intensität alle anderen Träume in ihrem Leben mühelos übertraf –, dass sie die Breede Trappen hinabging. Sie ging die Veerstraat entlang, vorbei an dem Prahm von van Baalen, aus dem Kinderstimmen erklangen, und weiter zum Markt. Dort war es bereits Abend geworden, und die Lampen brannten. Mit beiden Daumen und beiden Zeigefingern brachte sie ihren Kreisel in Schwung. Sie schlug mit der Peitsche. Der Kreisel rotierte geräuschlos, verharrte an einer Stelle. Sie musste ihm nur hin und wieder einen leichten Schlag verpassen. Dann hörte sie, Stunden später, hinter sich eine Stimme: »Kind, es ist schon spät. Musst du nicht mal langsam nach Hause?« »Wenn mein

Kreisel umfällt«, erwiderte sie, »vorher nicht.« »Aber dein Vater und deine Mutter machen sich bestimmt Sorgen«, sagte der Polizist. »Macht nichts«, entgegnete sie, »die wissen, dass ich hier immer mit meinem Kreisel spiele.« Sie dachte: »Wie schade, dass ich keine Nagellackstreifen auf meinen Kreisel gemalt habe. Was für einen wunderschönen Kreis das Rot ergeben hätte.« Es wurde später und später, sie hörte die Glocke der Grote Kerk zwölf Uhr schlagen. Den Mund mit lauter Nadeln gespickt, näherte sich ihre Mutter. Mit ihrer Peitsche schlug sie ihr sämtliche Nadeln aus dem Mund. Ihre Mutter verschwand. Sie hörte Schritte, sie hörte, wie eine Tür sich öffnete, sie erwachte und dachte: »Ist das wirklich einmal passiert? Habe ich irgendwann mal so lange mit dem Kreisel auf dem Markt gespielt?« Sie schlief wieder ein, der Kreisel drehte sich immer noch, sie sagte: »Hey, Mann, stör mich jetzt nicht, ich kann meinen Kreisel vielleicht ewig drehen lassen.«

»Darf ich kurz zu dir ins Bett kommen?«, fragte Maud, »mir ist so kalt, ich habe ein Gefühl, als würde mir nie wieder warm werden.«

»Meinetwegen«, sagte sie, »aber achte auf meinen Kreisel.«

Als Maud zu ihr ins Bett kroch, träumte sie plötzlich, es sei Sommer. Sie war im Schwimmbad und hielt für Maud die Kabinentür auf. Sie sagte: »Komm nur zu mir in die Kabine.«

Maud kam zu ihr in die Kabine. Da erwachte sie und sagte: »Du?«

»Du hast gesagt, ich darf.«

Sie rückte zur Seite, und Maud sagte: »Wie herrlich warm du bist.«

»Warst du dort?«

»Ja.«

»Und?«

»Zweimal bin ich angesprochen worden.«

»Mitgegangen?«

»Sie haben nur nach dem Preis gefragt.«

»Wirklich?«

»Ja.«

»Zum Glück.«

»Mir ist eiskalt.«

»Das merke ich.«

»Mir ist, als wäre mein Blut gefroren.«

»Ja.«

»Als ich fünfzehn war, bin ich das erste Mal in Paris gewesen. Mit meinem Vater. Er hat gesagt: ›Maud, heute Abend habe ich eine Besprechung im Verteidigungsministerium, bleib du in deinem Zimmer.‹ Mir kam das merkwürdig vor, und ich dachte: ›In einem Ministerium wird doch abends nicht gearbeitet?‹ Er ging los, und ich bin ihm gefolgt. Mit großen Schritten ist er vor mir her marschiert. Immer wieder musste ich ein Stück traben, um ihn nicht zu verlieren. Er ist zu einer der Straßen an der Champs-Élysées gegangen und hat dort eine wildfremde Frau angesprochen. Ich bin zurückgerannt, habe mich auf mein Bett geworfen und geheult, bis ich keine Tränen mehr hatte. Ich habe meinen Vater unendlich geliebt, ich dachte: ›Mein Vater? Macht mein Vater so was?‹ Und deshalb hat für mich all die Jahre festgestanden: Wenn ich dort anschaffe und mit einem Mann mitgehe, dann sind wir quitt. Dann kann ich ihn wieder so lieben wie früher. Aber alleine habe ich mich nicht getraut, verstehst du, ich habe mich wirklich nicht getraut, mich alleine da hinzustellen. Deshalb wollte ich dich ...

Mir ist so durch und durch kalt geworden, ich wünschte,

ich hätte meinen Pelzmantel mitgenommen und hätte den anziehen können. Mir ist, als wäre mein Blut gefroren. Du bist so herrlich warm.«

Sie dachte: »Maud hat dort auf der Straße auf ihren Vater gewartet. Warum sagt sie das nicht?«

Erst am nächsten Morgen beim Frühstück wagte sie zu fragen, was sie bereits wusste.

»Dein Vater ist schon tot?«

»Ja«, sagte Maud, »ein Autounfall. Er hat mich irgendwo hingebracht. Ich hätte problemlos den Bus nehmen können, aber er hat darauf bestanden, mich zu fahren. Ich wurde aus dem Auto geschleudert und blieb unverletzt. Er war auf der Stelle tot. Die Lenksäule hat sich in seine Brust gebohrt. Überall war Blut. Es ist unvorstellbar, dass ein Mensch so viel Blut verlieren kann.«

5

Sie war vier Tage weg gewesen. Es kam ihr vor wie vier Jahre.
Sie hatte bei Pascal gelesen: »Ein Mann muss nur fünf angenehme Tage andernorts verbringen, und er ist todunglücklich, wenn er zu seinen früheren Tätigkeiten zurückkehren
muss.« Sie stellte fest, dass es bei ihr genau umgekehrt war.
Nie zuvor war sie in ihrem Leben der Zufriedenheit, die ihr
einmal empfohlen worden war, näher gewesen als in den
ersten Wochen nach ihrer Rückkehr. Sie ging am Hafen spazieren und sog voller Wohlbehagen den Geruch von geteer-
ten Ankerketten und der Fracht von Binnenschiffen ein. Jeden freien Augenblick nutzte sie für einen Spaziergang raus
auf die Mole. Sie stand am Ufer der Maas und labte sich am
Funkeln des Sonnenlichts auf den sanften Wogen. Am
Schwimmbad nahm sie einen schmalen Pfad, der am Basalthang entlang nach Osten führte. Sie widerstand der Ver-
suchung, am Wasser niederzuknien und daran zu riechen,
an dem Wasser, dessen Wellenschlag die Geschichte ihres
Lebens beherrschte. Mit ihren hochhackigen Schuhen und
dem unvermeidlichen Chanel-Kostüm war sie eine Sehenswürdigkeit für die winkenden Besatzungen der Küstenschif-
fe. Sie winkte zurück und dachte: »Ich sollte etwas anderes
anziehen.« Doch wenn sie am nächsten Morgen aufstand,
griff sie voller Freude gleich wieder nach dem Kostüm.
»Wenn ich es tagein, tagaus trage, ist es bald nicht mehr

schön«, dachte sie und konnte trotzdem nur schwer auf das Kleidungsstück verzichten, das Ladeninhaber, bei denen sie ihre Einkäufe erledigte, zu größerer Höflichkeit veranlasste, als sie bisher von ihnen hatte erwarten können. »Kleider machen die Frau«, dachte sie.

Eines Septemberabends ging sie durch den Hafen zur Wip. Die tief stehende Sonne tauchte die Fassaden an der Stadhuiskade in eine goldene Glut. Sie sah, wie ihr eigener enorm langer Schatten sich auf dem schräg abfallenden Pier fortbewegte. War sie das, die dort ging? Sie stieg die Wip hinunter, ging den Zuidvliet entlang, überquerte das Sluispolderhofje und gelangte in das Viertel, aus dem sie stammte. Auf Küchenstühlen saßen die Bewohner der Sandelijnstraat vor ihren Haustüren. Sie ging an den Stühlen vorbei, wurde gegrüßt und grüßte zurück.

»Guten Abend, Nachbar, wie geht es den Kanarienvögeln?«

»Alles bestens«, sagte er.

Mit ihrem Universalschlüssel öffnete sie die Tür des Elternhauses und trat in die Wohnstube.

»Ach«, sagte ihre Mutter schnippisch, »du hier? Wusstest du noch, wo wir wohnen?«

Dann blickte ihre Mutter von hinter der pedalgetriebenen Nähmaschine auf, sah die hohen Absätze und das Chanel-Kostüm, sah die langen Fingernägel, die sie sich auf Befehl von Maud hatte wachsen lassen.

»Schert sich um nichts!«, sagte ihre Mutter grimmig. »Was für Krallen!«

»Nicht gut?«, fragte sie.

»Nix für mich.«

»Aber du müsstest dich«, sagte sie, in die Sprache ihrer Jugend zurückfallend, »ganz schön abrackern, wenn du dieses Kostüm nachnähen wolltest.«

»Spinnst du? Mach ich mit geschlossenen Augen.«

»Das kannst du wem anders erzählen.«

»Wenn du mir den Stoff ... Was ist das überhaupt für Stoff?«

»Tweed.«

»Stoff für Herrenanzüge. Na ja, jeder, wie er will, aber wenn du mir ein paar Meter von dem Stoff gibst, mach ich dir eins in ... lass mal fühlen ... in drei Tagen.«

»Glaub ich dir nicht.«

»Bring mir morgen ein paar Meter von dem Stoff. Kannst du bei van der Vlist in der Nieuwstraat kaufen.«

Sie sah, dass ihr Vater, der im Innenhof die Hühnerställe sauber machte, sich die Hände an der Cordhose abwischte. Durch die Küche kam er in die Wohnstube.

»Deine Tochter«, sagte ihre Mutter und deutete mit der rechten Hand, die von einem Stofflappen bedeckt war, auf sie. Dadurch rutschte der Lappen bedrohlich in die Höhe. Sie sah, wie ihr Vater sie betrachtete, musterte, prüfte. In seinen Augen bemerkte sie ein kurzes Leuchten, als sein Blick auf ihre lackierten Nägel fiel.

»Zehennägel auch?«, fragte er.

»Mann«, sagte ihre Mutter mit tiefer Stimme.

Ihr Vater nahm Platz. Ihre Mutter erhob sich, befühlte den Stoff des Kostüms und bat sie, die Jacke auszuziehen.

»Wenn ich mich an die Arbeit mache, muss ich es danebenliegen haben.«

Das war ein Opfer, das sie, tags darauf, nur mühsam erbrachte. Trotzdem trug sie das Kostüm und ein großes Stück blauen Tweeds in die Sandelijnstraat. In der Woche danach hatte sie zwei Kostüme. Als sie das neue anprobierte, sagte sie: »Fast das Gleiche, aber nicht ganz.«

224

Sie sah die Nadeln zwischen den Lippen ihrer Mutter einen Kriegstanz aufführen.

»Nicht gut?«, fragte ihre Mutter.

»Sehr gut«, sagte sie, »phantastisch, aber nicht hundert Prozent gleich, guck mal, die Naht hier, die verläuft ein klein bisschen anders, und das Futter ist etwas höher eingesetzt.«

»Sieht keiner«, sagte ihre Mutter.

»Aber dadurch fällt der Stoff anders.«

Sie wusste, dass sie hoch pokerte, aber sie wusste auch, dass sie, wenn sie fragen würde, ob ihre Mutter noch ein solches Kostüm nähen könnte, zur Antwort bekäme: »Zeit wächst mir nicht auf dem Rücken, ich hab noch was anderes zu tun.« Ebenso hätte sie sagen können: »Ich würde dich gut dafür bezahlen, wenn du mir noch so ein Kostüm machst.« Dann hätte ihre Mutter geantwortet: »Ich nehm kein Geld von meiner Tochter.« Sie dachte: »Meine Mutter weiß genau wie ich, dass wir ein Spiel spielen. Warum muss das so sein? Warum könnte sie um keinen Preis zugeben, dass sie, um mir eine Freude zu machen, noch ein Kostüm nähen würde?«

Ihre Mutter sagte: »Bring mir noch so ein Stoffstück, ich hab's jetzt in den Fingern, in null Komma nichts hab ich noch eins gemacht.«

Als sie in ihrem dritten Kostüm – sie war sich recht sicher, dass sie, wenn sie ihre Mutter nur geschickt genug manipulierte, noch ein viertes bekommen könnte – durch den Hafen ging, dachte sie: »Wenn meine Mutter in Paris geboren wäre und die richtige Ausbildung bekommen hätte, hätte sie dann eine zweite Chanel werden können?« Sie sah all die Kleidung vor sich, die ihre Mutter, ohne Hilfe eines Schnittmusters, in all den Jahren ihrer Kindheit und Jugend genäht hatte. Sie erinnerte sich daran, dass sie sich in der Schule, obwohl Kinder an sich doch gnadenlos sind, nie eine Bemerkung wegen der selbst geschneiderten Kleider hatte anhören müssen. Es kam ihr plötzlich so vor, als erstreckte sich ihr Schmerz über die verpassten Chancen auch auf das Leben ihrer Mutter. Sie dachte an ihre Großmütter, sah sie vor sich, waschend, schuftend, gebärend. Sie dachte an all die verschwendeten Talente, all die Möglichkeiten, die nie realisiert worden waren. Sie dachte an all die Wochenbetten und erschauderte.

In ihrem wunderschönen blauen Kostüm bewarb sie sich um eine Stelle als Sekretärin bei Key & Kramer. Sie wurde eingestellt, obwohl sie nicht mit der Schreibmaschine umgehen konnte. Sie nahm rasch ein paar Stunden Unterricht, und schon nach wenigen Wochen schrieb sie so gut, dass niemand bei Key & Kramer eine komische Bemerkung machte. In ihrem wunderschönen blauen Kostüm besuchte sie Maud, die nach der Rückkehr aus Paris krank geworden war. Eine hartnäckige Grippe, die Maud einfach nicht loswurde. Sie saß am Krankenbett und hörte Maud erstaunt fragen: »Woher hast du dieses phantastische Kostüm?«

»Hat meine Mutter gemacht.«

»Deine Mutter?«

»Ja, die näht schon seit fünfzig Jahren.«

»Warum hast du das nicht früher gesagt?«

»Warum hätte ich?«

»So jemand ist doch für unser Geschäft Gold wert! Wenn es mir besser geht, mache ich mich sofort auf den …«

»Ich denke nicht, dass sie für uns würde arbeiten wollen.«

»Ach, bestimmt würde sie.«

»Du kennst meine Mutter nicht.«

»Nein, aber eines habe ich im Leben gelernt: Mit Geld kann man jeden kaufen.«

Maud blieb weiterhin krank. Sie übernahm die Betreuung von Mauds Tochter, bereitete hin und wieder für Teun eine Mahlzeit zu.

Er sagte: »Maud geht es nicht gut. Sie hadert mit ihrem Glauben. Auf mich hört sie nicht.«

»Auf mich auch nicht«, sagte sie.

»Aber ja doch«, sagte er, »du bist die Einzige, von der sie etwas annimmt, die Einzige, zu der sie aufschaut, bitte, rede du mit ihr, versuch du, sie wieder teilhaben zu lassen am Heil, das Christus uns geschenkt hat.«

»Die Einzige, zu der sie aufschaut.« Sie konnte es nicht glauben. Maud war eine Frau, die, was Erziehung und Bildung anging, sämtliche Leute von »über dem Deich« überragte. Und diese Maud sollte zu ihr aufschauen? Zu einem Mädchen aus der Sandelijnstraat? Sollte sie wirklich versuchen, Maud zum Glauben zurückzuführen? Es war, als stellte sie sich zum ersten Mal in ihrem Leben die Frage, ob sie selbst denn glaubte. Sie hatte, da das Problem ihrer Herkunft sie ständig beschäftigt hatte, schlicht nie die Zeit gefunden, um darüber nachzudenken. Sie wusste nicht, wie sie am Krankenbett »das einzig Notwendige« zur Sprache bringen sollte. Vielleicht wäre sie letztlich auch nie darauf zu sprechen gekommen, wenn nicht, vollkommen unerwartet, der neue für ihr Viertel zuständige Pastor, den eine Berufungskommission nach langem Suchen in Surhuisterveen aufgespürt hatte, zu Besuch gekommen wäre. Er war ein Glaubenseiferer mit Bürstenhaarschnitt. Das Kerlchen, schon seit Jahren im Niedermoor versauernd, hatte den an ihn herangetragenen Ruf sofort angenommen. Der Kirchenrat trug ihm auf, sich des Falls »Schwester Hummelman«

noch einmal entschlossen anzunehmen. Er war noch nicht einmal offiziell eingeführt, als er, kurz bevor sie zur Arbeit gehen wollte, auf dem Havenplein erschien. Er ging sofort zum Angriff über.

»Schwester, das muss ein Ende haben.«

Sie sah ihn an und erwiderte nichts. Er sagte: »Gott verlangt von dir, dass du zu Bruder Hummelman zurückkehrst.«

»Ach«, sagte sie, »und was ist mit meinem Sohn?«

»Bruder Hummelman hat mir versichert, dass er wie ein Vater für ihn sorgen wird.«

»Tja, aber mein Sohn liebt seinen eigenen Vater über alles.«

»Dein Sohn kann seinen Vater, sooft er will, besuchen.«

»Mein Sohn möchte aber nicht von seinem Vater getrennt werden.«

»Dann kehrst du allein, ohne Sohn, zurück zu Bruder Hummelman.«

»Ach, Sie wollen Mutter und Sohn auseinanderreißen, sehe ich das richtig?«

»Schwester, Gott fordert ein Opfer von dir.«

»Ich glaub, ich hör nicht recht!«

»Gott sagt ...«

»Nein, Sie sagen ...«

»Im Namen Gottes.«

»Darüber lässt sich streiten. Woher wissen Sie so genau, dass Sie im Namen Gottes sprechen? Warum sagen Sie nicht im Namen Gottes zu Bruder Hummelman, es sei allmählich an der Zeit, in die Scheidung einzuwilligen?«

»Bruder Hummelman will sich nicht scheiden lassen. Bruder Hummelman hat vor Gott, den Engeln und seiner heiligen Gemeinde dich in der Zuiderkerk zur Frau genommen und dabei gelobt, dich als seine Frau zu lieben wie sich selbst, und zugesichert, sein Weib als das schwächere Geschöpf ehren zu wollen.«

Sie sah, dass der Boden dort, wo Pastor Bonga sich ruhelos hin und her bewegte, mit glitzernden Speicheltröpfchen bedeckt war. »Schon wieder putzen«, dachte sie und sagte: »Ich muss zur Arbeit, Pastor.«

Im sonnendurchfluteten Büro bei Key & Kramer dachte sie über die Trauformel nach, aus der Bonga zitiert hatte. »Ich muss das Ganze noch einmal nachlesen und sehen, wozu ich da Ja gesagt habe.« Am Abend nahm sie die Trauformel zur Hand. »Du sollst deinem Mann in allen guten und aufrichtigen Dingen beistehen, auf deinen Haushalt achthaben und in aller Demut und Ehrbarkeit ohne weltliche Pracht leben, strebend nach der unvergänglichen Zier eines sanftmütigen und stillen Geistes.«

»Habe ich dazu tatsächlich einmal Ja gesagt?«, dachte sie voller Grausen.

Sie las weiter und stolperte über diese Passage: »Dem Gebot Gottes sollst du dich nicht widersetzen, sondern vielmehr dem Gebot Gottes gehorchen und dem Beispiel der heiligen Frauen folgen, welche auf Gott hofften und ihren Männern Untertan waren.«

»Ich schau noch kurz bei Maud vorbei«, sagte sie zu Jan.

»Ist gut«, erwiderte er, »bestell ihr herzliche Grüße von mir.«

Sie ging in die Johan Evertsenlaan, saß an ihrem Krankenbett.

»Ist der Maulwurf aus dem Niedermoor bei dir gewesen?«

»Ja, was für ein Widerling, nicht? Der hat wirklich Knopfaugen.«

»Und dann diese Teppichfliesenfrisur.«

»Und er spuckt alles voll.«

»Und hast du seine Hose gesehen, die ist garantiert schon zwanzig Mal zur Reinigung gewesen, und die Beine schlackern fünfzehn Zentimeter über den Fußknöcheln.«

»Er hat mir mehr oder weniger die ganze Trauformel vorgelesen.«

»Was, wirklich? Dass du untertänig sein musst und ein sanftmütiger, stiller Geist und eine verdorbene Zierde?«

»Nein, Maud, mach es nicht schlimmer, als es schon ist. Eine unverderbliche Zierde.«

»O ja, unverderblich! Und steht da nicht auch, der Mann soll sein Weib begehren?«

»Maud! Nein, da steht, er soll sein Weib als das schwächere Wesen ehren.«

»Ja, ja, und so haben sie uns jahrhundertelang unterdrückt, diese Schufte! Ist dir nie aufgefallen, dass Gott in der Bibel immer nur mit Männern zusammen ist? Wenn er jemanden ruft, Samuel, Moses, Paulus, dann immer einen Mann. Wenn er seine Apostel auswählt, sind das zwölf Männer. Wenn er jemanden auf seinem Weg begleitet, wie etwa Henoch, dann ist es ein Mann. Und wem wird eine herrlich warm glühende Kohle auf die Lippen gedrückt? Esther, Ruth, Deborah? Nein, natürlich Jesaja.«

»Darüber habe ich bisher nicht nachgedacht.«

»Dann wird es höchste Zeit, dass du es tust! Was steht im zehnten Gebot? Du sollst nicht begehren den Ochsen, den Esel und die Frau deines Nächsten. Offenbar darf man schon den Mann seiner Nächsten begehren, also pass ja auf deinen Jan auf. Und wo stehen wir? Zwischen Ochs und Esel! Aber was spielt das letztendlich für eine Rolle? Das alles ist sowieso glasklarer Betrug.«

Sie dachte: »Das ist die Gelegenheit, mit ihr über den Glauben zu sprechen«, aber sie wusste nicht, was sie sagen sollte. Sie sah nur die Samttafel vor sich, auf die sie, vor langer Zeit, jeden Sonntag gestarrt hatte. Sie sah, wie der Sonntagsschullehrer den Esel an der Tafel festdrückte, der Esel, auf den anschließend Jesus gesetzt werden sollte, um seinen Einzug in Jerusalem zu absolvieren. Bevor der Lehrer Jesus auf den Esel setzen konnte, fiel das Tier von der Samttafel. Der Lehrer nahm den Esel und heftete ihn abermals an, nahm Jesus, und der Esel fiel. Er legte Jesus zurück, nahm den Esel, heftete das Tier an die Tafel, hielt es mit dem Daumen der linken Hand fest und setzte Jesus mit der rechten auf den Esel. Dann ließ er den Esel los, und Jesus fiel, zusammen mit seinem Reittier, zu Boden.

Sie sah es so deutlich vor sich, dass es ihr vorkam, als habe sich das Ganze gerade eben erst vor ihren Augen abgespielt. Sie sah die kaputten Scheiben in den bleiverglasten Fenstern der Zuiderkerk. Sie hörte sich, während der Mädchenkatechese im eiskalten Konsistorialzimmer, wie sie die Antworten des Kleinen Katechismus herunterratterte. Sie hörte das Zischen der anderen Mädchen, weil sie als Einzige die Antworten des Kleinen Katechismus auswendig gelernt hatte. Sie roch die Ausdünstungen ungewaschener Kirchenbesucher. Sie hörte den schrillen Kirchengesang, der einen halben Takt hinter der Orgel herschlurfte, die ebenfalls in den letzten Zügen zu liegen schien. Sie sah die schief gebügelten Falten in der Decke, die auf dem Abendmahlstisch lag. Sie dachte: »Warum muss alles so ärmlich, so kahl, so schmucklos sein? Warum muss alles so erbärmlich aussehen? Mein Gott, eine Samttafel, allein das schon!« Später, als sie im Bett lag, sah sie den Esel immer noch vor sich. Sie versuchte, an etwas anderes zu denken, aber dann fiel ihr der Satz ein, über den sie bei der Pascal-Lektüre so erschrocken gewesen war. »Für den Beweis von Jesus Christus ist es erforderlich, dass sowohl das jüdische Volk weiterexistiert, wie auch, dass es in Elend lebt, denn sie haben ihn gekreuzigt.«

6

»Hier gibt es ja noch Gaslaternen«, sagte Maud erstaunt.

»Die werden nicht ausgetauscht«, erwiderte sie, »das Viertel wird demnächst sowieso saniert.«

Sie sah, wie ihre Schatten schrumpften, je näher sie der Gaslaterne kamen. Sie betrachtete die Wassertröpfchen auf Mauds Pelzjacke. Es war, als schwebte das leise summende Gaslicht in die Tröpfchen hinein und nähme Besitz von ihnen. »Die Gaslaternen haben vielleicht noch nie eine Pelzjacke gesehen«, dachte sie. Im Nebel tauchte ein Mann auf, der eine Zeitung trug. Sein Gruß, ein feuchter Atemstoß, war unverständlich. Durch jedes erleuchtete Fenster, vor dem die Vorhänge offen standen, schaute Maud neugierig nach drinnen.

»So arm können die Leute hier doch gar nicht sein«, sagte sie, »fast alle haben einen Fernseher.«

»Aber nichts anderes«, erwiderte sie.

»Na, und für die Möbel muss man sich doch auch nicht schämen.«

»Riesige Schränke in winzig kleinen Zimmern«, sagte sie, »die wirklich schönen Sachen hat Smytegelt sich unter den Nagel gerissen.«

Wieder tauchte im Nebel ein Mann auf, der – ebenso wie jener, der wenig später die Lijnstraat überquerte – eine Zeitung unter dem Arm trug.

»Deine Eltern wissen doch, dass wir kommen?«, fragte Maud.

»Mehr oder weniger«, sagte sie und dachte: »Hier unter dem Deich würde keiner seinen Vater und seine Mutter ›meine Eltern‹ nennen.«

»Mehr oder weniger?« Maud war erstaunt. »Hast du denn für heute Abend keinen Termin gemacht?«

»Termin?«

Das Wort klang seltsam unter den summenden Gaslaternen, die ihr Licht nicht auf die Straße ausstrahlten, sondern von der Straße aufzusaugen schienen. »Termin«, murmelte sie, »hier macht man keine Termine.«

An der Ecke von Lijnstraat und Lijndwarsstraat brannte eine Laterne, deren eine Kugel ab und zu kurzzeitig erlosch. Schon von Weitem sah es so aus, als hörte die Welt dort mit kurzen Pausen auf zu existieren. Als sie näher kamen, hörte sie die Lampe knistern, als versuchte sie verzweifelt, etwas zu erzählen. Sie sah Schatten erscheinen und wieder verschwinden, sie sah erleuchtete Fenster, blau flackernde Fernsehbildschirme, sie sah Wohnstuben mit lauter Menschen, die auf ihren Stühlen hingen. Sie dachte: »All die Stunden, die nutzlos vergehen! Wenn ich so viel Zeit hätte! Wie sinnvoll würde ich die Stunden verwenden! Ich könnte Englisch lernen, ich würde Bücher lesen. Schenkt mir eure verbummelten Stunden!« Sie sah Hausfrauen, die, obwohl es Abend war, immer noch ihren Kittel trugen. In einer der Wohnstuben sah sie viele Menschen in einem großen Kreis zusammensitzen. »Da wird Geburtstag gefeiert, die trinken Magenbitter, die löffeln Eierlikör oder Genever mit Zucker aus kleinen Schnapsgläsern.« Sie bogen in die Sandelijnstraat. Mit auf den Steinen klappernden Absätzen ging sie durch ihre Straße.

Maud sagte: »Hier gibt es ja nicht einmal Bürgersteige.«
»Wir sind da.«

Sie sah, dass Maud erschrocken das Schild »Für unbewohnbar erklärt« betrachtete. Sie sagte: »Das Schild hängt da inzwischen seit zwölf Jahren.«

»Oh«, sagte Maud.

Mit ihrem Universalschlüssel öffnete sie die Haustür. Sie betrat den Flur, drückte die Zimmertür auf und hörte das Rattern der Pedalnähmaschine.

»Guten Abend«, sagte ihre Mutter zu Maud.

Ihr Blick schweifte durchs Zimmer, und sie sah all die Väschen, versilberten Bilderrahmen, Holzschühchen, die auf der Kommode und dem Kaminsims standen. Sie betrachtete die Mühle, die auf dem kleinen Wandteppich am Kamin hing. Sie betrachtete das Messingeimerchen, das vor dem kleinen Wandspiegel hin- und herschaukelte. Der Anblick all dieser Gegenstände war ihr schon seit frühester Jugend vertraut, aber erst jetzt hatte sie das Gefühl, sie wirklich wahrzunehmen, jetzt, da sie das Bedürfnis hatte, sich für die Anwesenheit jeder Einzelnen dieser Nippsachen zu entschuldigen. »Den Holzschuh hat mein Vater bekommen, als er fünfundzwanzig Jahre bei der Gemeinde beschäftigt war. Und die bescheuerte Mühle, die hat mein Onkel gebastelt, der gerne Laubsägearbeiten macht. Und der kleine Messingeimer – das ist ein Erbstück.« Sie sah Maud kurz an, sah ihre Augen und dachte: »Mene, mene, tekel, u-parsin.« Sie schaute auf das weiße Häkeldeckchen auf dem Fernseher und auf das Messingkännchen, das darauf stand. Erst da bemerkte sie ihren Vater, der am Fenster saß. Er schlürfte genussvoll an seinem Kaffee.

Ihre Mutter zischte leise: »Mann, zieh dir gefälligst Schuhe an und kämm dich mal.«

Ihr Vater stand auf. Seine Cordhose rutschte etwas. Er packte sie beim Bund. Sie sah hin und wusste, dass Maud es auch sah. Ihr Magen zog sich zusammen.

»Möchten Sie einen Kaffee haben, Frau Pastor?«, fragte ihre Mutter untertänig.

»Ja, gerne«, erwiderte Maud, »und ich heiße übrigens Maud.«

»Ich weiß, Frau Pastor.«

Ihr Vater schlurfte zum Zimmer hinaus, seine Hose mit beiden Händen haltend. Ihre Mutter ging in die Küche, kehrte mit einer Tasse Kaffee zurück und fragte: »Möchten Sie Milch und Zucker, Frau Pastor?«

»Nein, danke, ich trinke meinen Kaffee immer schwarz.«

Sie dachte: »Ob es hier unter dem Deich überhaupt jemanden gibt, der seinen Kaffee schwarz trinkt?«

»Ien hat Ihnen bestimmt schon gesagt, weswegen wir heute Abend gekommen sind«, sagte Maud.

»Ja, Frau Pastor, wenn ich's richtig verstanden habe, wollen Sie mit unserer Clazien zusammen ein Geschäft aufmachen, und Sie wollen mich bitten, dies und das für sie zu nähen.«

»Genau.«

»Wird von mir erwartet, dass ich neue Kleider nähe?«

»Eventuell.«

»Solche Flattersachen, wie sie heute getragen werden?«

»Wir haben vor allem an schöne Kleider gedacht, wie zum Beispiel das Kostüm, das Sie für Ien genäht haben.«

»Glauben Sie denn, dass hier Nachfrage nach so etwas besteht?«

»Davon bin ich überzeugt.«

»Aber wer soll derartige Kostüme tragen, Frau Pastor? Hier unterm Deich gibt es keinen, der damit zur Kirche gehen würde. Nicht weil diese Kostüme nicht schön wären, aber das ist einfach nicht der Stil von Leuten wie uns, müssen Sie wissen. Und über dem Deich – glauben Sie, über dem Deich gäbe es Frauen, die etwas kaufen würden, was unterm Deich genäht worden ist?«

»Aber das braucht doch niemand zu wissen, dass Sie für uns …«

»Wenn wir es für uns behalten, werden es die Spatzen von den Dächern pfeifen, Frau Pastor.«

»Sie glauben also …«

»Das weiß ich ganz bestimmt.«

»Ich würde es dennoch wagen. Wir können es ja einfach ausprobieren. Sie nähen, wir bezahlen Sie, Sie gehen also kein Risiko ein.«

Sie sah, wie ihre Mutter, erschrocken über das Wort »bezahlen«, die Augen niederschlug. Ihr Blick wanderte zu den ruhelosen Händen ihrer Mutter, und sie dachte: »Wir sollten jetzt besser gehen.«

Ihr Vater kam ins Zimmer zurück. Er trug jetzt Schuhe und Hosenträger, sein Haar war nass und hatte einen schnurgeraden Scheitel. Sie sah die Schuppen. Er sagte, als wollte er darauf aufmerksam machen, dass seine Hose nicht mehr rutschte: »Tja, ja, mit einem munteren Herzen und guten Hosenträgern kommt man schon durchs Leben.«

Es herrschte Schweigen im Zimmer, er schien auf eine Reaktion zu warten. Als die ausblieb, fragte er: »Na? Wie läuft's? Ja, Frau Pastor, es gibt auf der ganzen Welt keine bessere Näherin als Clazien ihre Mutter. Was die in ihrem Leben schon alles zusammengenäht hat! Kostüme, Kleider, Röcke, Hosen, man könnte Kirchen damit füllen.«

»Vater, bitte«, sagte sie zu ihm.

»Hab ich was Falsches gesagt?«, fragte er. »Passt es dir wieder nicht, was ich sage? Bin ich wieder nicht gut genug?«

»Vater, nicht«, bat sie.

»Ich würd' gern mal wissen«, sagte ihr Vater zu Maud, »warum meine eigene Tochter sich immer für ihren Vater schämen muss. Warum bin ich nicht gut genug? Weil ich wochentags eine Mütze trage und auf Holzschuhen rumlaufe? Sagen Sie, Frau Pastor, bin ich für Sie auch nicht gut genug? Sind diese Arbeiterhände für Sie etwa auch zu derb?«

Er legte seine großen, wettergegerbten Hände mit weit gespreizten Fingern auf den Tisch. Seine Finger krümmten sich und versanken im Flor der Tischdecke. Seine Knöchel wurden weiß. Die Tischdecke verschob sich langsam.

»Sie haben so feine Manieren«, sagte er zu Maud, »Sie sind ganz anders erzogen worden als wir. Würden Sie behaupten, dass wir Grobiane sind? Würden Sie das behaupten?«

»Aber nicht doch, auf gar keinen Fall«, sagte Maud.

»Ah, das ist gut, denn ich kann es gar nicht leiden, wenn hier, in meinem eigenen Haus, Leute auftauchen, die sich für zu gut halten, um mit Leuten von unserm Schlag zu verkehren. Ich kann Ihnen sagen, Frau Pastor, dass ich, wenn ich auf dem Deich steh und das Gras mähe, oft genug eine leckere Tasse Kaffee von den Leuten angeboten kriege, die unterm Deich wohnen. Aber glauben Sie nicht, dass ich jemals, selbst wenn ich vor Kälte fast verreckt bin, von jemandem von überm Deich eine Tasse Kaffee bekommen hätte. Wieso sind wir nicht gut genug, um einen Kaffee von diesen ganzen Damen zu bekommen, die …«

»Achten Sie nicht auf meinen Mann«, sagte ihre Mutter, »der hat in letzter Zeit ständig schlechte Laune. Früher war er immer so ausgeglichen!«

»Schlechte Laune? Ich? Weil ich erzähle, dass man unterm

238

Deich gut behandelt wird, während sich überm Deich kein Aas um einen kümmert? Soll ich Ihnen mal was sagen, Frau Pastor. Es wird immer behauptet, die Leute von der sozialdemokratischen Partei, die würden sich für Leute wie uns einsetzen, ich kann Ihnen aber sagen, hier unterm Deich wohnt nicht ein einziger Sozialist. Die ganze Bande wohnt überm Deich, Stadtverordneter Smit vornweg. Die machen keinen Finger für uns krumm und haben das auch noch nie getan. Die haben nicht den blassesten Schimmer, was die Menschen hier unten bewegt, diese feinen Pinkel. Wenn die dir entgegenkommen, schauen sie dich nicht mal mit dem Rücken an.«

»Mann«, sagte ihre Mutter mit bedrohlicher Bassstimme.

»Ach, muss ich jetzt wieder meinen Mund halten?«

Beleidigt starrte er vor sich hin. Er nahm das Päckchen Tabak vom Kaminsims. Sie sah, wie seine Finger zitterten, als er ein Zigarettenpapier herauszog. Sie dachte: »Wir müssen hier so schnell wie möglich weg.«

Während er sich eine Zigarette drehte, sagte ihr Vater: »Es ist bestimmt nicht verkehrt, Frau Pastor, dass Sie sich mal mit eigenen Augen ansehen, wie eng es hier ist. Meine Frau und ich haben in diesem Haus fünf von diesen Rotznasen großgezogen. Fünf! Und das, obwohl man sich hier nicht mal umdrehen kann! Nicht mal ordentlich waschen kann man sich. Ja, und oben überm Deich, da haben die Leute Duschen, Badezimmer und Waschbecken ...«

»Mann!«

»Sapperlot!«, rief er. »Jetzt lass mich ein einziges Mal aussprechen, was mir auf dem Herzen liegt.«

Sie stand auf und sagte: »Wir müssen dann mal wieder.«

»Wir haben noch nichts vereinbart«, meinte Maud.

»Das machen wir später schon noch«, sagte sie.

Draußen war der Nebel sehr viel dichter geworden. Als sie die Deichtreppe hinaufstieg, bemerkte sie, dass die Dunstschwaden oben über dem Deich längst nicht so dicht waren. Sie drehte sich um, und es war, als hätte sich eine Wolke auf das Sanierungsgebiet gesenkt. Maud sagte: »Ich hatte die ganze Zeit das Gefühl, nicht den richtigen Ton für das Gespräch zu finden. Deine Mutter hat mich unbeirrbar ›Frau Pastor‹ genannt. Und dein Vater, was für ein …«

»Ekel?«

»O, nein, das wollte ich nicht sagen.«

»Ich sag's aber.«

»Du findest, dass dein eigener Vater ein Ekel ist?«

»Ich grusele mich vor ihm. Hast du gesehen, wie er seine Finger in die Tischdecke gekrallt hat? Als hätte er sie erwürgen wollen! Ich habe Angst vor ihm.«

»So einen Mann habe ich noch nie getroffen. Na ja, gesehen natürlich schon, aber nie reden gehört. Nein, wirklich, ich habe noch nie jemanden so reden hören. Unglaublich, dass es solche Menschen tatsächlich gibt!«

»Und stell dir vor, du hast so jemanden zum Vater«, sagte sie.

»Aber deine Mutter ist nett«, sagte Maud. »Allerdings glaube ich nicht, dass sie für uns arbeiten will. Wie hätte ich vorgehen sollen? Was hätte ich sagen müssen?«

»Jedenfalls hättest du nicht von Geld reden dürfen.«

»Nicht?«

»Ganz bestimmt nicht. Aber sie wird noch einlenken, dafür sorg ich schon.«

»Und wenn nicht, dann nähen wir einfach selbst. Du kannst doch bestimmt auch so gut nähen.«

»Ganz und gar nicht.«

»Hat deine Mutter dir das nicht beigebracht?«

»Wenn ich nähen wollte und einen Faden durchs Nadel-öhr zu fummeln versucht habe, dann meinte meine Mutter immer: ›Langer Faden, faule Näherin.‹ Auch wenn mein Faden noch so kurz war. Sie wollte einfach nicht, dass ich nähe. Keine Ahnung, warum.«

»Vielleicht wollte sie verhindern, dass du auch ein Leben lang an der Nähmaschine sitzen musst.«

»Meinst du?«

Maud zuckte mit den Achseln und sagte: »Ich habe immer gedacht, ich könnte mit allen Leuten gut umgehen, aber vorhin kam es mir so vor, als sei jedes Wort, das ich sage, fehl am Platz.«

»Kommst du noch auf ein Glas Wein mit herein, um dich von dem Schreck zu erholen?«

»Ja, gern«, erwiderte Maud.

Im Wohnzimmer angekommen, sah sie, wie dicht der Nebel draußen geworden war. Von den Schiffen, die auf der Maas vorbeifuhren, konnte man nur noch die roten Positionslampen erkennen. Sie sah die Lampen im Nebel aufleuchten und langsam, trügerisch nahe, vorübergleiten. Es tat ihr gut, dass Maud und Jan sich die ganze Zeit unterhielten und ständig lachten. Ihr wurde bewusst, dass Maud, schockiert von dem, was sie gesehen und gehört hatte, die Beruhigung durch ein angenehmes, problemloses Gespräch mit jemandem aus ihrem eigenen Milieu brauchte. Vielleicht konnte sie mithilfe von Jan, der ja schließlich auch zu ihrer Welt gehörte, wiedergutmachen, dass sie Maud, ungewollt und unbeabsichtigt, in das offenbar schockierende Arbeitermilieu unter dem Deich hatte hinabsteigen lassen.

7

Nach diesem Abend sah sie Maud weniger häufig. Sie verstand sehr gut, dass Maud sich nach dem Besuch in der Sandelijnstraat innerlich von ihr abwandte. Aber sie verstand nicht, warum dies offenbar auch für Jan galt. Der war doch gar nicht mitgewesen? Warum kam es ihr dann so vor, als würde er seit diesem Abend jede Gelegenheit beim Schopf packen, um mit ihr zu streiten, sie zu verletzen und sie zu demütigen? Jedes Mal, wenn sie uneins waren, rief er am Ende triumphierend: »Du bist ein die Treppe raufgefallenes Arbeiterkind!«

Bei einem ihrer Wortwechsel sagte er: »Du? Du liebst nur dich selbst. Du bist nicht fähig, Wärme zu geben. Du kannst keinem Zuneigung schenken, du bist so von dir eingenommen, dass in deinen Augen alle anderen Menschen unbedeutend sind, du liebst nicht mal dein eigenes Kind.«

Sie wusste, dass diese Tirade eine neue Variante des alten Vorwurfs war: »Du hältst dich für etwas Besseres.« Sie dachte: »Alles wäre anders gewesen, wenn ich unter Menschen aufgewachsen wäre, die alle etwas ›Besseres‹ sind. Hätte ich es dann auch so selbstverständlich gefunden, in Hotels zu übernachten, in Restaurants zu essen, das Wort ›lunch‹ zu benutzen, mit dem Kalender in der Hand Termine zu vereinbaren? Hätte ich dann auch dem Klempner, Elektriker und Installateur so ungeduldig Anweisungen erteilen können? Wäre ich dann, angenommen, ich hätte Personal, auch in der Lage, es anzuschnauzen? Würde ich dann ein solches Ritual aus dem morgendlichen Aufstehen machen? Würde ich im Morgenmantel, im Peignoir, Schlafrock oder im Kimono am Frühstückstisch sitzen? Würde ich dann auch Sport treiben? Würde ich am Wochenende spät ins Bett gehen und morgens lange schlafen? Würde ich dann jeden Tag ein paar Gläser Alkohol trinken? Würde ich ganz selbstverständlich zu Freunden zum Essen gehen und diese Freunde zum Essen zu mir nach Hause einladen? Würde ich dann auch so einfach sagen: Die haben keinen Geschmack? Würde ich mit hochherziger Verachtung auf Bücher von Autoren wie Klaas Norel herabsehen? Würde ich dann auch sagen können: Der hat keine Manieren? Würde ich es ganz selbstverständlich finden, jedes Jahr zwei oder drei Wochen in Urlaub zu fahren? Würde ich bei jedem Furz, der quer sitzt, in die Sprechstunde zum Arzt rennen? Würde ich andere dann auch auf mich warten lassen? Würde ich dem großen Heer der Amateurfotografen beitreten? Würde ich dann auch zu denen gehören, die auf andere herabschauen?

»Warum sagst du nichts?«, fragte Jan.

»Was soll ich sagen? Du hast vollkommen recht. Wenn jemand wohl oder übel wieder den ganzen Abend mit Gästen bei Tisch sitzen muss, dann folgt daraus logischerweise, dass er nur sich selber liebt.«

»Aber warum denn ›wohl oder übel‹?«

»›Wohl oder übel‹, weil man ein solches Essen vorbereiten muss. Man muss sich Gedanken darüber machen, was man kocht. Man kann nicht einfach einen Teller mit Grütze auf den Tisch knallen. Und wenn man über das Essen nachgedacht hat, muss man groß einkaufen gehen. Man muss darüber nachdenken, welchen Wein man serviert. Danach muss das ganze Essen zubereitet werden. Stundenlang steht man in der Küche! Und dann das Essen selbst. Man muss sich unterhalten. Man darf die Gänge nicht zu schnell nacheinander auftragen, ein solches Essen soll ja den ganzen Abend dauern. Und wenn man die fürchterliche Tortur dann schließlich gegen eins hinter sich gebracht hat, wartet noch ein Riesenabwasch.«

»Den übernehme diesmal ich.«

»Einverstanden.«

»Gut, aber dann will ich auch keine Klagen mehr hören. Ich versteh das nicht. Was gibt es Schöneres, als wenn Freunde zum Essen kommen?«

»Mir kommt es so vor, als würdest du immer öfter Gäste einladen.«

»Aber diesmal sind es doch deine Freunde.«

»Meine Freunde? Ich dachte, du findest Maud und Teun auch nett.«

»Darum geht es nicht, es geht darum, dass die beiden deine Freunde sind.«

»Ich verstehe nicht, warum Freunde erst dann Freunde sind, wenn man sie ständig zum Essen einlädt? Glaubst du, wir hätten früher bei uns zu Hause ...«

»Aha, jetzt kommt das wieder! Früher bei uns zu Hause! Mein Vater und meine Mutter hatten auch nie Freunde zum Essen da und sind selbst nie ausgegangen.«

»Wie bei uns. Zu uns sind niemals Freunde, Bekannte oder Verwandte zum Essen gekommen.«

»Und das ist für dich Grund genug, selbst niemals Freunde in dein Haus zu laden?«

»Lass uns die Diskussion beenden, am Ende läuft es sowieso wieder darauf hinaus, dass wir aus unterschiedlichen Milieus stammen.«

»Es gibt auch noch so etwas wie Anpassung.«

»Anpassung? Ach, ja? Gibt es auch nur eine einzige Gewohnheit oder Sitte, die die Menschen aus den sogenannten besseren Kreisen von den Arbeitern übernommen haben? Anpassung! Hör doch auf! Alles, was die Menschen aus den besseren Kreisen tun und lassen, halten sie für die Norm. Ihre Art zu leben versteht sich von selbst, alles andere ist geschmacklos, primitiv, unkultiviert.«

Es klingelte an der Tür. Jan sagte: »Da sind sie.« Maud und Teun traten ein, und Jan und Maud küssten einander ausgiebig auf die Wangen. »Dieses schreckliche Geknutsche«, dachte sie, »auch so eine Scheißangewohnheit der besseren Kreise.« Sie richtete sich hoch auf, presste die Lippen aufeinander und verhinderte so, dass Teun sie auch auf die Wangen küsste.

»Was darf ich euch einschenken?«, fragte Jan.

Sie holte tief Luft. »Schon dieser Satz«, dachte sie, »wäre ein Grund, sich umzubringen.« Eilig ging sie in die Küche. Das Essen war fertig, aber sie konnte es noch nicht auftragen. Schließlich musste zuerst ein Aperitif getrunken werden. Nachdem sie eine halbe Stunde lang mit geballten Fäusten auf einem Küchenstuhl gesessen hatte, trug sie das Essen auf. Während sie beim Essen pflichtgemäß Konversation betrieb, dachte sie die ganze Zeit an das Buch, das sie tags zuvor gelesen und das einen niederschmetternden Eindruck auf sie gemacht hatte. »In dem Roman von Fontane gehen Lene und Botho davon aus, dass in Anbetracht der Standesunterschiede, die zwischen ihnen herrschen, eine Ehe nicht möglich ist. Aber wir leben doch in einer ganz anderen Zeit?« Sie kam zu dem Schluss: »Das scheint nur so. In Wirklichkeit hat sich nichts geändert. Der einzige Unterschied zwischen damals und heute ist, dass heute so getan wird, als gäbe es keine Stände und keine Standesunterschiede mehr. Deshalb darf man von Standesunterschieden nicht mehr sprechen, und dadurch ist es nur umso schwerer geworden, diese Standesunterschiede, über die man nicht mehr sprechen darf, zu überbrücken.«

Nach dem Essen sagte Jan: »So, und jetzt werden Maud und ich schnell abwaschen. Bleib du ruhig sitzen.«

Sie blieb im Wohnzimmer und unterhielt sich mit Teun: »Ich verstehe nicht, warum du den Ruf nach Utrecht nicht angenommen hast.«

»Maud will hier nicht weg«, antwortete Teun.

»Dabei ist die Stadt in ihren Augen doch ein Kaff.«

»Ja, aber offenbar gefällt es ihr hier trotzdem gut. Und ich wohne auch sehr gern hier.«

»Obwohl die Leute dich nicht für streng genug halten!«

»Ach, ja, natürlich bin ich nicht streng genug, aber ich kann doch schlecht Hölle und Verdammnis predigen. Das wäre scheinheilig.«

»Scheinheilig? Wieso?«

»Weil ich mit Maud verheiratet bin. Kann ich die Heiligung des Sonntags verlangen, wenn meine eigene Frau sonntags in Vlaardingen Tennis spielt?«

»Ach, Maud spielt in Vlaardingen Tennis? Das wusste ich gar nicht.«

»Wirklich nicht? Immerhin spielt sie dort zusammen mit deinem Mann.«

»Mit Jan?«

»Ja, jemand aus der Gemeinde hat mir das neulich erzählt. Frag mich nicht, woher der das wieder wusste, aber du weißt ja, wie das geht: Alles, was man macht, wird von irgendwem beobachtet.«

»Ich kann nicht glauben, dass Maud sonntags mit meinem Mann ...«

Sie schwieg und dachte: »Sollte er etwa jedes Mal, wenn er seine Mutter in Vlaardingen besucht, anschließend mit Maud eine Partie Tennis spielen?«

»Ein anderes Gemeindemitglied hat mir übrigens berichtet, dass die beiden auch hin und wieder tanzen gehen. Nicht, dass wir uns falsch verstehen, dagegen habe ich nichts, aber ich kann von der Kanzel herab natürlich nicht die Stimme erheben gegen ...«

»Tanzen? Maud und Jan?«

»Ich weiß nicht, ob es stimmt, es sind nur Gerüchte ... aber wenn man Pastor ist, dann behalten einen die Leute so scharf im Auge, dass man eigentlich kein Privatleben mehr hat. Tja, ich selbst tanze nicht, daran war früher überhaupt nicht zu denken, dass ein orthodox-reformierter Junge zur Tanzschule ging. Hast du tanzen gelernt?«

»Ich? Ich glaube nicht, dass es unter dem Deich jemanden gibt, der Tanzstunden gehabt hat. Könnte es im Übrigen nicht einfach so sein, dass die Menschen früher, weil sie arm waren, eine gute Entschuldigung gebraucht haben, warum sie alle Dinge, die Geld kosten, nicht so gern machen, und dass sie dabei entdeckt haben, dass die Heilige Schrift genau diese Dinge verbietet? Wenn die Bibel es nicht gestattet, zu tanzen, ins Kino zu gehen, einen Fernseher anzuschaffen, dann ist es gar nicht mehr so schlimm, wenn man dafür kein Geld hat. Dann ist es im Gegenteil sogar schön, kein Geld zu haben. Dann kann man sich nämlich einbilden, es sei ein Verdienst, das zu unterlassen, was Gott einem verboten hat.«

»Könnte sein«, sagte Teun schläfrig, »könnte sein.«

»Und könnte dasselbe nicht auch für die überaus strenge

Moral gelten, die man uns für all das beigebracht hat, was mit der Liebe zu tun hat? Ist diese Moral möglicherweise nur entstanden, um schreckliche Krankheiten zu verhindern, während wir so tun, als hätte Gott selbst von uns verlangt, dass wir keusch und enthaltsam leben?«

Sie hörte sich reden und wusste, dass sie einzig und allein redete, um sich ihre Verwunderung, ja Beunruhigung nicht anmerken zu lassen über das, was Teun ihr berichtet hatte: dass Maud und Jan zusammen tanzen gingen und Tennis spielten. Sie dachte: »Siehst du, da ist er wieder, der Standesunterschied! Ich habe nie tanzen gelernt, ganz zu schweigen davon, dass ich jemals Tennis gespielt hätte. Das ist ein Sport für reiche Leute! Die beiden passen zueinander, meinetwegen, warum sollten sie nicht zusammen Tennis spielen? Allerdings: Warum haben sie das vor mir geheim gehalten?«

Teun war eingeschlafen, offenbar vom Alkohol benebelt, vor dem weder im Alten noch im Neuen Testament jemals gewarnt wird. Sie stand auf und ging zur Küche, aus der das Geräusch von Stimmen, aber vor allem Lachen zu hören war. Sie öffnete die Tür und sah, wie Maud die Hände aus dem Abwaschwasser nahm und sie so schüttelte, dass Jan nass gespritzt wurde. Behutsam schloss sie die Küchentür wieder, in der Hoffnung, dass die beiden sie nicht bemerkt hatten. Sie ging zurück ins Wohnzimmer, setzte sich ans Fenster und schaute auf das in der Dunkelheit matt glänzende Hafenwasser hinaus. Sie dachte an das, was Pascal geschrieben hatte: »Die Stille des ewigen Raums erschreckt mich.« Sie überlegte: »Wieso war Pascal sich so sicher, dass der ewige Raum still ist? Vielleicht weht es da ja ständig. Vielleicht bläst dort immer ein Südwestwind, genauso wie hier immer ein Südwestwind bläst, ein Wind, der einen beruhigt oder einen erschreckt, der einem aber nie das Gefühl gibt, es könnte sich, selbst wenn noch so viel passiert, jemals etwas ändern.«

8

Sie stand am Fenster und sah die Züge vorüberfahren. Bald würde die Abenddämmerung einsetzen. Sie konnte nicht begreifen, dass sie sich bis in die tiefste Seele schockiert, gekränkt, gedemütigt fühlte. Hatte sie Jan denn so sehr geliebt? Und Maud? Ihr war, als würde sie wieder im Laden von Strijbos arbeiten und müsste die von Frau Strijbos genähte Uniformjacke tragen. Was sie am meisten verbitterte, war das Gefühl, ausgeschlossen worden zu sein. Wochenlang hatten Jan und Maud zusammen Tennis gespielt und waren tanzen gewesen, ohne dass sie davon gewusst hatte. Es war logisch, verständlich und vollkommen in Ordnung, dass die beiden miteinander Tennis gespielt und getanzt hatten; ganz und gar nicht in Ordnung aber war, dass sie es hinter ihrem Rücken gemacht hatten. Das empfand sie als erniedrigend, das machte ihr wieder einmal deutlich, dass sie aus der Sandelijnstraat stammte, einer Straße, in der niemand Tennis spielte oder zum Tanzen ging. Seit sie davon wusste, sah sie, wenn sie die Augen schloss, einen sonnenüberfluteten Tennisplatz vor sich. Sie sah den Ball übers Netz hin und her fliegen, sie sah die schnell geschwungenen Schläger, sie sah die ganze Welt, an der sie nie teilhatte. Ach, es ging nicht um den Sport als solchen, sondern um das, wofür dieser Sport stand. Eine Welt des Luxus, eine Welt, in der die Jungen und Mädchen ganz selbstverständlich zum

Gymnasium gingen und in den Genuss freier Nachmittage und langer Ferien kamen. An diesen freien Nachmittagen konnten sie Tennis spielen oder segeln gehen. In den großen Ferien konnten sie durch Europa reisen. Sie konnten in eigenen Zimmern ihre Hausaufgaben machen oder ungestört lesen. Nach dem Gymnasium konnten sie studieren. All die Trauer um eine Lebensweise, die für sie niemals erreichbar gewesen war, hatte das unschuldige, aber geldverschlingende Ballspiel wieder wachgerufen. Wäre diese Lebensweise je für sie zur Realität geworden, dann hätte sie sie vielleicht abgelehnt. Jetzt hatte sie allerdings nicht die Wahl gehabt, jetzt zeigte sich erneut, dass man, wenn man von unter dem Deich nach oben auf den Deich gezogen war, in den entscheidenden Momenten immer noch unter dem Deich lebte. Sie spielte kein Tennis, also spielte ihr Mann mit ihrer besten Freundin Tennis. Sie tanzte nicht, also tanzten ihr Mann und ihre beste Freundin miteinander. Sie hatte nicht einmal gewusst, und das war das Schlimmste, dass die beiden sich auf Tennisplatz und Tanzboden gefunden hatten. Erst jetzt, nach all den Monaten, wurde ihr klar, dass Jan an mindestens der Hälfte der vielen Abende, an denen er zwecks Weiterbildung zum Gymnasiallehrer nach Rotterdam gemusst hatte, mit Maud in der Stadt gewesen war, um zur Musik der Harbour Jazz Band zu swingen. Sie sehnte sich überhaupt nicht danach, selbst Tennis zu spielen oder zu tanzen, ganz zu schweigen davon, dass sie hätte swingen wollen. Aber gerade deswegen fand sie es nur umso erniedrigender, dass all das hinter ihrem Rücken geschehen war. Sie hatten ihr nicht einmal gegönnt zu wissen, was da passierte. Sie dachte: »Und das Schlimmste ist, dass ich es ihnen nie werde erklären können. Sie werden nur denken, ich wäre eifersüchtig.«

Sie stand einfach nur da. Draußen war es noch nicht dunkel, es dämmerte nicht einmal. Es war einer dieser Sommerabende im Juni, der die ganze Nacht zu dauern schien. Sie dachte: »Ich bin froh, dass David im Schullandheim ist und nicht miterleben musste, wie sein Vater heute Morgen zwischen Tür und Angel Abschied von seiner Mutter genommen hat. Unglaublich, dass das schon seit Monaten so geht und dass sie fast ebenso lange Vorbereitungen getroffen haben, zusammenzuziehen. Und ich habe von nichts gewusst, ich wusste nicht, dass er sich in Rotterdam auf eine Stelle als Lehrer beworben hat, dass er angenommen worden ist und im September schon anfängt. Ich wusste nicht, dass er sich in Rotterdam eine Wohnung gemietet hat, ich wusste nicht, dass er und Maud bereits um Weihnachten verabredet haben, zusammen in Urlaub zu fahren. Auch wieder typisch für die besseren Kreise! In Urlaub fahren und dafür schon Weihnachten Pläne machen! Und all das hat an dem Abend angefangen, an dem ich mit Maud bei meinem Vater und meiner Mutter zu Besuch war. Als Maud gesehen hat, aus welchem Nest ich stamme, da hat sie nichts mehr davon abgehalten, sich an Jan ranzumachen. Nach dem Besuch war ich für sie erledigt. Und ich selbst habe daran mitgewirkt, ich habe sie danach zu mir nach Hause eingeladen und mich darüber gefreut, dass sie sich, als Entschädigung für meinen Vater, so nett mit Jan unterhalten konnte.

Sie wartete, bis es anfing dunkel zu werden. Sie holte ihr echtes Chanel-Kostüm aus dem Schrank, zog Sandalen an, die mit einem Riemchen über dem Fuß festgemacht wurden. »Dann können sie nicht so schnell von meinen Füßen rutschen«, dachte sie. Sie schminkte sich so sorgfältig wie möglich. Einen Moment lang überlegte sie, ob sie die Fingernägel, die sie auf Mauds Geheiß hatte wachsen lassen, abschneiden sollte. Beim Schreibmaschineschreiben waren sie ihr ziemlich hinderlich gewesen. Sie sah auf ihre Hände. Es stimmte, mit langen Fingernägeln sahen sie viel weniger plump aus. Sie konnte sich nicht überwinden, sie zu kürzen. Dann lackierte sie die Nägel. Anschließend stieg sie die Treppe zur Haustür hinunter und war erstaunt, dass es draußen so kalt war. »Dabei haben wir Sommer«, dachte sie. Ob sie einen Mantel anziehen sollte? Aber sie dachte: »Was macht es schon, wenn ich mich erkälte.« Sie zog die Tür hinter sich zu und ging zum Bahnübergang. Sie hoffte, dass ein ganz langer Zug mit vielen erleuchteten Fenstern vorbeifahren würde. Aber es kam kein Zug. Sie überquerte den Bahnübergang und ging auf der Burgemeester de Jonghkade am Wasser entlang. Sie roch den salzigen, leicht fauligen Geruch des Wassers. Dieser Geruch rief ihr die Sommer ihrer Jugend in Erinnerung, die Sommer, in denen sie ins Schwimmbad gegangen war, die Sommer, in denen es, nach Iemkes Abreise, nie wieder jemanden gegeben hatte, zu dem sie in die Kabine durfte.

Sie gelangte auf die Hafenmole, schaute über das breite Gewässer, auf dem sich das milchige Mondlicht wogend widerspiegelte. Sie ging auf den am höchsten gelegenen Fährsteg. An der Stelle, wo der Steg schräg zum Wasser hinunterführt, blieb sie stehen. Sie betrachtete die Ölflecken auf den Wellen. Sie dachte: »Wenn das Wasser nur nicht so schmutzig wäre.« Sie stellte sich an den Rand. »Ich wünschte, das Wasser wäre sauberer«, murmelte sie, »ich wünschte, das Wasser wäre sauberer.« Sie machte noch einen Schritt und war jetzt nur noch einen Pflasterstein vom eisernen Rand des Stegs entfernt. Schritte ertönten. Sie sah sich um und erblickte einen etwa siebzigjährigen Mann.

»Guten Abend«, sagte er, »machen Sie auch noch einen kurzen Abstecher auf die Mole?«

»Ja«, erwiderte sie spröde und machte einen Schritt zurück.

»Es ist auch das richtige Wetter dafür.«

»Ich finde es ziemlich kalt«, erwiderte sie.

»Stimmt, es ist recht kalt für die Jahreszeit, aber ich mag das. Wenn es warm ist, schwitzt man so zwischen den Laken.«

Der alte Mann trat an ihre Seite, zwei Schritte vom eisernen Rand des Stegs entfernt.

»Ich habe mich immer gefragt«, sagte er, »wo die Männer, die auf Nowaja Semlja überwintert haben, genau gelandet sind. Hier? Oder weiter dort drüben? Oder an der Monsterse Sluis? Wie gerne würde ich das wissen! Stellen Sie sich vor: Eine kleine Gruppe von Männern, die die schrecklichsten Entbehrungen hinter sich hat, kommt hier an Land! Hier! Sie haben die Strapazen überlebt. Und warum? Weil sie überleben wollten. Ist das nicht phantastisch? Trotz allem, was sie mitgemacht haben – fürchterliche Krankheiten, entsetzliche Kälte, Angriffe von Eisbären, sterbende Kameraden, Erfrierungen, Hunger, unermessliches Elend –, haben sie unbedingt überleben wollen. Und hier, hier haben sie ihren Fuß an Land gesetzt.«

»Stimmt das?«, fragte sie.

»Aber sicher«, antwortete er, »wussten Sie das nicht?«

»Nein.«

»Es steht in dem Buch von Lehrer Blom«, sagte er.

»Oh, ja?«

»Eigentlich müsste man hier einen Gedenkstein aufstellen«, meinte er. »Und sei es auch nur, um uns daran zu erinnern, wie groß der Wille zu überleben sein kann.«

Sie nickte nur und schaute auf das Wasser, das so schmutzig aussah. Sie machte einen Schritt zurück. Die Kirchenglocke schlug.

»Es ist schon spät«, sagte sie.

»Ja, es wird allmählich Zeit, sich auf den Heimweg zu machen«, erwiderte er, »ich geh dann mal wieder zurück in die Hendrik Schoonbroodstraat.«

Sie machte noch einen Schritt zurück. Der alte Mann stand nun näher am Wasser als sie. Er drehte ich um, betrachtete sie genau und lächelte ihr dann zu.

»Jetzt seh ich erst, wen ich da vor mir hab«, sagte er. »Wenn das nicht die Tochter von Klaas Onderwater ist! Aus der Sandelijnstraat! Du siehst so unglaublich proper aus, dass ich dich zuerst nicht erkannt habe. Ich kann mich noch gut daran erinnern, wie ich Dienst hatte und in der Polizeiwache saß. Ich habe auf den Markt hinausgeguckt, und da habe ich ein Mädchen mit dem Kreisel spielen sehen. Sie hat den Kreisel eine Ewigkeit drehen lassen. Schließlich bin ich dann hinaus auf den Markt gegangen und habe zu ihr gesagt: ›Musst du nicht mal langsam nach Hause? Dein Vater und deine Mutter machen sich bestimmt Sorgen.‹«

»Ja, stimmt«, sagte sie, »daran erinnere ich mich auch.«

»Ja, warum sollte ich lügen?«

»So war es tatsächlich.«

»Bestimmt, und du hast mit dem Kreisel gespielt und bist einfach nicht nach Hause gegangen.«

Sie stand da, schluckte ein paarmal, fühlte eine wilde, verzweifelte Freude in sich aufsteigen. Sie dachte: »Warum ist es so wichtig, dass das, was ich in Paris geträumt habe, tatsächlich passiert ist?« Sie wusste es nicht, sie wusste nur, dass sie den alten Mann am liebsten umarmt und an sich gedrückt hätte. Sie schluckte erneut, wollte etwas sagen, schluckte noch einmal. Der alte Mann sagte: »Du hast einfach weitergespielt! Du hast einfach nicht auf mich gehört! Erst als dein Kreisel gegen einen Baum gestoßen und umgefallen ist, bist du nach Hause gegangen.«

»Ich geh jetzt auch lieber nach Hause«, sagte sie.

»Sehr gut«, sagte er.

Auf dem ansonsten stillen Bürgersteig der Burgemeester de Jonghkade ging sie nach Hause zurück. Sie schaute hinauf zum beleuchteten Ziffernblatt der Turmuhr und wunderte sich, dass sie noch lebte. Sie überquerte die Gleise, ging an ihrem Haus vorüber, spazierte durch den Hafen und dachte: »Hier wohne ich jetzt, das sind die Kulissen meines Lebens, dieses unansehnliche Stück Raum und Zeit ist mir zuteil geworden, gehört zu mir, oder besser gesagt: Ich gehöre zu diesem Hafenstädtchen und zu dieser Turmuhr. Wieso? Weshalb? Welchen Sinn hat es, dass ich hier entlanggehe und nachher wieder zu Hause bin?« Dann fiel ihr ein: »Wenn mein Leben keinen Sinn hat, dann spielt es auch keine Rolle, dass Jan und Maud mich betrogen haben.«

Langsam stieg sie die Wip hinunter. Langsam ging sie durch die Nieuwstraat. Sie dachte: »Es ist zu spät, um noch zu klingeln.« Trotzdem drückte sie auf den Klingelknopf. Piet öffnete die Tür. »Mein Kreisel ist noch hier. Würdest du ihn für mich aus der untersten Schublade der Kommode holen? Und auch die kleine Peitsche, die daneben liegt?«

»Komm doch einen Moment rein«, sagte Piet.

»Nein«, erwiderte sie, »lieber nicht, es ist schon spät, ich möchte nur meinen Kreisel holen.«

Er starrte sie an. Ihr war klar, dass er dachte: »Sie ist verrückt geworden.«

»Ich hole ihn für dich, wenn du kurz reinkommst«, sagte Piet.

»Nun denn.«

Sie folgte ihm ins Wohnzimmer. Der Stuhl, in dem sie so oft gesessen hatte, stand noch immer an der gleichen Stelle beim Fenster. Auf einmal kam ihr der Gedanke, dass einer der Gründe, weshalb sie sich zum höchsten Anleger der Fähre begeben hatte, der war, dass ihr erst jetzt, nachdem ihr das Gleiche wiederfahren war, was sie Piet angetan hatte, klar geworden war, wie sehr sie Piet gedemütigt hatte. Sie dachte: »Aber jetzt ist alles wieder so wie vorher, jetzt hat mich ein Mann von über dem Deich verstoßen, den ich mir anstelle eines Mannes von unter dem Deich erwählt hatte.« Es kam ihr so vor, als verstünde sie endlich, weshalb Piet die ganzen Jahre über nicht in eine Scheidung hatte einwilligen wollen. Sie dachte: »Wenn ich ihn verlassen hätte, um mit jemandem von unter dem Deich zusammenzuziehen, dann hätte er nichts gegen eine Scheidung einzuwenden gehabt. Bestimmt willigt er jetzt in die Scheidung ein.«

»Nimm Platz«, sagte er.

Sie setzte sich auf den Stuhl, der vom Fenster am weitesten entfernt stand. Piet flüsterte: »Ich habe gehört ...«

»Ja«, sagte sie, »das stimmt.«

Sie legte die Hände in den Schoß. Sie sah, dass Piet beim Anblick ihrer langen lackierten Fingernägel heftig erschrak. Sie dachte: »Hätte ich das bloß früher gewusst, dann hätte ich ihn schon vor Jahren erschrecken können. Dann wäre er vielleicht mit der Scheidung einverstanden gewesen, und ich wäre möglicherweise mit Jan verheiratet, und Jan hätte nie etwas mit Maud angefangen. Dass Männer so einfach gestrickt sind und einer solchen Kleinigkeit eine derart hohe Bedeutung beimessen.« Dann fiel ihr ein, dass sie selbst Männer, die Schals zu ihren Oberhemden trugen, schon beim ersten Anblick abstoßend fand. Sie dachte an eine Passage, die sie bei Pascal gelesen hatte: »Mein Vorstellungsvermögen lässt mich Antipathie gegen jemanden empfinden, der eine kratzige Stimme hat oder beim Essen schnieft.« »Kleinigkeiten«, dachte sie, »das ganze Leben wird von Kleinigkeiten bestimmt, durch winzige Details, die kaum Bedeutung zu haben scheinen, die aber trotzdem alles beeinflussen.«

»Ich hol dann mal deinen Kreisel«, flüsterte Piet.

Sie wollte etwas sagen, fand aber keine Worte. Während sie auf den Kreisel wartete, dachte sie: »Wie ist es nur möglich, dass ich den Kreisel so viele Jahre hier habe liegen lassen?« Als Piet mit dem Kreisel und der Peitsche ins Zimmer kam, riss sie ihm das Spielzeug aus den Händen und berührte ihn dabei mit ihren langen Fingernägeln. Er erschauderte. Sie stand auf, ging aus dem Zimmer, stieg die Treppe hinunter, drehte sich um und sah ihn bewegungslos oben an der Treppe stehen.

Sie fragte nur: »Willigst du jetzt ein?«

Er nickte und flüsterte: »Ich werde mich drum kümmern.«

Sie ging durch die Nieuwstraat. Am Fuß der Wip zögerte sie. Sie dachte: »Wie einfach es doch ist, von unten nach oben auf den Deich zu gelangen. Man muss nur die Wip hinaufsteigen.«

Sie stieg ein paar Stufen die Wip hinauf, blieb stehen und dachte: »Und trotzdem bleibt der steile Hang nahezu unüberwindbar. Seltsam eigentlich, wo doch die Distanz zwischen unter dem Deich und über dem Deich so klein zu sein scheint, kaum existent, sie wird nur kurz sichtbar, wenn man beim Arzt gefragt wird: ›Kasse oder privat versichert?‹ Oder wenn man ins Krankenhaus kommt und sich die Frage stellt, ob man ein Einzelzimmer bekommt. Oder wenn man stirbt und die Hinterbliebenen zwischen einem Mietgrab und einem eigenen Grab wählen müssen. O ja, die Distanz ist unendlich viel kleiner als die zwischen der Frau, die in der Metro gesessen und gebettelt hat, und einem reichen Franzosen. Aber gerade weil der Abstand so klein ist, kaum wahrnehmbar, wird er nicht als Problem betrachtet, als etwas, bei dessen Überbrückung man der Hilfe bedarf. Und doch bleibt jemand, der unter dem Deich aufgewachsen ist, dort sein Leben lang hängen, selbst wenn er später in einem Palast residiert. Man kann die Gewohnheiten und Sitten, die Sprache und die Gebräuche von über dem Deich erlernen, aber alles, was dort passiert, wird einem immer wesensfremd bleiben, während man zugleich, wenn man die Sprache von über dem Deich gelernt hat, nie wieder zurück kann. Man ist für immer dazu verdammt, zwischen allen Stühlen zu sitzen.«

Sie stieg die Wip wieder hinunter. Sie hörte die Turmuhr schlagen. Der Markt war menschenleer. Nicht einmal in der Polizeiwache brannte Licht. Mit einer raschen Bewegung von Daumen und Zeigefingern – und erst in dem Moment, als sie diese Bewegung machte, wurde ihr nicht nur bewusst, dass sie noch genauso geschickt war wie vor fünfundzwanzig Jahren, sondern auch dass dies im Kern genau die gleiche Handlung war wie der Sprung, den sie an diesem Abend nicht gemacht hatte – ließ sie den Kreisel rotieren.

Topografischer Epilog

Das Paradies existiert nicht mehr. Der breite Wall voller Klatschmohn, buttergelber Löwenmäulchen und stark duftendem Raps ist asphaltiert; der Damm mit dem parallel verlaufenden Weg ist jetzt eine breite Verkehrsader. Die lieblichen Polder links und rechts vom Weg sind mit Einfamilienhäusern, Apartmenthäusern, Kirchen, Schulen, Einkaufszentren bebaut. Die Galeriekornmühle De Hoop ragt heute aus einem Wald von Verkehrsschildern und Ampelanlagen hervor. Die Mühle selbst wirkt unverändert, doch wer erinnert sich nicht daran, dass am 2. September 1963 das Flügelkreuz, just nachdem dreißig Schulkinder singend vorbeigezogen waren, mit lautem Donnern herabgefallen ist. Seltsamerweise hat niemand den Sturz der Flügel beobachtet, ebenso wenig wie die Zerstörung der Galerie, die durch den Sturz verursacht worden ist. Für die Menschen von unter dem Deich war es ein erneutes Zeichen dafür, dass, wenn man schon von Baufälligkeit sprach, diese eher über dem als unter dem Deich zu finden war. Das Flügelkreuz der unter dem Deich gelegenen Wippersmühle war schließlich jahrhundertelang an seinem Platz geblieben. Das Viertel beim Friedhof ist unverändert geblieben, aber der Julianapark, einst der Stolz der Gemeinde und nach der Wip der zweite Platz, der elektrisch beleuchtet wurde, ist größtenteils dem Friedhof zugeschlagen worden. Auf dem Friedhof selbst wurden viele Bäume gefällt, sodass die ehemals laubbeschattete Anlage heute einen entblößten Anblick bietet. Den Kleinen Schilfrohrsänger findet man dort nicht mehr. Der Teichrohrsänger hat sein Heil woanders gesucht. Der Grauschnäpper schaut noch jedes Jahr vorbei, kann aber seinen Nistplatz im Efeu an der Kapelle nicht wiederfinden, weil die Kapelle mit ihrer herrlichen Akustik einer Urnenwand hat weichen müssen. Seltsam ist, dass, wie sich jetzt zeigt, nie ein Foto von der Kapelle gemacht worden ist. Der Graben neben dem Friedhof, in dem es früher einmal vor dreistachligen Stichlingen und Bitterlingen nur so wimmelte, ist zugeschüttet worden, damit demnächst die Sluiser auch dort ihre letzte Ruhestätte finden können.

Die Deichböschung wird heute mit einem Einachsschlepper der Marke Valpadana gemäht. Dabei läuft ein Mann hinter der Maschine her, während ein anderer oben auf dem Deich geht und das Gerät mit einem langen Seil am Runterrutschen hindert. Das laute Knattern des Motors übertönt jeden Gesang, den die Mäher möglicherweise anstimmen könnten.

Der rustikale Bahnhof ist abgerissen worden. An seine Stelle ist ein riesiges Insekt mit herabhängenden Deckflügeln getreten. Eigentlich ist es, wenn man genau hinsieht, nur ein Dach auf metallenen Säulen. Die *Frohe Botschaft* wird einem nicht mehr im Laufschritt überreicht, niemand evangelisiert noch vor der Schranke.

Auf dem Hoofd sind jene Straßen, die nach Helden aus der Franzosenzeit benannt waren, zum größten Teil verschwunden. Nur die Adriaan van Heelstraat gibt es noch, obwohl die Häuser und auch die Reformierte Evangelisationsbibliothek abgerissen worden sind. Wer der Straße folgt, gelangt zu Key & Kramer, einer Firma, die hervorragend floriert in einer Welt, die nach Rohrleitungen schreit. Entlang des Vlaardingerdeichs liegen, auf der Maasseite, kilometerlange Rohrstapel, die die Sicht auf den Fluss versperren. Ja, um die Zukunft von Key & Kramer und der Menschen, die dort arbeiten, muss man sich keine Sorgen machen.

Den Wasserturm mit seinen mittelalterlichen Zinnen hat man schleifen lassen. Das Schwimmbad mit seinen sechzig Kabinen, in denen einst Freundschaften fürs Leben geschlossen wurden, hat man mit Sand verfüllt. Dort befindet sich jetzt ein kahler Parkplatz, wo sich, heiser und abgehackt rauschend, ein paar Pappeln aus der Erde gewunden haben. Die Mole selbst, die früher mit ihrer kleinen, aber hübschen Grünanlage, die gleich hinter dem Fährsteg lag, die Sluiser vor allem am Sonntag nach der Kirche einlud, ja verführte, einen Abstecher hinaus zu machen, ist in eine gestreifte Steinwüste verwandelt worden. Zwischen den Streifen warten die Autoschlangen auf eines der Boote, die den Fährdienst zu der Insel auf der anderen Seite der Maas unterhalten. Es sieht so aus, als wäre der Fähranleger von einer riesigen Hand hochgehoben und nach Osten an die Stelle verschoben worden, wo sich jetzt der treppenförmige Anlegesteg befindet. Dort, wo der alte Steg war, hat man eine nackte Kaimauer errichtet. Die Insel ist von der Industriebesiedelung praktisch zerstört worden.

Den Außenhafen hat man mit einem hohen Damm versehen, sodass nie wieder Flutplanken angebracht werden müssen. Aber es wird auch niemand mehr durch den Anblick von Straßenlaternen, die aus dem mit einem dünnen, aber farbenfrohen Ölfilm bedeckten Maaswasser ragen, verzaubert werden. Und wer über dem Deich Bibeln sammelt, kann diese jetzt beruhigt auf das zweite Brett von unten stellen.

Die Fabrik De Neef & Co. hat einem Viertel mit lauter Maisonettehäusern weichen müssen. In dem immer noch vorhandenen, mit kleinen Holzstegen überbrückten Wassergraben entlang des Fabrikgeländes wird nicht gemordet. Der Gelbrandkäfer ist ausgewandert. Die Salamander haben das Weite gesucht. Die Rückenschwimmer schwimmen woanders auf dem Rücken. Wer heute einen Kescher an dem mit hölzernen Planken ordentlich befestigten Ufer entlangzieht, fängt nur noch ein paar giftgrüne glitschige, stark riechende Algen sowie zwei sich häutende Wasserasseln und einen Flohkrebs.

Ja, es ist erstaunlich, wie sich eine Stadt in so kurzer Zeit derart verändern kann. Wer kennt noch die Taanstraat? Wo ist der Musikpavillon geblieben? Aber im Zure Vissteeg gibt es noch die Schlitze, in die man Flutplanken schieben kann! Aber das Schanshoofd, mein Gott, was ist daraus geworden? Die Rote Villa ist abgerissen worden, die Häuser entlang des Wassers sind nahezu verschwunden. Man muss es beinahe als ein Wunder bezeichnen, dass das Gebäude von Dirkzwager noch steht. Aber natürlich laufen keine Boote mehr aus, um Nachrichten in Flaschen abzuholen. Sicher, die Maaskant gibt es noch, obwohl auch sie ordentlich befestigt worden ist; aber heutige Pärchen fahren mit dem Zug zur Diskothek nach Rotterdam.

Auch der Charakter des Kerkeilands hat sich vollständig verändert, weil die stark riechende und wie ein Monolith aufragende Mehlfabrik abgerissen wurde. Im Stort haben sich entlang des Industriewegs zahlreiche Firmen und Betriebe niedergelassen, und dahinter erstreckt sich, wo einst die Wiesen und Äcker des Buys-Bauern lagen, die größte Gifthalde der Niederlande. Wer, mühsam das Gleichgewicht haltend, über die Rohre balanciert ist, wird kaum

glauben, dass durch diese Rohre bereits 1,8 Millionen Kubik-
meter giftiger Baggerschlamm aus dem Rotterdamer Hafen
gepumpt worden sind.

Doch die Veränderungen, die es über dem Deich gegeben
hat, sind vergleichsweise gering im Vergleich zu den dras-
tischen Eingriffen in die Bebauung unter dem Deich. Das
ganze Viertel westlich des Noordvliet das noch nicht einmal
zum eigentlichen Sanierungsgebiet gehörte, ist nahezu verschwunden. Häuser, eine Schule, eine christlich-reformierte
Kirche, die Gemeinnützige Bank (in deren Gebäude man
am Mittwochnachmittag Bücher von Jules Verne und Jouke
Broer Schuil ausleihen konnte) wie auch die gesamte Touw-
baan sind dem Erdboden gleichgemacht worden. Hier und
da sind noch kleine Straßenstücke übrig geblieben, die in
Neubauvierteln enden. Zwischen den Resten der Wagen-
und Marelstraat bahnt sich jetzt eine Art Cityring seinen
Weg zum Noordvliet, der kurzen Prozess mit der Nauwe
Koestraat und dem Lijndraaierssteeg gemacht hat. Die breite Verkehrsader ist durch zwei Brücken mit der Ausfallstra-
ße verbunden, die zum früher mit einer süßlich duftenden
Böschung versehenen Nieuwe Weg führt, der heute Laan
1940 – 1945 heißt.

Was keiner der Bewohner des Sanierungsgebiets nach
zwanzig Jahren des Wartens noch für möglich gehalten
hatte, ist tatsächlich eingetreten. Ihr Viertel wurde schließlich doch von der Karte getilgt. Zwanzig Jahre lang hatten
die Menschen gehofft, dass ihr Viertel, in dem es keine einzige Gaststätte, keine Grünflächen, kein Einkaufszentrum,
wohl aber ein Kino namens Luxor-Theater gab, verschont
bleiben würde. Als die Alten, von denen es unter dem Deich
jede Menge gab, Rente bekamen, konnten sie ihre Häuschen renovieren. Da erschien es bereits weniger wahrschein-

lich, dass das Viertel saniert werden würde. Als im Jahr 1963 der Austausch der Gaslaternen durch elektrische Straßenlampen bekannt gegeben wurde, atmeten alle erleichtert auf. Die hinteren Mansardenzimmer wurden ausgebaut. Die winzigen Verschläge, in denen die Frauen kochten, in denen man aber nicht aufrecht stehen konnte, wurden abgerissen und durch kleine Küchen ersetzt. Hier und dort wurden auch die kleinen Höfe zugebaut. Die Schilder »Für unbewohnbar erklärt« verwitterten. Die Buchstaben verblichen, und manchmal halfen die Bewohner dem Verschleiß ein wenig nach, sodass plötzlich zu lesen war: »Für bewohnbar erklärt«. Gewiss, es gab auch Verfall. So sackte das Luxor-Theater, dessen Untergang in vielen Gebeten erfleht worden war, mit der Zeit auf einer Seite immer tiefer in den Boden. Als es so schief stand, dass die Kinobesucher während der Vorführung von *High Noon* von ihren Stühlen rutschten – wer sagt, Gebete würden nicht erhört! –, da machte man ein Möbelgeschäft aus dem Kino. Im höher gelegenen Teil stellte man, um ein weiteres Absacken zu verhindern, die schweren Ledersofas auf. Trotzdem bekam das Gebäude immer mehr Schlagseite. Und obwohl es am äußeren Rand des Sanierungsgebiets lag, wurde es nicht abgerissen.

Als dann schließlich doch, zu einem Zeitpunkt, als niemand mehr damit rechnete, all die kleinen Straßen aus dem 19. Jahrhundert der Abrissbirne zum Opfer fielen, konnte man Zeuge erstaunlichen Heldenmuts werden. Viele Bewohner weigerten sich, ihre Häuser zu verlassen. Sie mussten weggetragen werden. In einem Häuschen im Bloemhof, dessen Fenster schon lange vernagelt waren und an dem das Schild »Für unbewohnbar erklärt« schon so lange gehangen hatte, dass vom ursprünglichen Text nur noch »...bar...ärt«

zu lesen war, wohnte, wie sich zu Beginn der Abbrucharbeiten zeigte, noch ein achtzigjähriger Mann, der den Arbeitern mit einer Säge auf den Leib rückte. Er wurde von der Polizei überwältigt und als Pleun Onderwater identifiziert. Man brachte ihn ins Altersheim in der Rusthuisstraat. Dort wurde er gründlich gewaschen und in frische Kleider gesteckt. Am Tag darauf ist er gestorben.

Vom Sanierungsgebiet sind nur noch zwei halbe und eine ganze Straße übrig. Letztere, die Pieter Schimstraat, hält in gewisser Weise durch ihren Namen die Erinnerung an die schmalen, vom Schimmer der Gaslaternen beleuchteten Gassen unter dem Deich wach. Wer heute unter dem Deich spazieren geht, den erfüllt ein Gefühl der Bestürzung. Kann es sein, dass eine halbe Stadt in Zeiten des Friedens und eines bis dato nie da gewesenen Wohlstands dem Erdboden gleichgemacht wird? Ist das möglich? Können Dutzende von Straßen ohne die Einwirkung von kriegerischer Gewalt so gründlich zerstört werden, dass man noch nicht mal ihre Lage rekonstruieren kann? Das ist möglich! Wo einmal die Sandelijnstraat war, sind heute ein Parkplatz, ein kleiner Park und ein Altersheim, und nichts erinnert mehr an das kleine Stückchen Frankreich namens Rue de Sandelin. Wo früher einmal ein Mann mit historischem Bewusstsein mit Fähnchen auf der Karte markiert hat, wo die katholischen Sluiser wohnten, erstreckt sich nun, sozusagen als gemeine Rache, die Monseigneur W. M. Bekkerslaan. Wo früher einmal das Bild von Drees mit dem Reim hing, steht heute, nicht am Rande, sondern mitten in der Stadt, die neue katholische Kirche.

Wer an dieser Kirche vorbei in Richtung des Dorfes Maasland wandert, fühlt sich für einen Moment noch in die Zeit zurückversetzt, die nicht mehr existiert. Auf der anderen Seite des Wassers verbindet die Rusthuisstraat noch immer den Zuidvliet mit dem Noordvliet. Auch das Altersheim selbst ragt noch über die umliegenden Häuser hinaus. Hinter den Trauerweiden, die sich im Wasser der Vliete spiegeln, steht noch immer die stolze Groen-van-Prinsterer-Schule. Doch ihre runden Fenster sind vernagelt. Und das stille Sumpfland dahinter, einst Zufluchtsort seltener Orchideen, ist jetzt der Zufluchtsort von Schwarzgeld geworden. Getarnt als riesige Jachten, Motorboote und Segelboote, liegt es vertäut an Dutzenden von Stegen, die das treibende Moor zerstört haben. Nur wenige Schritte noch, und wir stehen an der Stelle, wo Jongkind 1862 seine Winterlandschaft gemalt hat. Weil sich das Panorama der Stadt in einhundert Jahren nicht nennenswert verändert hat, hätte es auch im kalten Februar des Jahres 1957 gemalt sein können, während man jetzt meinen könnte, hinter der Mühle liege eine andere Stadt. So kommt es, dass dem Jahr 1957 das Jahr 1862 viel näher zu sein scheint als dem Jahr 1988, und diese perspektivische Verzerrung des Zeitablaufs macht es beinahe unglaublich, dass man selbst noch durch die gasbeleuchteten Sträßchen gegangen ist. Es kommt einem so vor, als flöge die Vergangenheit pfeilschnell davon, ein Flug, den man verzweifelt zu bremsen versucht, indem man über die vergangenen Zeiten schreibt. Nicht um das Verstreichen der Jahre zu beweinen, nicht um verlorenen Paradiesen nachzutrauern, nicht um Politiker anzuklagen, die die Sanierung beschlossen haben, sondern nur um sich auf dem steilen Abhang der Zeit aufrecht zu halten.